PANINI BOOKS

AUSSERDEM BEI PANINI ERSCHIENEN

Star Wars Der letzte Jedi Band 3: Unterwelt
Jude Watson – ISBN 978-3-8332-1357-1

Star Wars Der letzte Jedi Band 4: Tod auf Naboo
Jude Watson – ISBN 978-3-8332-1358-8

Star Wars Der letzte Jedi Band 5: Im Netz des Bösen
Jude Watson – ISBN 978-3-8332-1365-6

Star Wars Der letzte Jedi Band 6: Die Rückkehr der Dunklen Seite
Jude Watson – ISBN 978-3-8332-1515-5

Star Wars Der letzte Jedi Band 7: Die Geheimwaffe
Jude Watson – ISBN 978-3-8332-1513-1

Star Wars Der letzte Jedi Band 8: Gegen das Imperium
Jude Watson – ISBN 978-3-8332-1514-8

Star Wars Der letzte Jedi Band 9: Der Meister der Täuschung
Jude Watson – ISBN 978-3-8332-1733-3

Star Wars Der letzte Jedi Band 10: Die Abrechnung
Jude Watson – ISBN 978-3-8332-1734-0

Star Wars: DARTH VADER – Aufstieg und Fall
Ryder Windham – ISBN 978-3-8332-1655-8

Star Wars: OBI-WAN KENOBI – Leben und Legende
Ryder Windham – ISBN 978-3-8332-1877-4

Star Wars: LUKE SKYWALKER – Eine neue Hoffnung
Ryder Windham – ISBN 978-3-8332-2034-0

Star Wars: DARTH MAUL – Der dunkle Jäger
Ryder Windham – ISBN 978-3-8332-2449-2

Star Wars: REBEL FORCE Band 1 – Im Fadenkreuz
Alex Wheeler – ISBN 978-3-8332-1878-1

Star Wars-Sammelband: Das Vermächtnis der Jedi / Das Geheimnis der Jedi
Jude Watson – ISBN 978-3-8332-1875-0

Star Wars: BOBA FETT-Sammelband mit den Boba-Fett-Einzelbänden 1–3
Terry Bisson, Elizabeth Hand – ISBN 978-3-8332-1876-7

Star Wars: THE CLONE WARS: Grievous greift an!
Rob Valois – ISBN 978-3-8332-2537-6

Star Wars: THE CLONE WARS: Du entscheidest Band 1 – Der Weg des Jedi
Sue Behrent – ISBN 978-3-8332-2247-4

Star Wars: THE CLONE WARS: In geheimer Mission Band 1 – Das Breakout-Team
Ryder Windham – ISBN 978-3-8332-2245-0

Nähere Infos und weitere Bände unter:
www.paninicomics.de

STAR WARS™

DER LETZTE JEDI

AUF VERLORENEM POSTEN
DÜSTERE VORBOTEN

Jude Watson

PANINI BOOKS

Die Deutsche Bibliothek – CIP-Einheitsaufnahme
Ein Titeldatensatz für diese Publikation ist bei der Deutschen Bibliothek erhältlich.

Dieses Buch wurde auf chlorfreiem, umweltfreundlich hergestelltem Papier gedruckt. In neuer Rechtschreibung.

Deutsche Ausgabe 2013 Panini Verlags GmbH, Rotebühlstraße 87, 70178 Stuttgart.
Titel der amerikanischen Originalausgaben:
„*Star Wars* The Last of the Jedi #1 – The Desperate Mission",
„*Star Wars* The Last of the Jedi #2 – Dark Warning".

Übersetzung: Dominik Kuhn
Lektorat: Bettina Frank
Redaktion: Mathias Ulinski, Holger Wiest
Chefredaktion: Jo Löffler
Umschlaggestaltung: tab indivisuell, Stuttgart
Satz: Greiner & Reichel, Köln
Druck: GGP Media GmbH, Pößneck
Printed in Germany

1. Auflage, Januar 2013
ISBN 978-3-8332-2668-7

www.paninicomics.de
www.starwars.com

STAR WARS™

DER LETZTE JEDI

AUF VERLORENEM POSTEN

Jude Watson

PANINI BOOKS

Kapitel 1

Die Abenddämmerung überraschte ihn immer wieder. Auf dieser Welt der zwei Sonnen begann sie früh; zuerst versank eine Sonne hinter dem Horizont, dann schien die andere ihr wie in einer wilden Jagd zu folgen. Das grelle Sonnenlicht machte langen Schatten Platz, die den Boden der Schlucht in einen grauen Farbton tauchten.

Wieder war ein Tag vergangen. Wieder stand einer bevor. Einer wie der andere.

Obi-Wan Kenobi zog den Kopf ein, als er seine kleine Behausung auf Tatooine verließ. Es war an der Zeit, sich auf die Reise durch die ausgedörrte Jundland-Wüste zu machen. Zeit, am Rand einer Feuchtfarm zu lauern und nach einem Baby zu schauen, das dort auf dem Boden umherkroch. Zeit, sich zu versichern, dass ein weiterer Tag vergangen war und dass es Luke Skywalker gut ging.

Er prüfte noch einmal, ob die Tür verschlossen war. Obwohl ihm die Sandleute aus dem Weg gingen, war er auf Sicherheit bedacht. Niemand war vor ihren wilden Raubzügen auf der Suche nach Futter sicher.

Seine Behausung war klein und bescheiden – eigentlich nicht mehr als eine Hütte, die aus der Felswand der Schlucht geschlagen worden war. Er hatte sie bequem eingerichtet, allerdings weniger, weil ihm Komfort wichtig war, sondern vielmehr, um etwas zu tun zu haben. In den ersten stürmischen Monaten hatte es ihn beruhigt, den Sand wegzufegen, ein Heizungssystem zu bauen und einen Spalt in der Wand zu reparieren, der am frühen Morgen das Licht der beiden Sonnen und während der häufigen, heftigen Stürme den Sand hereingelassen hatte.

Er hatte diese Hütte durch Zufall gefunden. Er hatte einfach Glück gehabt, als er mit seinem Eopie in immer größer werdenden Kreisen um die Lars-Farm herum geritten war und einen Ort gesucht hatte, der einerseits nahe genug war, um ihn zu Fuß zu erreichen, und doch weit genug entfernt war, sodass ihn die Familie nicht unbedingt bemerken würde.

Ein Reisender, der eine Farm aufbauen oder Handel mit den Jawas hatte treiben wollen, hatte die Hütte höchstwahrscheinlich zurückgelassen. Er hatte sicher irgendwann erkannt, dass auf Tatooine nur die Härtesten überlebten und jene, die sehr viel Glück hatten.

Owen und Beru Lars wussten, dass Obi-Wan hier wohnte. Ihre Freundschaft zu ihm war aber von Unbehagen geprägt; Lukes Onkel und Tante wussten, dass Obi-Wan den Jungen gerettet hatte, doch sie waren sich auch der Gefahr bewusst, die mit ihm nach Tatooine gekommen war. Sie wussten, dass Obi-Wan vorbeikam und nach dem Jungen sah, doch man hatte sich darauf geeinigt, dass sie den Jedi ignorierten, damit auch Luke lernen würde, ihn zu ignorieren. Obi-Wan war froh um ihre Wachsamkeit, denn sie war ein Zeichen dafür, dass sie auch Fremden gegenüber wachsam waren.

Und wie könnte man es ihnen verübeln?, dachte Obi-Wan, als er durch den Sand trottete. Luke war in einer Zeit der Gewalt und Entbehrungen zur Welt gekommen. Natürlich wollten sie ihn beschützen. Sie würden nicht wollen, dass er in die Hände des Imperiums fiel – oder der Sandleute. Oder dass er wie Obi-Wan endete, ein Krieger, der über Nacht vor lauter Trauer und Schmerz zu einem alten Mann geworden war.

War überhaupt noch irgendetwas in ihm lebendig? Darüber dachte er oft nach, wenn er nachts wach auf seiner Liege lag und an die raue Steindecke starrte. Wie konnte ein Wesen so leblos und doch gleichzeitig so voller Schmerz sein?

So viele waren ihm wichtig gewesen. Und jetzt waren fast alle tot, die er geliebt hatte.

Dann tauchten vor seinem geistigen Auge ihre Namen und Gesichter auf. Qui-Gon. Siri. Tyro Caladian. Mace Windu.

Die Schüler – Darra Thel-Thanis. Tru Veld. Ihre Meister – Ry-Gaul. Soara Antana.

Und all die Jedi, die bei der Säuberungsaktion abgeschlachtet worden waren. Genau das war es gewesen: ein Abschlachten. Vernichtend, überraschend, schnell. Wenn auch nicht schnell genug für die Opfer.

Seine besten Freunde Bant und Garen. Die gebieterische Jocasta Nu. Die sanften Jedi Ali Alann und Barriss Offee. Die Krieger Shaak Ti, Kit Fisto, Luminara Unduli. Und die großen Jedi-Meister Ki Adi Mundi, Adi Gallia, Plo Kloon …

Tot. Und immer hallte das Wort in seinem Kopf wider.

Tot.

Tot.

Jedi, an deren Seite er gekämpft hatte, mit denen er gelernt und gelacht hatte – es war wie ein Appell der Toten, bei dem mit jedem Herzschlag Trommelwirbel des Schmerzes ertönten.

Und dann, wenn die Decke schon wieder von der Morgendämmerung erhellt wurde, musste er jedes Mal an das letzte, schlimmste Ereignis denken. Das Ereignis, das er nicht verdrängen konnte und das ihm unsägliche Schmerzen verursachte.

Der Junge, den er aufgezogen und geliebt hatte wie einen Sohn, war zum Verräter geworden. Zu einem Mörder. Einem Monster. Ein Überläufer zur Dunklen Seite, ein lebender Beweis für Obi-Wans Unfähigkeit, zu führen und zu schützen. Dieser Junge – Anakin Skywalker – war durch die Hand des Imperators gestorben, und statt seiner war der Sith-Lord Darth Vader geboren worden.

Zuerst hatte Obi-Wan angenommen, dass Anakin in den Flammen eines Vulkans auf Mustafar umgekommen war. Erst Monate später hatte er erfahren, was wirklich geschehen war: Dass der Imperator ihn am Leben erhalten hatte, oder zumindest den Teil von ihm, den er behalten wollte – den Hass und die Kraft. Obi-Wan hatte Darth Vaders Bild auf einem Datenrecorder gesehen, den er in einer Gasse von Mos Eisley gefunden hatte. Auf dem Gerät war ein HoloNet-Bericht gespeichert, und Obi-Wan hatte sofort gewusst, dass Lord Darth Vader einst Anakin gewesen war. Der Schrecken dieser Erkenntnis hatte ihn so tief getroffen, dass er davon krank geworden war.

Das einzige Wesen in der Galaxis, das die Tiefe seines Schmerzes begreifen konnte, lebte ebenfalls im Exil, und Obi-Wan durfte keinen Kontakt mit ihm aufnehmen. Yoda. Er lebte auf Dagobah, allein in einem Sumpf, der so abgeschieden war, dass niemand sich jemals dorthin begeben würde.

Und der Geist, der ihm helfen konnte, der ihm versprochen hatte zu helfen, erschien nicht. Qui-Gon. Stattdessen hörte Obi-Wan nur dessen Stimme.

Du bist noch nicht bereit für die Ausbildung.

Doch, das bin ich, Meister. Ich habe jetzt doch nichts anderes mehr.

Deshalb, mein Padawan, bist du noch nicht bereit.

Es war schwer, nicht ungeduldig mit Qui-Gon zu werden, oder gar wütend auf ihn zu sein. Obi-Wan kämpfte täglich gegen diese Gefühle. Es war sein Meister gewesen, der ihn dazu bewegt hatte, Anakin als Schüler anzunehmen. Und jetzt war es auch Qui-Gon, der ihm das Wissen vorenthielt, das dieser vom alten Orden der Whills gelernt hatte. Es war eine Lehre, die Obi-Wan ein wenig Frieden hätte bringen können. Man konnte damit erlernen, eins mit der Macht zu werden und doch das eigene Bewusstsein zu behalten.

Bedeutete das, dass er diesen Schmerz, diese Trauer loswerden konnte? Obi-Wan fragte sich das oft.

Vor ihm erstreckte sich die Farm der Lars'. Er blieb einen Moment stehen, um sicherzugehen, dass Owen nicht um das Gelände patrouillierte. Es war schon spät, die Schatten waren lang und die Sonnen verschwanden gerade hinter den Hügeln. Beru und Owen achteten immer darauf, sich um diese Zeit in den tiefer liegenden Teil der Farm zurückzuziehen.

Obi-Wan nährte sich. Er fühlte sich wie einer der Schatten, die von den Hügeln ihre Finger nach der Farm ausstreckten. Er beugte sich nach vorn, legte sich flach auf den Bauch und sah über den Rand zu dem offenen Hof hinunter.

Das Baby hatte hellblondes Haar, das selbst im Dämmerlicht noch glänzte. Luke lachte, als er einem Ball hinterherkroch, den Beru von ihm weg rollte. Bildete sich Obi-Wan das nur ein, oder konnte der Junge wirklich den Ball bremsen, ohne ihn zu berühren? Wenn die Macht hier war – und er wusste, dass Luke Macht-sensitiv war – dann würde der Junge nichts davon wissen. Noch nicht. Noch eine ganze Weile nicht und ohne Ausbildung vielleicht nie.

Beru ließ sich lachend aus der Hocke nach hinten auf die Türschwelle sinken. Normalerweise hatte sie um diese Zeit etwas auf dem Herd stehen, und sie würde gleich ein paar Sekunden drinnen verschwinden, um danach zu sehen. Luke würde zur Tür krabbeln und sie dabei beobachten. Er schien das Bedürfnis zu haben, sie immer im Blick zu behalten.

Obi-Wan hörte Berus Lachen und sah, wie Luke hinfiel und mit ihr lachte. Doch er war nicht einmal ansatzweise versucht, zu lächeln. Lukes Anblick erfüllte ihn mit Zufriedenheit, doch er hatte Lächeln und Lachen weit hinter sich gelassen. Sie waren Teil eines anderen Lebens gewesen.

Die Zufriedenheit reichte ihm vorerst. Er hatte Padmé versprochen, dass ihre Kinder sicher sein würden, und er hatte sein Versprechen eingelöst. Leia wuchs als Adoptivtochter von Bail Organa und dessen Frau, der Königin, auf Alderaan auf. Bail war der netteste und großherzigste Mann, den Obi-Wan je kennen gelernt hatte. Er wünschte, Padmé hätte noch erfahren, dass man sich mehr als nur gut um ihre Kinder kümmerte. Sie wurden wirklich geliebt.

Doch Padmé – die entschlossene, traurige, schöne Padmé – war ebenfalls tot.

Owen Lars kam aus dem Gebäude. Das war das Zeichen für Obi-Wan zu verschwinden. Die Dunkelheit brach schnell herein, und Owen würde gleich die KPR-Perimeter-Droiden aktivieren. Obi-Wan hielt noch einen Augenblick inne und sah zu, wie Beru so tat, als würde sie den kleinen Luke in das Haus jagen. Er sah das Licht, das durch die Tür auf den Hof fiel, und konnte fast die sanfte Wärme spüren, beinahe das Essen riechen.

Als er der Szenerie den Rücken kehrte, schlug ihm die Kälte der Wüste ins Gesicht. Obi-Wan Kenobi verschwand in der dichter werdenden Dunkelheit, ohne dass irgendjemand Kenntnis von ihm nahm.

Am nächsten Abend schob sich Obi-Wan durch die lärmende Menge in der Cantina in Mos Eisley. Einmal im Monat machte er sich auf dem Rücken eines Eopie über geheime Pfade auf die Reise zu dem belebten Raumhafen, um Vorräte zu besorgen. Er tat es immer im Schutz der Dunkelheit. Jedes Mal wenn er hier war, schaute er in der Cantina vorbei. Die Kneipe war ein Magnet für den Abschaum der Galaxis – umherziehende Raumpiloten, Abenteurer, Kriminelle. Kreaturen, die sich über Klatsch, Tratsch und Gerüchte ebenso gierig hermachten, wie über Bantha-Gulasch und Bier. Obi-Wan musste trotz allem auf der Höhe bleiben, was die Geschehnisse in der Galaxis anbetraf. Er konnte sich zwar zurückziehen, musste aber informiert bleiben.

Der Galaktische Senat war immer noch intakt, er fungierte jedoch mehr als Diskussionsgruppe und weniger als Regierungsinstanz. Der Imperator kontrollierte die Mehrheit, die daher auch einfach alles gut hieß, was er vorschlug. Bail Organa war immer noch dort und kämpfte, wann immer er konnte. Er weigerte sich, dem Imperator den Gefallen zu tun zurückzutreten. Obi-Wan beobachtete diese Vorgänge, hatte jedoch beschlossen, es aus der Ferne zu tun. Mit Abstand betrachtete er, wie die Freiheit täglich mehr eingeschränkt wurde, so als hätte das alles keinerlei Bezug mehr zu dem Leben, das er jetzt lebte. Er fürchtete, dass ihn Hass oder Wut übermannen würden, wenn er diese Gefühle an sich heranließ.

Er hatte die Kapuze ins Gesicht gezogen, suchte eine dunkle Ecke und setzte sich. Dank des hier üblichen lockeren Umgangs mit Bestechungsgeldern behielt ihn der einäugige abyssinische Barman im Blick und sorgte dafür, dass man ihn in Frieden ließ. Hier war er nicht Obi-Wan, sondern Ben Kenobi, ein halb verrückter Einsiedler, der keinerlei Bedürfnis nach Gesellschaft hatte. Ein wuseliger Ober stellte ihm ein Getränk hin und machte sich schnell zu einem Tisch von Handelsreisenden auf, die offensichtlich kurz vor einer Prügelei standen, welche nur durch das Auftauchen ihrer vielfarbigen Gebräue unterbunden werden konnte.

Obi-Wan hatte seinen Tisch mit Bedacht ausgesucht. Er erkannte ein Mitglied der Gruppe am Tisch neben ihm, einen Raumpiloten namens Weasy. Ein muskulöser, haariger Bothaner, der dafür bekannt war, jedwede Fracht anzunehmen, ohne Fragen zu stellen. Außerdem war er ein ausgezeichneter Informant – einer von der Sorte, die nicht übertrieb. Er saß bei den anderen Piloten und hatte einen fast leeren, großen Krug Bier vor sich stehen.

Obi-Wan ließ die Macht fließen und sich von ihr dabei helfen, den Lärm um ihn herum auszublenden, als er dem Gespräch der Piloten lauschte. Zuerst überzeugte er sich davon, dass sie einigermaßen nüchtern waren. Die Angebereien und Erfindungen, die in dieser Cantina als ‚Neuigkeiten' durchgingen, kannte er bereits zur Genüge.

„Die Reisebeschränkungen werden härter", sagte einer der Piloten mit aufgeregt bebenden Antennen. „Es wird immer schwerer, Beamte zu bestechen. Sie haben alle Angst – wovor auch immer, weiß ich nicht. Es gehen Gerüchte um, dass Korruption hart bestraft wird."

Der andere Pilot schnaubte. „Bestechungen werden nie aufhören, auch nicht im Imperium."

Weasy nahm einen Schluck aus seinem Krug. „Solange es um etwas geht, wovon sie selbst ein Stück abhaben können, werden sie schön wegsehen."

„Ich will mich ja nicht beschweren", sagte der andere Pilot. „Meine Geschäfte sind durch das Imperium besser geworden. Auf der Strecke zum Rutan-System gibt es keine Raumpiraten mehr. Aber sie schließen ihre Klauen. Habt ihr gehört, was auf Bellassa passiert ist?"

„Klar. Sie haben den Gouverneur abgesetzt und ihren eigenen eingesetzt", sagte der zweite Pilot. „Na und? Das haben sie schon auf vielen Welten getan. Sie sagen den Regierungen gerne, was sie tun sollen. Das Imperium mag keine Regierungen, die tatsächlich regieren." Er brach angesichts seines eigenen Witzes in schallendes Gelächter aus.

„Na ja, auf Bellassa hatten sie ein paar Schwierigkeiten", sagte der erste Pilot. „Dickköpfig sind die Wesen da. Die Bürger gingen auf die Straßen, und in allen Städten gab es Massenverhaftungen. Ich glaube, sie haben halb Ussa verhaftet. Glaubt mir, das ist erst der Anfang."

„Ich saß auf dem Raumhafen fest, als es geschah", sagte Weasy. „Alles wurde abgeriegelt, weil irgendjemand aus dem Gefängnis entkommen war, und alle Streitkräfte wurden alarmiert, um ihn wieder zu fangen."

Obi-Wan setzte sein Glas ab. Hier gab es nichts Interessantes zu hören. Nur das übliche Gerede. Die Razzien des Imperiums waren nichts Neues.

„Nur ein einziger Typ, könnt ihr euch das vorstellen?“, fuhr Weasy fort. „Und sie blockierten eine Woche lang den Transitverkehr. Ich habe mir einen faulen Lenz gemacht – ich durfte ja nicht einmal den Raumhafen von Ussa verlassen.“

Obi-Wan stand auf. Der Lärm der Cantina umfing ihn wieder, als er die Macht wieder gehen ließ.

„... da frag' ich mich doch, wer dieser Ferus Olin überhaupt ist“, schloss Weasy.

Ferus Olin.

Der Name sandte einen Schock durch all seine Glieder.

Obi-Wan setzte sich langsam wieder hin. Er blendete erneut den Lärm der Kneipe aus und horchte. Heute Abend würde er nirgendwo mehr hingehen. Nicht, bevor er alles über Ferus Olin gehört hatte, was er erfahren konnte.

Denn Ferus Olin war einst als Jedi ausgebildet worden.

Und jetzt war er vielleicht einer der Wenigen, die noch übrig waren.

Kapitel 2

„Jeder, der die Aufmerksamkeit des Imperiums auf sich zieht, muss entweder mutig oder verrückt sein", sagte der erste Pilot.

„Oder er ist tot", sagte der zweite, und alle lachten.

„Ich habe gehört, dass er sowohl mutig als auch verrückt ist", sagte Weasy. „Aber nicht tot – zumindest *noch* nicht. Sie entsandten seinetwegen zusätzliche Truppen, dabei hatten sie schon eines dieser imperialen Bataillone vor Ort. Er tanzte den Sturmtruppen auf der Nase herum. Er wurde eine Legende auf Bellassa."

„Und was ist mit ihm passiert?"

„Das weiß keiner. Er ist entkommen. Sie haben eine gewaltige Hetzjagd nach ihm in Gang gesetzt. Sie wollen ein Exempel an ihm statuieren für alle anderen, die vielleicht rebellieren könnten. Da gibt es auch die eine oder andere Belohnung zu kassieren, wenn ihr's wissen wollt."

„Ich nicht", sagte der erste Pilot. „Ich will mit dem Imperium nichts zu tun haben. Nicht einmal, um ihnen zu helfen. Besser die Finger davon lassen. Reich mir mal den Krug da. Ich bin immer noch nüchtern."

„Sein Partner steckt noch im Gefängnis", sagte Weasy. „Ich schätze, sie gehen davon aus, dass Ferus Olin ihn herausholen will, doch er ist immer noch verschwunden." Er stellte seinen Krug grunzend ab. „Und das sollte er auch lieber bleiben. Ich fliege heute Nacht noch einmal nach Ussa. Versorgungsgüter sind dort knapp, und man kann ein paar Credits verdienen."

Obi-Wan nippte an seinem Getränk und versuchte, die Gefühle zu sortieren, die in ihm rumorten.

Ferus lebte noch. Dabei hatte Obi-Wan angenommen, er wäre tot.

Ferus war einmal ein Jedi-Schüler gewesen. Es spielte keine Rolle, dass er den Jedi-Orden mit 18 Jahren verlassen und seitdem als Zivilist gelebt hatte. Er war einer von ihnen gewesen, und er lebte noch.

Anfangs hatte er Ferus noch im Auge behalten. Er hatte immer gedacht, dass er nach den Klonkriegen vielleicht Kontakt mit ihm aufnehmen könnte. Nachdem sie die Separatisten besiegt hatten.

Doch da hatte er noch nicht erkannt, dass die Dunkle Seite nicht so einfach zu besiegen sein würde.

Er wusste, dass Ferus mit einem Partner namens Roan Lands ein Geschäft gegründet hatte. Die beiden hatten ihre Dienste Regierungen angeboten, die sich für den Schutz von Informanten interessierten – von Leuten, die illegale Machenschaften besonders übler Firmen aufzudecken bereit waren. Ferus und Roan hatten sich neue Identitäten verschafft und solche Leute im Auge behalten.

Das war alles, was Obi-Wan wusste. Er hatte schließlich gehört, dass Ferus und Roan während der Klonkriege in der Armee der Republik Offiziere geworden waren, doch er hatte nie Zeit gehabt, sie aufzuspüren.

Nach Anakins Übertritt zur Dunklen Seite der Macht hatte Obi-Wan jedoch wieder einen Grund gehabt, sich an Ferus zu erinnern. Ferus war es gewesen, der ihn als Erster wegen Anakin gewarnt hatte. Ferus hatte erkannt, dass Anakins große Talente auch großen Unfrieden in sich geborgen hatten. Ferus hatte Anakins Macht gesehen – und sie gefürchtet.

Obi-Wan schuldete ihm etwas.

„Ich weiß nur, dass du bei deinem nächsten Trip nach Bellassa keine Probleme mehr bekommen wirst. Bis dahin wird Ferus Olin tot sein."

Obi-Wan saß mit den Händen im Schoß da und dachte fieberhaft nach. Er empfand Gefühle, die er schon seit langer Zeit nicht mehr empfunden hatte.

In seinem letzten Leben hätte er keine Sekunde gezögert. Er hätte sich auf den Weg nach Bellassa gemacht. Doch jetzt hatte sich alles verändert. Er war dazu verdammt, hier zu bleiben und auf Luke aufzupassen. Luke und dessen Schwester waren die letzte Hoffnung für die Galaxis. Der Junge musste beschützt werden. Obi-Wan hatte Yoda versprochen, hatte Bail Organa und Padmé auf dem Totenbett versprochen, dass er auf ihn aufpassen würde.

Bis die Zeit reif ist, verschwinden wir werden, hatte Yoda gesagt.

Doch er war auch Ferus etwas schuldig.

Er konnte keinen Kontakt mit Yoda aufnehmen, um ihn um Rat zu fragen. Qui-Gon war nicht einfach so für ihn erreichbar. Er musste selbst entscheiden. Er musste die Verantwortung selbst übernehmen.

So, wie ich die Verantwortung für Anakin übernommen habe.

Genau, und sieh dir an, was Dank deiner Entscheidung passiert ist ...

Die Stimmen in seinem Kopf klangen vertraut und nicht weniger echt. Es war schwer geworden, sich selbst zu vertrauen.

Seine Pflicht war es, Luke zu beschützen. Er würde hier bleiben. Und wenn er diese Entscheidung bereuen sollte, dann würde er lernen, damit zu leben. So wie er gelernt hatte, mit den anderen Entscheidungen zu leben.

Obi-Wan ging nach draußen und atmete die kühle Luft tief ein in der Hoffnung, sie würde den Lärm und den Rauch der Cantina verdrängen. Er suchte sein Eopie. Die Tiere waren nicht gerade für ihre Intelligenz bekannt, doch dieses Exemplar schaffte es tatsächlich, sich aus seinen Zügeln zu befreien und auf der Suche nach den Sandflechten umherzuwandern, die knapp unter dem Schmutz der Straße wuchsen.

Obi-Wan raffte seinen Umhang um sich und machte sich auf die Suche nach dem Eopie, wobei er es in Gedanken verfluchte. *Man sollte doch annehmen, dass sich ein Tier dankbar zeigt, wenn man es hegt und pflegt, und nicht, dass es sich beim ersten Anzeichen eines Sturmes davon macht.*

„Es ist nicht das Eopie, auf das du wütend bist." Die Stimme klang amüsiert. „Jetzt bist du ein Jedi-Meister und weißt noch immer nicht, deine Gefühle richtig einzuordnen."

Qui-Gons Stimme schien irgendwo aus den Schatten zu ihm zu dringen. Obi-Wan blieb abrupt stehen. Er war überwältigt. Es war sein Meister. Schon der Klang seiner Stimme brachte die Erinnerung an sein freundliches, raues Gesicht zurück. Und sein ironisches Lächeln.

„Ihr sagtet, ich wäre noch nicht bereit für die Ausbildung ..."

„Das bist du auch noch nicht", gab Qui-Gon zurück. „Aber du brauchst Hilfe."

Kapitel 3

„Ihr seid hier", sagte Obi-Wan. Die Worte schienen ihm im Hals stecken zu bleiben. Der Klang von Qui-Gons Stimme ließ Emotionen in ihm brodeln.

Obi-Wan hatte sich in ein leeres Gebäude gegenüber der Cantina zurückgezogen. Das zerfallene Bauwerk hatte kein Dach mehr, und die Sterne leuchteten hell und klar am Himmel.

„Ich war die ganze Zeit da", sagte Qui-Gon. „Bereit zu sein, liegt an dir, mein Padawan."

„Aber ich *war* immer bereit", erwiderte Obi-Wan. „Ich will die Ausbildung beginnen. Ich verstehe nicht, was Ihr meint."

„Wenn du weißt, weshalb du noch nicht bereit bist, wirst du bereit sein", sagte Qui-Gon.

„Jetzt klingt Ihr wie Yoda."

„Danke für diese Ehre", gab Qui-Gon zurück. Seine Stimme erklang von den Sternen und aus Obi-Wans Kopf. „Jetzt bin ich hier und sehe dir zu, wie du hinter einem Eopie her bist – das übrigens genau hinter der Cantina steht – anstatt dass du auf deine Gefühle achtest."

Obi-Wan seufzte. Er fühlte sich alt. Älter als alt. Und doch musste er offensichtlich noch so viel lernen.

„Die lebendige Macht, mein Padawan," sagte Qui-Gon, „beinhaltet auch, dass du nicht nur andere, sondern auch dich selbst kennst."

„Was wollt Ihr von mir wissen?"

„Ganz einfach: Was empfindest du jetzt?"

„Ich bin überwältigt, Euch zu hören."

„Das ist doch schon ein Anfang."

„Wütend auf das Eopie ..."

„Stimmt nicht. Versuch es noch einmal."

„Irritiert angesichts Eurer Rätsel ..."

„Gut! Jetzt kommen wir der Sache näher."

„Wütend auf mich selbst", stieß Obi-Wan hervor.

Qui-Gon sagte nichts. Obi-Wan war so voller Gefühle. Einen Augenblick brachte er kein Wort heraus. Erinnerungen brachen über ihn herein – an Jahre der Missionen, an Unterhaltungen, an die Art und Weise, wie Qui-Gon ihm geholfen und ihn geführt hatte. Obi-Wan hatte seinen Meister nach dessen Tod jeden Tag schmerzlich vermisst.

„Sag es mir", forderte Qui-Gon ihn sanft auf.

„Ich bin wütend, weil ich verwirrt bin", sagte Obi-Wan schließlich. „Es ist mir immer leicht gefallen Entscheidungen zu treffen. Ich wusste, welchen Kurs ich einschlagen musste, und schlug ihn ein. Wenn ein anderer Jedi in Gefahr war, machte ich mich auf den Weg. Und jetzt ist meine Mission klar und deutlich, aber mein Verstand ist es nicht. Ich will gehen. Aber ich bin dazu verpflichtet, hier zu bleiben. Luke ist die neue Hoffnung für die Galaxis, und ich muss ihn beschützen."

„Das ist alles richtig", sagte Qui-Gon. „Aber es ist nicht die einzige Wahrheit. Hoffnung entspringt nicht nur aus einem Brunnen."

„Und das heißt?"

„Wenn Luke eine Bestimmung hat, dann hat auch Ferus eine. Wenn das Imperium dazu bestimmt ist, besiegt zu werden, wenn die Macht wieder ins Gleichgewicht gebracht werden soll, dann wird aus allen Richtungen der Widerstand wachsen. Und all das wird etwas bewirken."

„Ihr glaubt, ich sollte gehen?"

„Das ist deine Entscheidung, Obi-Wan. Du musst deinen Gefühlen folgen. Ich kann dir nur sagen, was ich sehe. Und eines kann ich dir versichern – wenn du jetzt aufbrichst, wird das für den Jungen keine Gefahr bedeuten. So viel weiß ich. Das andere ist etwas, das du auch weißt – dass Luke etwas braucht, dem er sich anschließen kann, wenn er aufsteigen soll."

„Und Ferus könnte ein Teil dessen sein."

„Sprich über das, was du von Ferus weißt, und nicht über das, was du denkst."

„Er war nach Anakin der begabteste Schüler."

„Mit so vielen Fähigkeiten ist er ein großartiger Gegner für das Imperium."

„Aber ich müsste Luke allein lassen", sagte Obi-Wan nochmals. Es war eine Pflicht, die Yoda ihm auferlegt hatte, und er wusste, dass sie lebenswichtig war.

„Du wirst ihn nicht allein lassen. Ich werde über ihn wachen. Er wird eine Weile sicher sein. Luke ist tatsächlich in Gefahr, und diese Gefahr ist nahe. Ich kann sie spüren, aber nicht sehen. Ich spüre aber, dass Ferus der Schlüssel dazu ist."

Obi-Wan war erstaunt. „Ferus weiß von Luke?"

„Nein, so einfach ist das nicht. Aber ich spüre eine Verbindung ..., von der Ferus nichts weiß."

Entschlossenheit überkam Obi-Wan. Und Erleichterung. Seine Gefühle hatten auf diese Entscheidung hingedeutet. Er wollte Ferus helfen, wenn er konnte. „Dann muss ich gehen."

„Endlich", sagte Qui-Gon, „sprichst du mit deinem Herzen."

Er wollte noch so viel sagen und noch viel mehr fragen, doch Qui-Gons Gegenwart verblasste. Obi-Wan war unsicher, aber wenigstens hatte er eine Richtung, in die er gehen konnte.

Er wartete draußen in der Kälte, die er nicht mehr spürte. Aus der Cantina kamen Gäste, viele von ihnen wankend. Obi-Wan war erleichtert, als er sah, dass Weasy allein herauskam. Noch besser: Der Pilot ging mit entschlossenem Schritt davon. Wenigstens war er nüchtern.

Obi-Wan folgte ihm. Nachdem er ein paar Schritte gegangen war, spürte Weasy, dass ihm jemand folgte. Er drehte sich um.

„Wer ist da?"

Obi-Wan kam ein wenig näher. Er hatte Weasy absichtlich wissen lassen, dass er verfolgt wurde. Als Jedi hätte Obi-Wan ihm mühelos folgen können, ohne bemerkt zu werden.

„Oh, Ihr seid es." Weasy betrachtete ihn misstrauisch. „Ich glaube, ich habe Euren Namen nie mitbekommen, aber ich sehe Euch immer mal wieder in der Cantina."

„Ben."

„Also dann, Ben. Was kann ich für Euch tun?"

„Ich brauche einen Flug nach Ussa."

Weasys Augen verengten sich zu Schlitzen. „Ussa ist ein gefährlicher Ort."

Obi-Wan wartete.

„Es geht mich allerdings nichts an, wenn Ihr die Credits habt." Weasy nannte seinen Preis.

Obi-Wan gab ihm die Credits. Es waren fast die letzten von denen, die er von Coruscant mitgebracht hatte. Weasy nahm das Geld, drehte sich um und ging los, ohne sich zu versichern, ob Obi-Wan ihm folgte.

„Mein Transporter steht im Raumhafen. Und ein kleiner Hinweis: Ich will auf dem Weg nach Ussa kein Geplapper hören. Ich muss Eure Lebensgeschichte nicht hören, und Ihr nicht die meine. Ist das klar?"

„Ich glaube nicht, dass das ein Problem werden wird", gab Obi-Wan zurück.

Weasy ging auf dem Weg zur Landeplattform voraus. Als sie angekommen waren, deutete er auf eine corellianische Raumyacht. „Geht an Bord, während ich die Startvorbereitungen durchführe."

Obi-Wan stieg ein und setzte sich. Ein paar Minuten später kam Weasy ebenfalls an Bord und setzte sich in den Pilotensitz. Der Antrieb erwachte brummend zum Leben und das Schiff schoss in der Dunkelheit davon. Sie verließen die Atmosphäre von Tatooine und setzten Kurs auf Bellassa.

Kapitel 4

Bellassa war vor dem Ausbruch der Klonkriege eine blühende Welt mit einer gewählten Regierung gewesen. Sie hatte eine Armee geschickt, die an der Seite der Jedi gegen die Separatisten gekämpft hatte. Der Planet war eine offene, friedliche Welt mit reichlich Rohstoffen gewesen, und so war er nach der Errichtung des Imperiums in dessen Visier geraten. Der Gouverneur war abgesetzt worden und man hatte begonnen, die Freiheitsrechte der Bevölkerung einzuschränken. Journalisten waren zum Schweigen gebracht, Dissidenten ins Gefängnis geworfen worden.

So viel wusste Obi-Wan. Doch das reichte nicht.

Früher hätte er Jocasta Nu im Tempel kontaktiert und um Details gebeten. Nachdem sie ihn ermahnt hätte, dass er Dinge ebenso gut nachschlagen konnte wie sie – was natürlich nicht im Geringsten stimmte – hätte sie innerhalb von Sekunden Informationen zusammengetragen, deren Aufspüren ihn Stunden gekostet hätte.

Obi-Wan spürte tief in sich einen stechenden Schmerz.

Madame Nu, in ihrer geliebten Bibliothek getötet.

Der Jedi-Tempel in Flammen.

Er verbannte die Bilder aus seinem Gedächtnis. Er konnte nicht funktionieren, wenn er zuließ, dass sie ihn heimsuchten. Er musste sich dem Schmerz stellen und ihn dann loslassen.

„Wir sind da." Es waren die ersten Worte, die Weasy seit dem Aufbruch von Tatooine von sich gab. „Vor der Landung gibt es noch ein paar Sicherheits-Checks. Sie wollen wissen, was ich zum

Frühstück hatte. Sie werden sogar wissen wollen, was meine *Mutter* zum Frühstück hatte."

Das Schiff bekam nach einer ausgiebigen Prüfung die Landeerlaubnis. Weasy ließ es in einen freien Bereich am Rand des Raumhafens sinken. Er öffnete die Ausstiegsrampe, griff nach seiner ID-Karte und den Registrierungsunterlagen seines Schiffs und wandte sich an Obi-Wan. „Passagiere checken dort drüben ein. Ich muss das Andocken organisieren. Viel Glück."

Obi-Wan nickte. „Danke fürs Mitnehmen."

„Und noch was, Ben."

Obi-Wan drehte sich ungeduldig um. Er hatte es eilig.

„Ihr schuldet mir einen großen Krug in Mos Eisley."

Obi-Wan erkannte, dass Weasy ihm auf seine schroffe Art riet, vorsichtig zu sein. Er nickte und ging auf die Rampe hinaus.

Es war früh am Morgen, und im Raumhafen von Ussa herrschte bereits rege Aktivität. Obi-Wan ging durch die Sicherheitskontrolle und blieb dann lange am Rand der Landeplattform stehen, um sich die Stadt von oben anzusehen und sich zu orientieren. Obwohl er eine Karte auf seinem Datapad hatte, fand er es hilfreich, alles von oben anzuschauen.

Die Stadt Ussa bestand aus runden Distrikten, die um sieben Seen herum angeordnet waren. Die Wohn- und Industriebauten ragten nicht über eine bestimmte Höhe hinaus, und um jeden See verliefen in konzentrischen Kreisen breite Straßen. Es war angenehm, dort zu leben – zumindest war es das früher einmal gewesen. Obi-Wan konnte von hier aus den Volkspark sehen, eine große Grünfläche im Herzen der Stadt. Einst war dieser Park ein Treffpunkt gewesen, ein Ort der Feiern und der Gemeinsamkeit. Jetzt bedeckte ein riesiges schwarzes Bauwerk den größten Teil des Rasens. Bäume und einheimisches Buschwerk waren einfach gekappt worden, um Platz zu schaffen. Das Imperium hatte eine imperiale Garnison eingeführt, ein riesiges vorgefertigtes Bauwerk mit Unterkünften für Sturmtruppen-Bataillone und einem großen Gefängnis für die vielen Gefangenen.

Obi-Wan spürte geradezu, wie das Gebäude von dort unten aufragte. Ussa war zu einer Stadt der Angst geworden.

Er nahm den Turbolift hinunter auf die Straßenebene. Es war ein kühler, bewölkter Tag, der mit Regen drohte. Obi-Wan mischte sich unter die Passanten und machte sich auf den Weg durch die Straßen, permanent auf der Hut vor schnell heranrasenden Gleitern oder Lufttaxis. Es war ein seltsames Gefühl, wieder in einer dicht bevölkerten Welt zu sein, seltsam, kühle Luft zu spüren. Er war jetzt schon so lange allein gewesen. Als er sich dem Park näherte, ging er langsamer. Hier war die Gegenwart der Sturmtruppen verstärkt spürbar – sie kamen und gingen in Scharen aus der Garnison. Der Anblick der Soldaten und des Gebäudes ließ es Obi-Wan kalt den Rücken herunterlaufen. Als der Klonkrieg ausgebrochen war, hatten die Sturmtruppen für die Sicherheit der Republik gestanden. Jetzt waren sie ein Instrument der Einschüchterung.

Er war es gewesen, der die Klone auf Kamino gefunden hatte. Er hatte die Jedi darauf aufmerksam gemacht. Sie hatten damals angenommen, dass die Klone ihnen nach der Schlacht von Geonosis helfen würden. Doch stattdessen waren sie getäuscht worden. Verraten. Obi-Wan beobachtete, wie die weißen Reihen der Truppen durch die Straßen marschierten, er sah, wie die Passanten vor ihnen zurückwichen. Und dann übermannten ihn wieder seine Schuldgefühle und Verzweiflung, und irgendwann musste er stehen bleiben, weil das bedrohliche Dröhnen der Schritte der Sturmtruppen in seinen Ohren hallte.

Die Leute versuchten, die Garnison nicht anzusehen, warfen jedoch ängstliche Blicke darauf. Es führten so viele Straßen in den Volkspark, dass man an dem Gebäude kaum vorbeikam – und die Leute unterbrachen ihre Gespräche, wenn sie daran vorübergingen. Selbst ihre Schritte schienen leiser zu klingen, und die Bellassaner gingen schneller, wenn sie sich in der Nähe der Garnison befanden.

Obi-Wan nahm wieder Tempo auf und verschmolz mit der Menge. Sein Weg würde ihn zunächst zu Ferus' Büro führen. Es lag in einer Straße im Wolkensee-Distrikt. Der Weg dorthin war lang, und so konnte Obi-Wan sich einen Überblick über die Straßen der Stadt verschaffen.

Er hatte all dies schon zuvor gesehen. Alle Anzeichen waren da: die bedrohliche Stimmung in der Luft, die eigenartige Stille. Die Truppen in den Straßen, die schwarzen Gleiter voller uniformierter Offiziere, die vorüberflogen. Obi-Wan wusste, wie eine starke Kriegsmacht vorging, die ihre eisernen Klauen um eine einst friedliche Gesellschaft legte. Doch dies war schlimmer. Es lag nicht nur Angst in der Luft – es war der pure Schrecken.

Es begann zu nieseln, und ein feiner Dunst ließ die Luft flimmern. Der Wolkensee lag wie eine silberne Scheibe in der Ferne vor Obi-Wan, als er die Straßen um den See herum entlangging.

Ferus' Büro war geschlossen, die Jalousien waren heruntergezogen. Draußen hing ein kleines Laserschild mit dem Schriftzug OLIN/LANDS. Das war alles. Es war eine ruhige Straße, weit vom See entfernt, der in der Ferne schimmerte. Um Ferus' Büro herum gab es Geschäfte und ein Café. Es waren meist nur kleine Firmen – das Büro eines Buchhalters, eine Schneiderei, ein Laden, der Teetassen und Teller aus Keramik verkaufte.

Die Tür der Schneiderei lag genau gegenüber. Auf einem Schild stand MARIANAS EXQUISITE ENTWÜRFE UND ÄNDERUNGEN – ALLES, WAS IHRE KLEIDUNG BRAUCHT. Obi-Wan überquerte die Straße. An der Tür hing ein kleines Schild, auf das von Hand GESCHLOSSEN geschrieben war, doch die Tür war leicht angelehnt. Als Obi-Wan sie öffnete, hörte er, dass drinnen ein Summer ertönte.

Eine untersetzte Frau mittleren Alters kam aus einem Hinterzimmer. Sie hatte ihr Haar in dicken Zöpfen um den Kopf geflochten, doch das hatte sie offensichtlich in Eile getan, denn ein paar Strähnen hingen ihr bis zu den Schultern herunter. „Tut mir Leid, wir haben geschlossen", sagte sie in einem freundlichen Tonfall. Sie war offensichtlich beschäftigt und hatte keine Zeit.

„Entschuldigt bitte die Störung", sagte Obi-Wan. „Ich suche Olin/Lands."

Ihr Lächeln erstarb. „Das Geschäft ist geschlossen."

„Das Schild hängt noch an der Tür."

„Sie hatten keine Zeit mehr, es abzuhängen. Tut mir Leid ..."

„Wisst Ihr, was mit ihnen geschehen ist? Ich hatte eine Verabredung ..."

„Tut mir Leid. Ich kann Euch nicht helfen."

Die Endgültigkeit in ihrer Stimme war nicht zu überhören. Obi-Wan verneigte sich dankend und ging hinaus. Eine kurze, schmale Gasse führte zum Hintereingang des Ladens. Die Tür war zu, doch Obi-Wan konnte hinter einer Reihe von Mülleimern einen Gravschlitten neben der Wand sehen. Ein kleiner Junge saß auf der Maschine und ließ die Beine baumeln. Er sah aus wie vielleicht zwölf oder dreizehn, war dünn und drahtig, hatte ein schmales Gesicht und einen bläulichen Haarschopf.

Obi-Wan kam durch die Gasse näher. „Arbeitest du in der Schneiderei?"

Der Junge sah ihn mit stechendem Blick an. „Wir haben geschlossen."

„Das habe ich schon gehört. Aber vielleicht kannst du mir helfen. Ich habe bei Olin/Lands geläutet, doch es hat niemand geöffnet."

„Was habe ich damit zu tun?"

Bei diesem Kundenservice war es ein Wunder, dass der Laden überhaupt noch existierte. „Vielleicht weißt du, was mit ihnen geschehen ist."

„Nein.“

„Weißt du, ob sie wiederkommen …“

„Nein. Ich muss noch etwas ausliefern, also …“

„Weißt du, wo ich sonst noch Informationen bekommen könnte?“

„Nein, aber ich weiß, wo Ihr einen Reisemantel bekommt.“ Der Junge sah ihn abschätzend an. „Wenn Ihr mich fragt, könntet Ihr einen neuen brauchen. Wir haben alles: Romex, Chaughaine, Ledris, sogar Panzergewebe. Aber Ihr seht mir eher aus wie ein Typ für ramordianische Seide. Ihr könnt sowas tragen.“

Der Junge ließ die winzige Andeutung eines Grinsens erkennen. Seltsamerweise fühlte sich Obi-Wan an den jungen Anakin erinnert. Anakin hatte dieselbe Art gehabt ihn aufzuziehen und dabei nur mit Mühe eine ernste Miene wahren können. Das hatte ihn immer gefreut, aber auch irritiert. Und jetzt durchfuhr ihn bei jeder Erinnerung an Anakin ein Schmerz wie ein Elektroschock.

„Nein danke.“ Obi-Wan drehte sich um und ging die Gasse zurück, vom Kichern des Jungen verfolgt.

Er überquerte wieder die Straße und ging in eine Kneipe namens Dormas Café neben Ferus' Büro. Er setzte sich an die Theke und bestellte das Tagesgericht. Obi-Wan war der einzige Gast. Die Frau hinter der Theke hatte ein breites, freundliches Gesicht und lächelte ihn warm an.

„Nicht viel los heute“, bemerkte Obi-Wan. Er musste sich Mühe geben, um seinen Kommentar ungezwungen und entspannt klingen zu lassen. Es war schon so lange her, dass er solche Plaudereien betrieben hatte. Er konnte sich beinahe nicht mehr daran erinnern, wie er es anstellen sollte.

„Hier ist nie viel los“, gab die Frau zurück. „So ist das eben. In dem Viertel hier gab es früher viele Fußgänger. Aber heutzutage will niemand mehr zu Fuß durch die Stadt gehen. Jeden Tag machen mehr Geschäfte zu.“

„Muss schwer sein“, sagte Obi-Wan.

Die Frau zeigte mit dem Kinn über die Straße. „Mariana – die Schneiderin – kann gerade noch so überleben. Das arme Ding. Wer außer den Imperialen hat noch Credits, um neue Kleidung zu kaufen?“ Sie biss sich auf die Lippe und warf einen Blick zur Tür. Sie wusste, dass es nicht klug war, solche Dinge zu sagen.

„Mir fiel auf, dass das Geschäft nebenan geschlossen ist“, sagte Obi-Wan.

Sie nickte, und er konnte etwas Trauriges in ihrem Blick sehen. „Die armen Jungs.“

Er sah, wie sie sich verschloss. Er konnte beinahe fühlen, was sie dachte. Ein Fremder, der Fragen stellte. Könnte ein Imperialer Spion sein. Das geschah jetzt also in der neuen Galaxis. Das einfachste Gespräch wurde durch Angst und Vorsicht kompliziert.

„Ferus Olin war ein Freund von mir“, sagte Obi-Wan. „Ich bin von weit her gekommen, um ihn zu sehen.“

Sie wandte sich ab und begann, die Theke zu wischen. „Wenn Ihr ein Freund seid, dann müsstet Ihr wissen, was geschehen ist. Und dann wäret Ihr auch so klug und würdet für Euch behalten, dass Ihr einer seid.“

Die Unterhaltung war zu Ende. Aus Ferus' Nachbarn würde er keine Informationen herausbekommen. Sie hielten den Mund – entweder aus Loyalität oder aus Angst.

Wenigstens war das Essen gut. Obi-Wan lehnte sich nach vorn, atmete den Duft ein und nahm den nächsten Bissen. Qui-Gon hatte ihm immer gesagt, er solle essen. Sein Meister war der Meinung gewesen, dass man nie eine Gelegenheit versäumen sollte, auch nicht eine zum Essen. Obi-Wan erinnerte sich an eine Lektion der Meister, als er noch ein Padawan gewesen war. Es war eine Lektion, die auch Qui-Gon immer gern zitiert hatte. *Wenn Essen da ist, dann iss.* Natürlich war damit mehr gemeint. Es ging darum, dass man das genießen sollte, was der Augenblick bot.

Aber Qui-Gon erkannte in seiner feinfühligen Art immer, wenn ein heranwachsender Junge Hunger hatte.

Obi-Wan wollte der Frau gerade ein Kompliment für ihr Essen machen, als draußen das Geräusch stampfender Stiefel ertönte. Die Frau rannte zum Fenster.

„Eine Razzia der Sturmtruppen", sagte sie voller Angst in der Stimme.

„Weshalb?"

„Sie brauchen keinen Grund. Geht. Wenn niemand da ist, kommen sie vielleicht auch nicht herein."

Obi-Wan wurde vor die Tür gesetzt und stand auf die Straße. Die Sturmtruppen traten gerade ein paar Häuser weiter die Tür einer Kunstgalerie ein. Er wollte nicht, dass sie ihn befragten. Die ID-Karten, die Bail für ihn besorgt hatte, waren gut, doch als Außenweltler riskierte man immer, verhaftet zu werden.

Obi-Wan drehte sich um und wollte sich gerade davonmachen.

„Du da! Stehen bleiben!"

Er ging einfach weiter. Genau vor ihm lag eine Gasse.

Er hörte die schnellen Schritte der Sturmtruppen hinter sich. Obi-Wan bog scharf nach rechts in die Gasse ab.

Dabei wurde er beinahe von einem Gravschlitten überfahren, der die Gasse entlangschoss. Es war derselbe, der beim Hintereingang der Schneiderei gestanden hatte. Jetzt war er dicht beladen mit Durastahl-Kisten voller Kleidung. Obi-Wan stolperte gerade noch rechtzeitig rückwärts, um das überraschte Gesicht des Jungen zu sehen, der den Gravschlitten lenkte.

Obi-Wan sprang auf.

Kapitel 5

„He, runter da!" Der Junge versuchte, Obi-Wan von seinem Fahrzeug zu stoßen. Er war überraschend stark.

Obi-Wan hielt ihn mit einer Hand zurück, als er sich zum Steuer hinunterbeugte und es mit der anderen packte. Er sah, wie einer der Sturmtruppler stehen blieb und sich umschaute. Der Klon hatte Obi-Wan noch nicht entdeckt. Die Stoffhaufen und die Kisten sowie die hohen Seitenwände des Gravschlittens boten ihm Schutz.

Der Junge versetzte ihm einen harten Tritt gegen das Schienbein. Obi-Wan zuckte zusammen. Der Gravschlitten machte einen Satz, und der Sturmtruppler drehte den Kopf. „Du da", schrie er. „Den Gravschlitten anhalten!"

Obi-Wan stieg auf die Bremse, riss den Gravschlitten mitten in der Luft um 180 Grad herum und flog in die entgegengesetzte Richtung weiter. Der schwerfällige Gravschlitten konnte das Manöver kaum ausführen, doch irgendwie gelang es. Wenn Obi-Wan etwas von Anakin gelernt hatte, dann war es die Tatsache, dass die meisten Maschinen Manöver jenseits ihrer technischen Grenzen zustande brachten, wenn man sie nur hart genug dazu zwang. Er hatte gesehen, wie Anakin die unglaublichsten Manöver mit einem Gravschlitten ausgeführt hatte.

Obi-Wan bog scharf nach rechts ab und schoss eine Gasse entlang.

„Was machst du da, du stinkender Eidechsen-Affe?", schrie der Junge. „Ich war zuerst da!"

Obi-Wan riss das Fahrzeug nach links und holte das Letzte aus dem Antrieb heraus.

„Das da drüben sind imperiale Sturmtruppen!", rief der Junge.

Obi-Wan schob ihn sanft auf eine umgekippte Kiste. „Entspann dich."

Da schoss ein Speeder-Bike hinter ihnen um die Ecke, dicht gefolgt von einem zweiten. Zwei Sturmtruppler. Gut. Zwei waren besser als einer. Sie würden einander in die Quere kommen.

In diesem Augenblick stand der Junge mit geballten Fäusten auf. Obi-Wan nahm eine Hand vom Steuer und erhob sie. Er ließ die Macht fließen, und auf einmal konnte sich der Junge nicht mehr bewegen. Seine Augen waren weit aufgerissen.

„Du bekommst deinen Gravschlitten zurück. Halt einfach nur still." Mit einem sanften Macht-Stoß landete der Junge wieder auf seiner Kiste. Dieses Mal blieb er, wo er war.

Die Steuerung des Gravschlittens fühlte sich in Obi-Wans Händen heiß an. Sie bebte. Er forderte mehr von der Maschine, als sie zu leisten imstande war.

Nur noch ein klein wenig länger, sagte er in Gedanken.

Sie befanden sich jetzt in einem Distrikt mit Lagerhäusern. Überall in den Straßen parkten Baufahrzeuge mit Hydroliften, größeren Gravschlitten und Transport-Gleitern. Einer der Sturmtruppler flog jetzt höher. Er wollte sich offensichtlich von oben auf Obi-Wan stürzen. Der andere flog nach rechts. Sie wollten ihn also vor dem großen Lagerhaus zu seiner Rechten in die Enge treiben.

Jetzt kam es auf das richtige Timing an. Und ein Gravschlitten war nicht einmal ansatzweise so manövrierfähig wie ein Speeder-Bike. Doch wenn er eines über die Sturmtruppen gelernt hatte, dann was es das: Trotz ihrer Waffen, ihrer unerschöpflichen Energie und ihres gnadenlosen Willens, eine Aufgabe zu erledigen, hatten sie nicht besonders viel Vorstellungsvermögen. Sie waren strategische Nieten. Sie konnten nur Befehlen folgen.

Obi-Wan, der jetzt mit Höchstgeschwindigkeit flog, musste nach der Macht greifen und sie einsetzen. Sein Blick wurde schärfer. Die Zeit verlangsamte sich. Vor sich sah er ein Raupenfahrzeug, das auf einer Schiene montiert war, die wiederum senkrecht an einer Gebäudewand verlief. Die Arbeiter hatten wohl einfach ihre Arbeit ruhen lassen – die Renovierung der Verklinkerung des Hauses.

Obi-Wan löste sein Lichtschwert vom Gürtel und hielt es unter seinem Umhang dicht bei sich. Er musste es verstecken, bis es nicht mehr anders ging. Wenn herauskommen würde, dass er ein Jedi war, wäre bald der gesamte Planet hinter ihm her. Er zog den Gravschlitten in dem Wissen abrupt hoch, dass die Speeder-Bikes ihm nur wenige Sekunden später folgen würden. Als er sich auf der Höhe des Raupenfahrzeugs befand, streckte er blitzschnell die Hand mit dem Lichtschwert ins Fahrerhaus und hackte mit einem sauberen, akkuraten Hieb in das Steuerpult.

Die riesige Raupe fiel mit lautem Krachen zu Boden. Sie zerquetschte die beiden Speeder-Bikes, bevor diese auch nur die leiseste Chance hatten auszuweichen.

Obi-Wan flog der Freiheit entgegen. Und doch fühlte er sich unbehaglich.

Er brachte den Gravschlitten auf der Straße am Ufer des Blaustein-Sees in der Nähe des Volksparks zum Stehen. Hier gab es Verkehr und Fußgänger. Man würde weniger Notiz von ihnen nehmen.

Kaum hatten sie geparkt, da erhob sich der Junge voller Entrüstung. „Du hättest mich töten können! Und du hast mir Sturmtruppen auf den Hals geschickt!"

„Nein, das habe ich nicht", erwiderte Obi-Wan. „Keiner außer den beiden, die gerade unter der Raupe verschwunden sind, hat dich gesehen. Mach dir keine Sorgen."

„Ich mache mir aber welche!", rief der Junge. „Ich weiß genau, was du vorhast. Aber ohne mich!" Er begann, Kisten von dem Gravschlitten zu werfen. „Nimm das Zeug und verschwinde hier!"

„He, was machst du …" Obi-Wan hielt inne. Jetzt fiel ihm wieder ein, was der Junge geschrien hatte. *Ich war zuerst da!* Und die Art, wie er in der Gasse herumgelungert hatte. Obi-Wan hatte einfach angenommen, dass er für Mariana, die Schneiderin, arbeitete. Und der Junge hatte es auch so aussehen lassen.

„Moment mal", sagte er, nahm dem Jungen eine der Kisten ab und warf sie wieder auf den Gravschlitten. „Du wolltest nichts ausliefern. Du wolltest diese Kleidung stehlen."

Der Junge hob herausfordernd das Kinn. „Du hast gut reden. Du hast sie *mir* gestohlen! Dann behalte sie auch. Du wirst schon sehen, was passiert, wenn *du* sie zu verkaufen versuchst!"

Obi-Wan lehnte sich gegen einen Stapel der Kisten. „Es ist nicht sonderlich nett von dir, aus anderer Leute Unglück einen Vorteil zu schlagen, weißt du. Diese Schneiderin steht kurz vor der Pleite."

Er hörte sich selbst reden. Es war der Tonfall, der Anakin immer so widerstrebt hatte. Obi-Wan wartete auf Anakins bissige Antwort, bis ihm klar wurde, dass sie nicht kommen würde.

Stattdessen war da dieser Junge, der ihn voller Abscheu anschnaubte. „Und jetzt bekomme ich auch noch eine Standpauke. Was für ein bescheuerter Vollmondtag. Und wovor läufst *du* weg, Kollege?"

Obi-Wan ließ einen Augenblick verstreichen und sah hinüber zum See. Da stand ein Händler, der unter einem biegsamen, durchsichtigen Schirm Säfte und kleine Snacks verkaufte. Obi-Wan beschloss, den nächsten Schritt nach Qui-Gons Manier zu tun. Jungs hatten immer Hunger.

„Wie wäre es mit einem Happen zu essen?"

Der Junge schnaubte wieder. „Danke für die Einladung, aber warum verschwindest du nicht einfach."

Obi-Wan sprang vom Gravschlitten ab. Er ging zu dem Händler hinüber und kaufte zwei Saftbeutel und ein paar Sweesonberry-Kuchen.

Er spürte, dass der Junge immer noch zögerte. Obi-Wan nahm einen Bissen von einem Kuchen. Nicht schlecht.

Obi-Wan setzte sich auf eine Bank, stellte den anderen Saftbeutel und den Kuchen neben sich und schob beides in die Mitte der Bank. Dann nahm er einen Schluck.

Der Junge sprang von dem Gravschlitten ab und kam langsam zu ihm herüber. Er setzte sich ans andere Ende der Bank. Dann schnappte er sich schnell einen Kuchen. Er packte ihn aus, biss hinein und begann zu kauen.

„Wie heißt du eigentlich?", fragte Obi-Wan.

„Was interessiert dich das?"

„Ich mache nur Konversation."

„Und weil du mir was zu essen gekauft hast, muss ich jetzt dein Freund sein?"

„Na ja, wenigstens könntest du freundlich sein."

Der Junge riss den Saftbeutel auf. „Trever", sagte er.

„Ich bin Ben", gab Obi-Wan zurück.

„Also gut, Ben", sagte Trever und winkte mit dem Gebäck. „Du siehst für mich aus wie ein Außenweltler. Deshalb werde ich dir einen Rat geben. Wenn du ein Stück vom Schwarzmarkt hier haben willst, dann wirst du Probleme kriegen. Wir sind eine eingeschworene Gemeinde. Wir mögen keine Außenweltler."

„Wo sind deine Eltern?"

„Tot."

„Das tut mir Leid."

„Warum? Du hast sie nicht umgebracht."

Trever zuckte mit den Schultern. „Meine Mutter war Captain in der großen Armee der Republik. Sie starb in der Schlacht von T'olan im Wuun-System ..."

Obi-Wan nickte. „Ich habe von der Schlacht gehört. Sie war furchtbar." Sie hatte ganz am Anfang der Kriege stattgefunden. Trever dürfte vielleicht neun Jahre alt gewesen sein.

Als Trever keine weiteren Informationen mehr von sich gab, stellte Obi-Wan vorsichtig die nächste Frage. „Und dein Vater?"

„Er arbeitete in einem Med-Center. Er war Arzt und starb am Ende der Klonkriege. Das Imperium schickte sofort Truppen hierher. Sie wollten das Verteidigungssystem des Planeten übernehmen – zu unserem eigenen Schutz, wie sie behaupteten." Trever schnaubte. „Also beschlossen ein paar Ussaner, die Verteidigungsanlage in friedlichem Protest zu besetzen. Mein Vater war drinnen, als sie in die Luft flog. Bumm und tschüss Dad."

Obi-Wan wusste, dass der Junge mit seiner Art einen tiefen Schmerz verbarg. Einen Schmerz, den so viele in der Galaxis empfanden.

„Und wer kümmert sich jetzt um dich?", fragte Obi-Wan.

„Niemand."

„Hast du keine Tante, keinen Onkel?"

„Es gibt niemanden, klar?" Trever nahm noch einen Bissen von seinem Kuchen. Er ließ keinerlei Gefühl erkennen. Obi-Wan wartete, während der Junge kaute und schluckte. „Ich kann auf mich selbst aufpassen."

Obi-Wan schüttelte den Kopf. Er glaubte, jeden Preis zu kennen, den man in einem Krieg bezahlen musste. Jedes Leid. Jede Ungerechtigkeit. Sie waren alle furchtbar, doch einer war am schlimmsten. Krieg schuf Waisen.

„Deshalb hast du also zu stehlen gelernt."

„Ich bin viel unterwegs. Die Sicherheitskräfte in Ussa haben andere Dinge zu tun. Die Leute sind abgelenkt, wenn sie etwas zu tun haben. Und ich weiß, zu wem ich gehen muss, wenn ich etwas zu essen oder einen Platz zum Schlafen brauche. Dorma gibt mir manchmal etwas. Und Ferus hat mir immer ..."

Trever hielt inne.

„Also kennst du Ferus Olin doch", sagte Obi-Wan.

Trever schwieg.

Obi-Wan fuhr fort. „Er hat dir auch geholfen, stimmt's?" Doch Trever blieb stumm. „Hör zu, Trever, ich brauche deine Hilfe. Ich bin ein Freund von Ferus Olin. Ein alter Freund. Ich habe gehört, dass er in Schwierigkeiten ist. Ich versuche, ihn zu finden."

Der Junge kaute und trank einen Schluck Saft. „Was ist für mich drin?"

„Ferus hat dir geholfen. Willst du ihm nicht helfen? Willst du das Imperium nicht davon abhalten, deinen Planeten zu zerstören?"

„Ich habe gefragt, was für mich drin ist."

Obi-Wan seufzte und schob ein paar Credits über die Bank.

Als Trever sich das Geld schnappte, beobachteten seine dunklen Augen Obi-Wan. „Wie fiel die Raupe zu Boden?", fragte er.

„Wo ist Ferus?"

„Wie konntest du mich so festhalten? Ohne mich zu berühren? Wer bist du?"

„Das ist unwichtig. Das Einzige, was zählt, ist, dass ich Ferus helfen kann. Hast du ihn gesehen, seit er verhaftet wurde?"

Trevers Gesichtszüge verhärteten sich. „Er ist tot."

„Woher weißt du das?"

„Weil sie wollen, dass er tot ist. Und sie bekommen immer, was sie wollen."

„Aber du weißt es nicht mit Sicherheit."

„Ich weiß mit Sicherheit, dass er jetzt hier wäre, wenn er nicht tot wäre. Er würde Roan niemals im Gefängnis zurücklassen. Er würde versuchen, ihn zu retten."

Obi-Wan atmete erleichtert auf. Ferus war nicht tot. Trever wusste nichts.

„Ich hatte auch einen Bruder, weißt du", sagte der Junge plötzlich. „Tike. Er war auch in dieser Verteidigungsanlage. Er war zu jung, um der Armee der Republik beizutreten, wollte aber unbedingt Bellassa verteidigen. Deshalb ging mein Vater in das Gebäude hinein. Er wusste, dass Tike drinnen war und bot an, ein Abkommen zwischen den Besatzern und dem Imperium auszuhandeln. Doch kaum war er drinnen, da sprengten sie das Gebäude in die Luft."

Ein vertrautes Gefühl überkam Obi-Wan. Wut. Er wusste, wozu das Imperium in der Lage war. Sie wurden von einem Sith angeführt und hatten die Jedi skrupellos abgeschlachtet. Und den Tod Millionen Unschuldiger verursacht. Es waren nicht nur Sturmtruppen gewesen, die sich auf einmal gegen die Jedi gewandt hatten. Obi-Wan würde Mühe haben, seine Wut zu unterdrücken. Doch er musste es tun, denn er wusste, was sie in seinem Verstand anrichten würde. Er musste ruhig und überlegt handeln.

Er holte tief Luft und sah auf den See hinaus. „Auch alle, die ich geliebt habe, sind tot, Trever."

Der Junge knüllte das leere Papier und den Saftbeutel zusammen und warf beides in einen Müllkorb. „Ja. Na ja. Sie zerquetschen letztlich alles und jeden. Es geht nur darum, am Leben zu bleiben."

Obi-Wan wollte dem Jungen sagen, dass es nicht reichte, nur am Leben zu bleiben. Überleben war einfach. Leben mit einem Ziel war schwierig. Doch der Junge war zu jung, um das zu wissen.

„Ich glaube, ich kann Ferus retten. Ich glaube, er ist noch am Leben."

„Woher weißt du das?"

„Ich glaube, ich wüsste es, wenn er tot wäre." Doch Obi-Wan fragte sich noch während er sprach, ob das stimmte. Konnte man noch auf die Macht bauen, wo die Dunkle Seite doch so stark geworden war?

Trever, der auf seine Art auch zweifelte, schnaubte wieder.

„Glaubst du nicht an die Verbindung zwischen zwei Menschen?", fragte Obi-Wan.

„Ich glaube an die Verbindung zu mir selbst, und das war's dann auch schon." Trever sah Obi-Wan an und schien eine Entscheidung zu treffen. „Komm mit."

Er führte Obi-Wan wieder zu dem Gravschlitten. „Du glaubst, dass ich Marianas Situation ausnutze? Zum Totlachen. Ihrem Laden geht es hervorragend. Sie will nur nicht, dass irgendjemand das weiß."

„Wie meinst du das?"

Trever schob die obersten Kleider in einer der Kisten zur Seite. Darunter lagen Uniformen des Imperiums.

„Reinigen und flicken", sagte der Junge. „Für sie. Für die gesamte Garnison."

„Na ja", sagte Obi-Wan. „Sie muss auch von etwas leben, oder nicht? Und sie müssen ihre Uniformen irgendwo waschen lassen."

„Klar, aber weshalb dem Pack helfen, das dir deinen Planeten gestohlen hat?" Trevers Gesicht war rot angelaufen. Er versetzte einer der Kisten einen Tritt. „Weißt du, was das sind? Gefängnisuniformen! Sie haben so viele von uns hinter Gitter gesteckt, dass sie mit dem Nachschub nicht mehr hinterherkommen! Und in ihrem Laden gibt es haufenweise mehr Material! Sie versteckt sich da drin und näht Gefängnisuniformen für ihr eigenes Volk. Ich finde, das stinkt wie ein Eidechsenaffe in der Sonne! Sie verdient es, bestohlen zu werden! Niemand in Ussa würde mit dem Imperium zusammenarbeiten – und sie tut es."

Obi-Wan stieg auf den Gravschlitten. Er sah die Uniformen an. Sie waren leuchtend gelb, damit man die Gefangenen gut sehen konnte. Kiste um Kiste voll davon stand auf dem Gravschlitten – und sie hatte noch Material für mehr? Wie viele Ussaner wollten die Imperialen denn noch verhaften?

Als sein Stiefel etwas Metallisches berührte, beugte er sich hinunter. Er nahm ein kleines Objekt in die Finger. Es war ein imperialer Code-Zylinder – ein Gerät, mit dem man Computerinformationen abrufen oder den Zugang zu gesperrten Bereichen erlangen konnte. Der Zylinder musste während der Verfolgungsjagd aus der Uniform eines der Soldaten gefallen sein.

Er schob das kleine Teil in seine Tasche.

„Und was sagst du jetzt, Kumpel?", fragte Trever ungeduldig. „Weshalb sollte ich die Kleider nicht stehlen?" Obi-Wan dachte eine Minute nach. Der Code-Zylinder würde nur kurz gültig sein – bis der Soldat bemerken würde, dass er ihn verloren hatte. Doch er würde seine Unterkunft auf den Kopf stellen, bevor er ihn als verloren meldete. Der Verlust eines Code-Zylinders wurde schwer bestraft.

„Weiß Mariana, dass die Ware gestohlen wurde?"

„Nein, sie hat immer den gleichen Tagesablauf. Ich hab darauf gewartet, dass sie geht und bin dann in den Laden eingebrochen. Sie holt jeden Tag um zehn die Gefängniswäsche ab."

Obi-Wan prüfte seinen Chrono. „Wir müssen die Kleider zur Schneiderei zurückbringen", sagte er. „Die Garnison darf nicht wissen, dass sie gestohlen wurden."

„Wir?" Trever wich zurück. „Willst du das Geheimnis meines Erfolges wissen? Ich mache nie freiwillig bei etwas mit. Niemals."

„Du wolltest diese Kleider verkaufen, stimmt's? Ich werde dir zahlen, was du dafür bekommen hättest – wenn du sie zurückbringst. Sag mir deinen Preis."

Trever nannte eine Zahl.

Obi-Wan verzog das Gesicht. „Ich gebe dir die Hälfte. Und ich lege noch etwas drauf, wenn du etwas über Roan Lands herausfinden kannst."

In Trevers Augen leuchtete etwas auf.

„Du weißt etwas", behauptete Obi-Wan.

Trever zuckte mit den Schultern.

Obi-Wan gab ihm einen Credit. „Die Hälfte bekommst du jetzt, die andere Hälfte später." Der Junge wurde langsam teuer, doch er hatte das Gefühl, dass Trever ihm Dinge sagen könnte, die er wissen musste.

„Die damalige Kollegin meines Vaters. Sie hat eine Klinik. Dort brachten sie Roan Lands hin. Sie haben ihn beinahe umgebracht, sie wollen ihn aber lebend haben. Sie haben ihn unbemerkt dort abgeliefert."

Als ein imperialer Gleiter langsam vorüberflog, wandten sich Obi-Wan und Trever ab. Doch der Gleiter flog weiter.

Trever bewegte sich von einem Bein auf das andere. „In Ussa ist es nicht sonderlich klug, lange an einem Ort zu bleiben. Wir sollten uns auf den Weg machen. Wir können den Gravschlitten jetzt zurückbringen."

„Zuerst musst du mich bei dem Med-Center rauslassen und dann auf mich warten."

„Hast du mich nicht verstanden? Ich bin nicht von der freiwilligen Abteilung."

Obi-Wan sprang auf den Gravschlitten. „Ich weiß nicht, ob es dir aufgefallen ist, aber ich habe dir nur das halbe Honorar bezahlt."

„Und woher willst du wissen, dass ich nicht das Geld nehme, dich abliefere und die Kleidung dann trotzdem stehle?"

„Darauf lasse ich es ankommen", sagte Obi-Wan.

„Sehr mutig."

„Und abgesehen davon", fügte Obi-Wan hinzu, „finde ich dich, auch wenn du dich aus dem Staub machst."

Kapitel 6

Nun war er also wieder auf einer Mission. Er hatte nicht erwartet, dass das noch einmal geschehen würde.

Obi-Wan rollte seinen Mantel zu einem kleinen Bündel zusammen und warf ihn hinter eine Kiste. Dann zog er einen Overall an. Trever flog den angeschlagenen Gravschlitten gekonnt in engen Kurven durch den Verkehr. Qui-Gon hatte Obi-Wan erklärt, dass auf einer Mission jeder hilfreich sein konnte – alte Männer wie auch Jungen wie dieser.

Es war ein vertrautes Gefühl, der potenziellen Gefahr entgegenzusteuern. Es war vertraut, den Blick immer schweifen zu lassen, den Verkehr auf dem Boden und in den Luftstraßen im Auge zu behalten, immer darauf zu achten, einen Fluchtweg in petto zu haben. Sein leicht beschleunigter Puls sagte ihm, dass er bereit war für das, was auch immer da kommen mochte.

Es war alles vertraut, und doch hatte sich alles verändert. Er war allein. Einst war er Teil eines dichten Netzwerks gewesen, das ihn unterstützte, tausende von Jedi in der gesamten Galaxis. Vom Tempel hatte er Informationen und Hilfe erhalten, wann immer er sie gebraucht hatte. Und jetzt gab es nichts mehr. Niemanden mehr. Und kein Planet bat die Jedi mehr um Hilfe.

Er war der Letzte. Und diese Mission würde höchstwahrscheinlich seine letzte sein.

Sie fuhren an dem kleinen Med-Center vorbei. Obi-Wan kauerte hinter den Kisten. Mit dem Code-Zylinder würde er nicht hineinkommen; der war den Sicherheitskräften der Garnison vorbehalten.

„Du wirst nicht hineinkommen", sagte Trever.

„Ich komme hinein."

„Also, wenn du es schaffst – was nicht der Fall sein wird – dann suche Dr. Amie Antin. Zu ihr haben sie Roan gebracht. Da drüben." Trever deutete auf ein kleines graues Gebäude zu ihrer Linken. Zwei Wachen der Sturmtruppen standen draußen. „Lass dich nicht täuschen, weil es nur zwei sind. Hier sind überall Sicherheitswachen. Auch auf dem Dach. Niemand kommt ohne Kontrolle hinein oder heraus. Wenn du die Wäsche bringst, musst du auf einer Liste stehen."

„Ich werde es schon schaffen. Halte einfach nur ein paar Sekunden an, damit ich abspringen kann. Dann warte in der Gasse da drüben. Ich werde nicht lange weg sein."

„Alles klar."

Der Gravschlitten wurde langsamer. Obi-Wan warf ein Bündel Wäsche über die Schulter und sprang ab. Er ging ohne einen Blick zurück die Treppe zum Med-Center hinauf.

Einer der Sturmtruppler machte mit bereit gehaltenem Blaster-Gewehr einen Schritt nach vorn. „In welcher Angelegenheit kommt Ihr?"

„Wäschelieferung", sagte Obi-Wan.

„Das muss ich auf der Liste nachsehen."

Obi-Wan winkte langsam mit der Hand. „Ihr müsst nicht nachsehen. Die Wäschelieferung kann passieren."

„Ich muss nicht nachsehen. Die Wäschelieferung kann passieren." Der Sturmtruppler winkte ihn durch. Obi-Wan ging an den beiden Soldaten vorbei, das Wäschebündel auf der Schulter. Er warf einen unbemerkten Blick zurück. Trever hatte in der Gasse angehalten. Doch als er sah, dass Obi-Wan den Kontrollposten passiert hatte, winkte er und schoss mit dem Gravschlitten davon.

Also war dem Jungen nicht zu trauen. Doch das überraschte ihn nicht. Er musste nun eben selbst den Weg hinaus finden.

Er ging schnell in das Gebäude und an den vorderen Untersuchungszimmern vorbei, wo Patienten saßen und darauf warteten, von einem Medi-Droiden untersucht zu werden, der die Informationen eintippte. Obi-Wan ging davon aus, dass Roan Lands in einem der hinteren Räume festgehalten wurde.

Er kam an einem gehetzt dreinschauenden Mediziner vorbei. „Wäsche da entlang", sagte der Mann barsch und zeigte auf eine Doppeltür.

Dahinter öffnete sich eine große Lagerkammer. Obi-Wan legte das Wäschebündel auf den Boden, zog schnell seinen Overall aus und stopfte ihn in eine Mülltonne. Er nahm eine Medi-Tunika aus dem Regal und zog sie an. Dann ging er wieder in den Korridor hinaus.

Dieses Mal hielt ihn niemand auf. Auch nicht, als er an einer Theke vorbeiging, an der mehrere Mediziner Informationen in Computer eingaben und Tablettenportionen prüften. Irgendjemand schob Tabletts mit Speisen vor sich her. Obi-Wan fiel in dem Durcheinander nicht auf.

Es dauerte nicht lange, da hatte er das Zimmer gefunden, in dem Roan Lands lag. Zwei Wachen der Sturmtruppen standen davor. Obi-Wan ging zu ihnen.

„Ich wurde wegen des Gefangenen um Rat gebeten", sagte er. „Auf Anfrage von Dr. Antin."

„Sie sagte nichts dergleichen."

„Sie muss medizinische Entscheidungen nicht mit Euch abklären", sagte Obi-Wan kurz angebunden. Er wollte an den beiden vorbeigehen, als einer der Sturmtruppler sein Gewehr anhob. „Zeigt mir Eure ID-Karte."

In diesem Augenblick ging die Tür einen Spalt auf und eine Frau in einer Medi-Tunika erschien. Sie war mittleren Alters und hatte ein sehr schönes, einprägsames Gesicht mit stechenden dunklen Augen. Ihr weißblondes Haar war kurz geschoren.

„Wer ist das?"

„Er sagt, Ihr wolltet ihn zu Rate ziehen, Dr. Antin", sagte der Sturmtruppler.

Obi-Wan ließ seine Hand locker an seine Seite sinken. Er war bereit, sein Lichtschwert hervorzuholen. Er sah Dr. Antin direkt an. Es verging ein Moment, in dem sie die Dringlichkeit seines Blickes zu spüren schien.

„Ja, kommt herein, Doktor." Dr. Antin öffnete die Tür.

Obi-Wan ging hinein. Er erkannte, dass er sich in einem Behandlungszimmer für die schwersten Fälle befand. An einer Wand gab es einen Medi-Kokon und eine Reihe von Instrumenten. Ein junger Mann lag auf einem Bett. Seine grünen Augen starrten an die Decke. Er regte sich nicht. Er hatte dunkles, schulterlanges Haar und schien kräftig gebaut zu sein. Er trug eine Gefängnistunika in leuchtendem Gelb.

„Eure Diagnose, Doktor?" Ihre Stimme klang streng.

„Ich ..."

„Macht Euch keine Mühe. Ich weiß, dass Ihr kein Arzt seid, und vielleicht haben wir nicht viel Zeit. Seid Ihr von den Elf?"

Manchmal erhielt man Informationen, wenn man eine Frage nicht beantwortete. Obi-Wan wartete ab.

„Also, ich habe das schon mit Wil Asani besprochen. Ich weiß zu schätzen, was Ihr tut, aber ich kann mich nicht einmischen. Zu viele Patienten verlassen sich hier darauf, dass ich sie behandeln kann. Ich werde Euch Informationen geben, das ist aber alles. Und auch nicht viele." Dr. Antin seufzte und warf einen Blick auf Roan. „Ihr könnt Wil sagen, dass ich nicht weiß, was ihm fehlt und dass ich nicht weiß, ob er überleben wird. Sie wollen, dass ich ihn am Leben halte, sagen mir aber nicht, was ihm verabreicht wurde. Es war weder Loquasin noch Mangoriza – nicht die üblichen Verdächtigen. Ich habe ihm Spectacillin gegeben. Er hat eine leichte Infektion, aber die wird ihn nicht umbringen. Und ich habe ihm einen Schadstoffbinder gegeben. Der sollte sein Blut von Restgiften befreien. Aber so lange ich nicht genau weiß, was man ihm verabreicht hat, kann ich ihn nicht behandeln. Sein Zustand ist zu instabil. Ich könnte ihn mit jeder falschen Behandlung töten. Solche Fälle habe ich schon mehrfach gesehen. Das imperiale Gefängnis muss irgendein neues Serum testen – etwas, das ich nicht kenne. Mir ist allerdings klar, dass sie kein Gegenmittel haben. Sie hoffen, dass ich eines finde. Ich habe sehr viel über Nervengifte geforscht und ich gehe davon aus, dass wir es hier mit einem zu tun haben."

Sie legte Roan eine Hand auf die Schulter. „Er muss einfach nur durchhalten. Lasst uns das Beste hoffen."

Sie sah Obi-Wan an. „Ich kann Euch hinausbringen. Aber kommt nicht wieder. Das ist alles, was ich für Euch tun kann."

Da hörte Obi-Wan Lärm vor der Tür. Dr. Antin runzelte die Stirn und eilte zu einem Videoschirm, der sofort aufleuchtete. Auf dem Display war der erschreckende Anblick von Sturmtruppen zu sehen, die durch den Vordereingang der Klinik hereinströmten. Inmitten der Soldaten ging eine hoch gewachsene Gestalt in einer kastanienbraunen Robe, deren Farbton so dunkel war, dass sie beinahe schwarz aussah. Auf Obi-Wan machte es den Eindruck, als wollte der Mann dem Imperator so ähnlich wie möglich sehen, ohne ihn direkt nachzumachen. Seine Kapuze bedeckte das Gesicht.

„Malorum", keuchte Dr. Antin. „Das ist nicht gut."

„Wer ist er?", fragte Obi-Wan.

„Einer der Inquisitoren – eine Gruppe, die der Imperator zusammengestellt hat. Er kam als Chef der Sicherheitstruppen auf den Planeten. Er kam mit einem Team von Leuten an, um das neu gegründete Überwachungs- und Sicherheits-Korps auszubilden. Sie werden Teil des Imperialen Sicherheitsbüros sein. Das ISB muss lokal präsent sein, um Euch und Eure Gruppe aufzuspüren." Sie wirbelte herum. „Wisst Ihr das nicht?"

„Man könnte sagen, dass ich der Neue bin", sagte Obi-Wan.

„Es ist zu spät für Euch, um zu verschwinden. Ihr müsst Euch verstecken."

Obi-Wan spürte, wie sich in der Luft etwas rührte. Die Macht? Sie war nicht stark, es war nur ein Aufflackern. Doch es war so lange her, dass er sie bei irgendjemand anderem als sich selbst gespürt hatte.

Er sah wieder zu dem Monitor. Malorum. Er war die Quelle der Macht.

Wer bist du, Malorum?

„Kommt schon!" Dr. Antin brachte ihn eilig zur Wand hinüber. Dort drückte sie einen Knopf und öffnete den Medi-Kokon. Sie konnten jetzt das Dröhnen der Stiefel draußen im Gang hören.

„Vergesst nicht, mich wieder herauszuholen", sagte Obi-Wan, als sie die Tür des Kokons schloss und verriegelte.

Obi-Wan musste die Macht fließen lassen, um zu hören, was draußen vor dem Kokon vor sich ging. Die Worte waren gedämpft, doch er konnte sie verstehen.

„Mein Patient ist sehr krank. Er kann keine Besucher empfangen!"

„Ich bin wohl kaum ein Besucher." Es war eine leise Stimme. „Ich möchte Euch einen Rat geben, Doktor. Vergesst nicht, dass wir bereits auf Euch aufmerksam geworden sind."

„Ja, Ihr seid sehr gut, was das betrifft. Aber ich bin hier, um meinen Patienten zu dienen. Und nicht Euren Regeln."

„Und hättet Ihr Patienten, wenn wir Eure Klinik schließen würden?"

„Das könnt Ihr nicht tun. Nicht einmal das Imperium würde Krankenhäuser schließen, um dann die Kranken in den Straßen sterben zu lassen, weil sich niemand um sie kümmert."

„Ich versichere Euch, dass das Imperium tut, was der Galaxis in ihrer Gesamtheit dienlich ist. Es ist nicht logisch, die Rechte einiger weniger über die vieler zu stellen. Wir bringen vielen die Freiheit, doch das erfordert Opfer. Ich bedaure, dass Ihr das nicht erkennt."

„Schöne Reden. Ihr sprecht von Freiheit, dabei steckt Ihr Leute ohne Anklage oder Prozess ins Gefängnis."

„Eine notwendige Anpassung der Gesetze. Die Zeiten sind gefährlich."

„Ihr verabreicht illegale Drogen zum Zwecke der Folter."

Obi-Wan konnte es nicht glauben. Er wusste, dass Dr. Antin Angst hatte. Er konnte ihre Angst spüren. Und doch forderte sie Malorum heraus und weigerte sich, einfach klein beizugeben.

Obi-Wan spürte, wie Malorums Wut brodelte.

„Genug. Ihr habt meine Gutmütigkeit weidlich ausgenutzt, Dr. Antin."

Obi-Wan konnte sich Dr. Antins angehobene Augenbrauen bei dem Wort ‚Gutmütigkeit' bildlich vorstellen.

„Ihr bewegt Euch auf gefährlichem Boden. Wir wissen, dass Ihr mit den Elf in Verbindung steht."

„Das stimmt nicht."

„Ihr habt einen von ihnen behandelt."

„Ich bin hier, um den Kranken zu dienen."

„Ihr habt doch einen Sohn. Adem, oder nicht?"

Dr. Antin sagte nichts, doch Obi-Wan spürte, wie ihre Angst eskalierte. Und ihre Wut.

„Er ist zehn, wenn ich es recht erinnere. Geht morgens allein zur Schule. Wenn ich mir das vorstelle …"

Obi-Wan wollte die Tür des Medi-Kokons aufstoßen und Malorum zur Rede stellen. Doch er hatte das Gefühl, dass Dr. Antin auf sich selbst aufpassen konnte.

„Das stimmt", sagte die Ärztin. Sie sprach jetzt leise, fast so leise wie Malorum. „Er ist noch ein Schuljunge, und nur Feiglinge bedrohen Kinder. Ist das Teil Eures großen Planes für die Galaxis?"

„Ihr versteckt Ferus Olin. Ihr habt ihn gesehen. Uns liegen Berichte über eine verdächtige Person vor, die die Klinik betreten hat."

„Das war ein Arzt, den ich rufen ließ", sagte Dr. Antin. „Dr. Merkon. Er ist schon wieder weg."

„Wir haben keinerlei Aufzeichnungen darüber, dass er gegangen ist."

„Dann seht Euch Eure Aufzeichnungen noch einmal an", erwiderte Dr. Antin bissig.

„Ihr werdet von uns hören, Dr. Antin."

Obi-Wan hörte, wie die Schritte leiser wurden. Das dunkle Böse in dem Raum dort draußen folgte ihnen.

Wenige Augenblick später wurde die Tür des Kokons aufgerissen.

„Wir dürfen keine Zeit verlieren", sagte Dr. Antin. „Ich muss Euch hier herausbringen."

„Ich kann allein gehen."

„Nein, sie werden das Gebäude abriegeln. Ich kenne aber einen Ausweg."

„Er hat Euren Sohn bedroht."

Aus ihrem Gesicht war jede Farbe gewichen. Ihre Lippen waren fast weiß. „Ja. Und das war sein Fehler. Bevor er es getan hat, wollte ich neutral bleiben. Aber jetzt nicht mehr."

Sie warf einen Blick auf die Krankenliege. „Wir müssen Roan mitnehmen."

„Und wohin bringen wir ihn?"

„Zu Eurem Sicherheitshaus natürlich. Zu den Elf."

Obi-Wan konnte nur hoffen, dass Dr. Antin den Weg kannte.

Kapitel 7

Dr. Antin lud Roan mit Obi-Wans Hilfe in den Medi-Kokon. Das Zimmer grenzte an eine kleine Landeplattform, wo bereits ein Krankengleiter wartete. Dr. Antin öffnete behände eine Abdeckung an der Seite des Gleiters. Der Platz reichte knapp für Obi-Wan, wenn er sich zusammenkauerte.

„Das habe ich während der Klonkriege einbauen lassen", sagte sie. „Kann manchmal sehr nützlich sein."

Obi-Wan setzte sich in die kleine Kammer und zog seine Beine an.

„Gut festhalten", sagte Dr. Antin. „Ich fahre gern schnell."

Sie schloss die Abdeckung und schon ein paar Sekunden später spürte Obi-Wan, wie der Antrieb unter ihm aufheulte. Der Gleiter schoss davon.

Offensichtlich gab es einen Kontrollposten, denn einen Augenblick später hielten sie bereits wieder an.

„Patient zur Überweisung in die Klinik für ansteckende Krankheiten", hörte er die Ärztin sagen.

„Genehmigung?"

„Hier."

Obi-Wan wartete.

„Alles klar."

Der Gleiter flog weiter. Obi-Wan spürte die Kurven und Biegungen, und er hörte den auf Hochtouren laufenden Antrieb. Nach einiger Zeit verlangsamte der Gleiter seine Fahrt, bis die Maschinen nur noch schnurrten.

Die Abdeckung wurde geöffnet. „Willkommen zu Hause", sagte Dr. Antin.

Obi-Wan sah, dass sie sich jetzt in einem kleinen überdachten Parkschuppen befanden. Überall standen weitere Gleiter herum, die meisten davon ältere Modelle.

„Ich glaube, es ist an der Zeit, dass ich es Euch sage. Ich bin kein ..."

Da flog plötzlich die Tür auf und ein Bellassaner mit Blaster-Gewehr in der Hand erschien. Er war klein und kompakt und seine Haare hatten einen Grauschimmer. Obi-Wan spannte sich an, doch der Mann sah lediglich Dr. Antin mit einem Stirnrunzeln an.

„Amie. Dich hatte ich nicht erwartet."

„Wir konnten dich nicht vorwarnen. Ich musste ihn schnell herbringen. Die Klinik wurde abgeriegelt."

Der Mann betrachtete Obi-Wan mit seinen silbergrauen Augen. „Wer ist das?"

„Ist er nicht ... einer von euch?" Zum ersten Mal an diesem Tag stotterte Dr. Antin.

Der Mann richtete sein Blaster-Gewehr auf Obi-Wan. „Ich fürchte nein."

Dr. Antin wich zurück und stellte sich neben den Mann. „Es tut mir Leid, Wil. Ich habe angenommen ..."

„Später." Wil ging ein weniger näher an Obi-Wan heran, das Blaster-Gewehr immer auf seinen Kopf gerichtet. Obi-Wan konnte an der Art, wie er das Gewehr hielt, erkennen, dass er ein ausgezeichneter Schütze war. „Bringt uns doch einfach selbst auf den neuesten Stand", sagte er.

„Mein Name ist Ben", gab Obi-Wan zurück. „Ich bin ein alter Freund von Ferus Olin. Ich habe gehört, dass er in Schwierigkeiten steckt und bin gekommen, um ihm zu helfen, falls ich es kann."

„Wer hat Euch geschickt? Für wen arbeitet Ihr?"

„Ich bin mein eigener Herr", sagte Obi-Wan. „Mir kam zu Ohren, dass Roan Lands in der Klinik liegt, also bin ich hingegangen, um ihn zu sehen. Ich dachte, er könnte mir vielleicht einen Hinweis geben."

„Woher wusstet Ihr, dass Roan Lands dort war?", fragte Dr. Antin in scharfem Tonfall.

„Ein Junge, den ich auf der Straße getroffen hatte, hat es mir erzählt. Er heißt Trever."

„Trever Flume?" Dr. Antin sah ziemlich verblüfft aus. „Ihr habt ihn gesehen? Geht es ihm gut?"

„Er scheint imstande zu sein, für sich selbst zu sorgen."

„Ich habe ihn vor Jahren kennen gelernt", sagte Dr. Antin zu Wil. „Seine ganze Familie kam ums Leben. Sein Vater war ein Kollege von mir."

Wil senkte sein Gewehr immer noch nicht.

„Wil, ich muss mich um Roan kümmern", sagte die Ärztin. „Er liegt in dem Medi-Kokon."

„Du hast ihn mitgebracht?"

„Ich kann ihn hier ebenso gut behandeln", sagte sie. „Ich glaube, die imperialen Truppen hatten vor, ihn wieder ins Gefängnis zu bringen. Sie wollten ihn nicht mehr am Leben halten."

„Also gut." Wil sah Amie Antin fragend an. „Und du? Wirst du zurückgehen?"

„Nein. Ich bin jetzt eine von euch. Malorum hat damit gedroht, Adem etwas anzutun, und damit hat er das Fass zum Überlaufen gebracht."

„Wir werden deinen Sohn beschützen. Ich werde sofort jemanden losschicken."

„Danke."

Wil wandte seine Aufmerksamkeit wieder Obi-Wan zu. „Ich rufe die anderen. Wir werden uns um den Gefangenen kümmern."

Gefangenen?, dachte Obi-Wan. Das klang nicht besonders gut.

Er saß in einem kleinen Zimmer mit fünf Männern und fünf Frauen, von denen eine Dr. Antin war. Außer dem Blaster-Gewehr waren jetzt auch noch zehn feindselige Blicke auf ihn gerichtet.

„Weshalb habt Ihr behauptet, zu den Elf zu gehören?", fragte einer der Männer.

„Das habe ich nicht behauptet", erwiderte Obi-Wan. „Ich bin erst heute auf Eurem Planeten angekommen. Ich weiß nicht einmal, wer die Elf sind."

„Wir sind eine Gruppe, die das Imperium bekämpft", sagte Wil. „Elf von uns haben die Gruppe gegründet, doch jetzt sind wir viel mehr. Wir ..." Wil deutete auf die Personen im Raum, „... sind der Kern."

„Ich befürchte, ich kann diese Ehre nicht für mich in Anspruch nehmen", sagte Amie Antin leise. „Ich bin den Elf erst heute beigetreten. Ich hätte es aber schon früher tun sollen."

„Wir akzeptieren die Gründe für deine Entscheidung, neutral zu bleiben, Amie", sagte Wil. „Es waren gute Gründe." Er wandte sich wieder Obi-Wan zu. „Wir haben mit dem Aufbau eines Informationsnetzes im Untergrund begonnen. Nachrichten, die das restliche Bellassa erreichen. Wir senden Berichte über die Vorkommnisse auf dem Planeten – über das, was wirklich geschieht, und nicht über das, was in den vom Imperium kontrollierten HoloNet-Sendungen ausgestrahlt wird. Außerdem führen wir gezielte Raubzüge durch. Das ist ein offenes Geheimnis. Deshalb ist das Imperium hinter uns her. Sie haben schon mehrfach versucht, Spione bei uns einzuschleusen."

„Ich habe Euch schon gesagt, dass ich kein Spion bin. Ich bin ein Freund. Ist Ferus einer der Elf?"

„Ferus und Roan haben die Gruppe gegründet", sagte Wil. „Das ist überall bekannt. Auch das Imperium weiß darüber Bescheid. Deshalb sind sie ins Kreuzfeuer geraten. Wir wissen nicht, wie das Imperium herausgefunden hat, dass sie Mitglieder der

Gruppe sind, doch wir sind uns sicher, dass kein Spion unter uns ist. Das heißt, bis jetzt waren wir uns sicher."

„Ich will Eure Gruppe nicht infiltrieren", sagte Obi-Wan. „Ich will Euch helfen."

„Wir können Euch nicht mehr gehen lassen."

„Ich befürchte, Ihr könnt mich nicht davon abhalten."

Wil zeigte auf das Blaster-Gewehr. „Tapferkeit ist etwas Dummes, wenn man in den Lauf eines Gewehres sieht."

„Ihr seid dabei, einen großen Fehler zu machen", sagte Obi-Wan ruhig.

Wil schien einen Augenblick nachzudenken. „Wenn Ihr Ferus wirklich kennt, dann kennt Ihr auch sein Geheimnis. Er hat es uns offenbart. Ihr müsstet wissen, wie er seine jungen Jahre verbrachte."

Obi-Wan zögerte. „Ferus hatte besondere Fähigkeiten …"

Er sah, wie die anderen Blicke austauschten. Sie wussten Bescheid. Er würde ihnen also nichts verraten, was sie nicht schon wussten. Ferus vertraute diesen Leuten. „Er hat eine Ausbildung zum Jedi gemacht. Er hat im Jedi-Tempel auf Coruscant gelebt."

„Und Ihr wisst das, weil …" Wil hielt inne. „Es gibt nur eine Möglichkeit, weshalb Ihr es wisst. Ihr seid ein Jedi."

„Wenn er wirklich ein Jedi wäre, hätte er dich in zwei Sekunden entwaffnet", sagte eine dunkelhaarige Frau voller Spott. „Ich glaube nicht, dass …"

Obi-Wan stand auf und erhob eine Hand. Sofort flog Wils Blaster-Gewehr aus dessen Hand und in die von Obi-Wan. Der Jedi hängte das Gewehr an seinen Gürtel und setzte sich wieder. Er würde sein Lichtschwert nur benutzen, wenn es unbedingt sein musste. Und noch war es nicht so weit – so viel war klar.

„Oh", sagte die Frau mit weit aufgerissenen Augen.

Wils verblüffter Ausdruck wandelte sich langsam zu einem Grinsen. „Willkommen bei den Elf", sagte er.

„Ihr habt mir Euer Geheimnis anvertraut", sagte Obi-Wan. „Und ich Euch das meine."

„Wir werden es für uns behalten", sagte Wil. „Aber wir wissen selbst nicht, wo Ferus ist. Ich gehe allerdings davon aus, dass Roan es wissen könnte."

„Ferus und er standen sich sehr nahe", sagte eine Frau mit zwei überkreuz vor die Brust geschnallten Blaster-Holstern. „Roan sagte mir einmal, er hätte einen Plan für den Fall, dass wir in den Untergrund gehen müssten."

„Das Imperium hat dem Fall Ferus höchste Priorität eingeräumt", sagte Obi-Wan. „Ich habe allein heute zwei Razzien gesehen."

„Sie haben die ganze Stadt abgesperrt", sagte Dr. Antin. „Sie werden nicht aufgeben."

„Wir müssen ihn noch vor dem Imperium finden", sagte jemand. Es war ein großer Mann mir ernstem Gesicht, der bislang geschwiegen hatte. „Sie breiten ihr Netz weiter aus. In Ussa haben sie angefangen, und jetzt suchen sie auch in den ländlichen Bezirken. Sie werden ganz Bellassa abdecken, wenn es sein muss. Sie wollen an Ferus ein Exempel statuieren – zeigen, dass Rebellion nicht toleriert und jeder Widerstand gebrochen wird. Es geht nicht nur um einen einzigen Planeten. So will das Imperium die Galaxis unter Kontrolle halten. Bellassa ist nur ein erster Schritt unter vielen ersten Schritten."

Das erschien Obi-Wan schlüssig. Und jetzt wusste er auch, weshalb er hier sein musste. Er half nicht nur einem alten Freund. Er half mit, den ersten Funken einer Rebellion anzufachen. Wenn Ferus gefangen werden würde, dann wäre das eine Botschaft an die ganze Galaxis, dass letztlich alle Rebellen gefasst wurden. Doch wenn Ferus auf freiem Fuß bliebe ..., dann würde wenigstens auch die Hoffnung bleiben.

„Das wussten wir noch nicht, Loran", murmelte jemand. Sie sahen sich alle besorgt an.

„Ferus ist für die Bellassaner mehr als ein Mensch", sagte Wil. „Er ist ein Symbol."

„Und er ist unser Freund", fügte die dunkelhaarige Frau leise hinzu. „Wir haben keinen Anführer und wir sind alle gleich, aber ..."

„Ja, Rilla", sagte Wil und nickte. „Ferus war unser Anführer. Er war derjenige, der uns zusammenhielt."

„Mir fehlen seine Scherze", sagte die Frau mit den Blastern.

„Er hat uns Mut gemacht", sagte ein Mann. „Ich bin seinetwegen beigetreten."

Obi-Wan traute seinen Ohren nicht. Der junge Ferus, den er gekannt hatte, war ein korrekter, immer regeltreuer Schüler gewesen. Seine Fähigkeiten waren großartig gewesen, doch ihm hatte Anakins Genialität gefehlt. Was hatte Ferus einmal zu ihm gesagt? Alle mochten ihn, aber niemand war sein Freund. Nun hörte es sich an, als ob Ferus sich verändert hatte. Ferus, der charismatische Anführer? Ein Ferus mit Sinn für Humor?

Doch Ferus war es gewesen, der Anakin durchschaut hatte. Ferus hatte sich vor ihn, Anakins Meister, gestellt und ihm gesagt, dass etwas nicht stimmte. Für einen Padawan war es ein mutiger Schritt gewesen, einen Schüler vor dessen Meister in Frage zu stellen. Vielleicht sollte es ihn nicht überraschen, dass Ferus jetzt zu so etwas fähig war. Die Anlagen dafür, einmal ein Anführer zu sein, waren schon damals vorhanden gewesen. Obi-Wan hatte sie nur nicht gesehen ...

Weil er immer nur an Anakin gedacht hatte. Der Junge war der Auserwählte gewesen. Und ihre Nähe hatte ihn blind gemacht.

„Ferus wird wegen Roan zurückkehren. Er glaubt, dass Roan immer noch im Gefängnis steckt. Wir müssen ihn finden und seine Rückkehr verhindern."

„Roan weiß, wo Ferus ist", sagte die Frau namens Rilla. „Ich bin mir sicher."

Alle sahen Dr. Antin an. Sie breitete hilflos die Hände aus. „Es tut mir Leid. Ich kann nichts weiter tun, als ihn zu stabilisieren und zu hoffen, dass er sich durchkämpft. Nervengifte sind kompliziert. Und ein falsches Gegenmittel könnte verheerende Folgen haben. Ich könnte ihn töten."

„Wenn Ihr wüsstet, was sie ihm gegeben haben, könntet Ihr ihn retten", sagte Obi-Wan.

„Ich glaube schon", gab sie zurück.

„Amie Antin ist eine der kompetentesten Expertinnen in der Galaxis, wenn es um Nervengifte geht", sagte Wil. Obi-Wan konnte den Stolz in seiner Stimme hören und er sah, wie Wils Blick sanft wurde, wenn er die Ärztin anschaute. „Wenn sie ihn nicht retten kann, dann kann es niemand."

„Und ich könnte noch andere retten", sagte Dr. Antin. „Unsere Feinde werden alles unternehmen, um ihr Ziel zu erreichen. Unsere Gefängnisse stecken voller politischer Gefangener."

Obi-Wan betastete den imperialen Code-Zylinder in seiner Tasche. „Ich werde Euch besorgen, was Ihr braucht." Er sah sich die zehn besorgten Gesichter an. „Ich muss nur in die imperiale Garnison einbrechen."

Einen Moment herrschte erschrockene Stille.

„Jetzt", sagte Rilla schließlich, „bin ich sicher, dass Ihr ein Freund von Ferus seid."

Kapitel 8

Ferus Olin hatte schon immer vorgehabt, irgendwann einmal Urlaub in der frischen Bergluft zu machen. Und jetzt war er tatsächlich hier. Eine Berghütte, ein Himmel, der nachts voller Sterne war. Er hätte eigentlich dankbar sein müssen. Die Zeit nutzen müssen, um durchzuatmen, sich auszuruhen und Kräfte zu sammeln.

Ja, er konnte wirklich dankbar sein. Wenn er nicht kurz davor gewesen wäre, wahnsinnig zu werden.

Ferus streckte erst ein Bein aus, dann das andere. Die Wunde war beinahe verheilt. Das Schwindelgefühl, das ihn bei jedem Versuch aufzustehen erfasst hatte, war verschwunden. Er fühlte sich jeden Tag stärker. Dona hatte ihm Medizin gebracht – Bacta und Polybiotika für seine Wunde, aber auch Kräuter und Stärkungsmittel vom Bergvolk. Sie brachte ihm auch Essen – zu viel davon. Sie kochte dauernd Suppen, backte Brote und briet Fleisch und versuchte immer, es ihm einzuflößen. Er hatte schon so viel Suppe gegessen, dass sie ihm zu den Ohren herauskam. Dona kümmerte sich mit solcher Geduld und Freundlichkeit um ihn, dass er ihre Aufmerksamkeit damit vergelten wollte, so schnell wie möglich wieder gesund zu werden und zu verschwinden.

Ferus stöhnte leise, als er sich von seiner Liege erhob. Wenn er sich zu lange nicht bewegte, versteifte sein Bein.

Das Zimmer war einfach eingerichtet, mit nichts als einer Truhe mit Schubladen und einer Schlafgelegenheit. Hier drinnen war es dunkel, obwohl heller Mittag war. Dona hatte Vorhänge aus Panzergewebe gemacht und hielt sie fest geschlossen.

Dona hielt nichts von Dekor. Sie verbrachte die Tage in den Bergen, sammelte Kräuter und jagte oder machte sich auf den langen Weg ins Tal, um Nahrungsmittel zu besorgen. Ferus konnte nicht hinausgehen. Er konnte ihr nicht einmal helfen, Holz für das Feuer zu sammeln, denn jeder Schritt vor die Tür könnte den Tod bedeuten. Deshalb war er seit einer Woche in dieser winzigen Steinhütte gefangen.

Es war, als wäre er wieder im Gefängnis, nur ohne Folter – zumindest, wenn man Donas dauerndes Geplapper nicht als Folter bezeichnen wollte.

Sie hörten hier oben nicht sonderlich viel Neuigkeiten aus Ussa. Die Hütte lag so abgeschieden, dass es Tage dauerte, bis Nachrichten sie erreichten, und die Verbindung zum HoloNet funktionierte mal und dann auch wieder nicht. Es gab kein Untergrundnetz für echte Nachrichten, nur die vom Imperium kontrollierten Informationen, sodass Ferus auch nicht wissen konnte, was stimmte und was nicht. So weit ihm bekannt war, saß Roan noch immer im Gefängnis. Ferus wollte nicht darüber nachdenken, was sie dort mit ihm anstellten. Und doch tat er es. Jede Sekunde.

Ferus schwenkte seine Hand über einen Sensor, um den schweren Vorhang einen Spalt zu öffnen. Er stand an dem Fenster, durch das man ins Tal hinab sehen konnte. Er öffnete es ein wenig, um einen Hauch von der frostig kalten Luft einzuatmen. Es war mitten im Winter und der Schnee lag sehr hoch. Das Tageslicht malte überall kleine blaue Flecken auf die Oberfläche. Sie befanden sich oberhalb der Baumgrenze und waren von nichts als Felsen und Steinen umgeben. Die heimischen Pinir-Bäume standen viel weiter unten. Es waren eindrucksvolle Gewächse mit schlanken, geraden Stämmen, die hunderte von Metern aufragten und mit ihren dornenreichen Kronen Löcher in den Himmel zu stoßen schienen.

Weiter unten am Berg standen ein paar Behausungen, man

konnte es kaum als Dorf bezeichnen. Früher war es eine Bergbausiedlung gewesen. Als die Erze abgebaut gewesen waren, hatten sich auch die Leute davongemacht. Ein paar von ihnen waren allerdings geblieben – aus Gründen, die Ferus nicht nachvollziehen konnte. Die Winter waren hart und die Sommer kurz. Das nächste Dorf war eine Stunde entfernt.

Etwas zu viel Einsamkeit für seinen Geschmack. Ferus mochte Städte.

Seltsam, grübelte Ferus. Als Jedi war ihm gar nicht klar gewesen, was er eigentlich bevorzugte. Jedi dachten nicht über die Möglichkeit der Wahl nach. Sie wurden hierhin oder dorthin gesandt. Sie nahmen einen Raumgleiter oder einen überfüllten Frachter. Sie aßen gutes Essen oder Reste. Nichts davon war wichtig. Das Einzige, was zählte, war die Mission.

Es hatte ihn zu Beginn seines Lebens als Zivilist Monate gekostet zu erkennen, dass er die Wahl hatte. Dass er eine Sache einer anderen vorziehen konnte. Die Stadt gegenüber dem Land. Die Farbe Blau gegenüber der Farbe Rot. Jeden Tag traf er tausende von Entscheidungen und er musste über jede davon nachdenken. Am Anfang hatte ihn das erschöpft und sogar geärgert. Er hatte sich selbst für seine Unentschlossenheit gehasst, wo er früher doch so entscheidungsfreudig gewesen war.

Er hatte Roan eines Morgens in einem Café kennen gelernt, als der in lautes Gelächter ausgebrochen war, weil Ferus sich nicht hatte entscheiden können, ob er lieber einen Kuchen oder ein Brötchen haben wollte. Roan hatte beides mit einem solch einzigartigen Frohsinn auf Ferus' Tablett getan, dass sie gemeinsam gefrühstückt und sich bis zum Mittagessen miteinander unterhalten hatten.

Der Gedanke an Roans schallendes Gelächter schnürte Ferus beinahe den Hals ab. Nach seinem Austritt aus dem Jedi-Orden hatte er das Gefühl gehabt, der Boden unter seinen Füßen würde sich auftun. Er war ziellos von Planet zu Planet gezogen. Die Jedi hatten ihm genügend Credits gegeben, Kontakte vermittelt und Hilfe zukommen lassen, um ein neues Leben zu beginnen. Doch diese praktischen Dinge hatten ihm nicht über die Verwirrung hinweg geholfen, die er verspürt hatte.

Roan war es gewesen, der ihn gerettet hatte. Roan hatte ihm gezeigt, was es hieß, ein Zuhause zu haben. Als Ferus die Idee gehabt hatte, eine Firma zu gründen, hatte Roan alles verkauft, um sie zu finanzieren. Sie waren nicht nur Partner, sondern auch Freunde geworden.

Nachdem sie sich geschworen hatten, gegen das Imperium zu kämpfen, hatten Roan und er eine Vereinbarung getroffen: Sollte einer von ihnen nach einer Gefangennahme fliehen können, würde er nicht zurückkehren, um den anderen zu befreien. Sie hatten dieses Gelöbnis nach der bellassanischen Methode abgelegt, bei der man sein Gegenüber bei den Schultern nahm und sich tief in die Augen sah.

Ferus hatte dies bei seiner Ehre gelobt, doch er wusste, dass er das Gelöbnis sofort brechen würde, sobald er dazu in der Lage war. Er wurde jeden Tag kräftiger. Und jeder Tag brachte ihn näher an sein Ziel, dieses Versteck zu verlassen.

Er hörte, wie die Tür knarrte. Instinktiv griff er an seinen Gürtel. Es waren Jahre vergangen, seitdem er die Jedi verlassen hatte, und doch wurde er die Gewohnheit nicht los, nach einem Lichtschwert zu greifen, das nicht mehr da war.

„Was macht Ihr? Ihr dürft nicht am Fenster stehen!" Dona trat schnell zu ihm. Sie zog eine ihrer großen, kräftigen Hände über den Sensor und das Panzergewebe schloss sich. „Ich habe Euch doch gesagt, dass die Imperialen überall Sucher-Droiden umherschicken. Sie werden sie irgendwann auch hier hoch schicken, und wahrscheinlich ist es bis dahin gar nicht mehr so lange hin." Dona warf ihren hüftlangen braunen Zopf über die Schulter und ging durch das Zimmer. Sie strich eine Thermo-Decke glatt, stellte einen Wasserkrug um und drehte einen Datenschirm gerade. Sie war immer in Bewegung – wobei sie normalerweise auch redete – und sie machte ihn wahnsinnig.

Trotzdem mochte er sie. Er verdankte ihr sein Leben. Er hatte irgendwie den Weg hierher gefunden, verwundet und halb wahnsinnig vor Schmerzen, und sie hatte ihn einfach aufgenommen, ohne auch nur eine einzige Frage zu stellen. Sie hatte ihn versteckt, ihn gepflegt, und sie würde für ihn sterben, wenn es sein musste.

Dona war seine erste Kundin gewesen. Roan und er hatten gerade die Firma eröffnet und sie hatten kaum die Tür aufgeschlossen, da war sie hereingekommen. Sie hatte drei Monate lang Beweise gegen ihren Arbeitgeber gesammelt, der über die Verunreinigung eines Impfmittels für Kinder geschwiegen hatte. Sie hatte damit zu den Behörden gehen wollen, doch ihr war klar gewesen, dass man sie nicht nur feuern würde, sondern dass sie auch das Ziel eines Anschlags werden würde. Ferus und Roan hatten vermutet, dass sie übertrieb, hatten ihren Fall aber dennoch übergenommen. Und Dona hatte Recht behalten. Die Regierung ihres Heimatplaneten war in die Vertuschung der Angelegenheit ebenso verwickelt gewesen wie die Firma, bei der sie gearbeitet hatte. Sie hatten erst versucht, sie in Misskredit zu bringen und schließlich sogar, sie zu töten. Roan und Ferus hatten sie verschwinden lassen, ihr eine neue Identität verschafft und dafür gesorgt, dass sie vor einem galaktischen Gerichtshof aussagen konnte. Sie hatte damit sowohl eine Regierung gestürzt als auch eine Firma zusammenbrechen lassen, und sie hatte deshalb immer noch Feinde.

Dona war so einfallsreich, dass Ferus sich nicht auf die Fahnen schrieb, sie gerettet zu haben. Sie war in diese Berghütte eingezogen – die Roan und er für sie gefunden hatten – und hatte sie in eine Festung verwandelt. Sie hatte Fallen installiert und ihre eigenen Sicherheitstechniken entwickelt. Er hatte ihr schon mehrfach gesagt, dass sie gegen diese Leute auch ohne Olin/Lands angekommen wäre, doch es war zwecklos: Sie war der festen Meinung, Ferus und Roan wären ihre Retter.

Während er so nachdachte, hörte er ihr Geplapper nur als undefinierbares Geräusch, doch jetzt wandte er ihr wieder seine Aufmerksamkeit zu. „... das ist das Dumme an dieser Galaxis. Man kann niemandem mehr trauen. Vorher wusste man wenigstens, wem man trauen konnte und wem nicht, zumindest meistens. Ich sollte das nicht sagen. Ich vertraue niemandem. Aber jetzt schon *gar* nicht mehr. Also steht bitte nicht am Fenster, mehr verlange ich ja gar nicht. Und? Falls Ihr etwas essen wollt? Ich habe gerade einen Topf ..."

Nicht noch mehr Suppe, dachte Ferus. „Nein danke, Dona", sagte er schnell. „Ich ..." Ferus griff nach etwas, das er für den Schalter einer Lampe hielt, und plötzlich öffnete sich eine Klappe im Fußboden. Er rutschte eine Rampe hinunter und landete auf einem Steinboden, wobei er mit dem Kopf aufschlug.

Er sah sich im Dämmerlicht um. Dona schaute mit blinzelnden Augen zu ihm herunter, als er sich den Kopf rieb.

„Suppe?", fragte sie.

Roan, ich kann es kaum erwarten, dir das zu erzählen. Bleib am Leben. Bleib am Leben, damit wir wieder zusammen lachen können. Ferus hoffte, dass sein Flehen erhört wurde, als er nickte.

Kapitel 9

Obi-Wan ging durch die schmalen Straßen im Distrikt um den Mondstein-See, dem See, der am weitesten vom Zentrum entfernt war. Verglichen mit den anderen Distrikten von Ussa war diese Gegend recht heruntergekommen. Die Straßen waren eng und in absolut verwirrenden Mustern ineinander verschlungen. Die Häuser standen hier dicht an dicht und die Fußgänger gingen mit gesenktem Blick eilig ihres Weges. Obi-Wan achtete auf jede Bewegung in der Dunkelheit der Gassen. Er hatte von Wil und Rilla einen Schnellkursus darüber erhalten, wie der Schwarzmarkt auf Bellassa funktionierte.

In seiner linken Hand hielt er eine Einwegtasse mit dampfendem Tee. Doch er trank den Tee nicht, sondern hielt die Tasse nur in der Hand. Es gab in Ussa viele Teestände und eine solche Tasse war leicht zu bekommen. Wil und Rilla hatten ihm versichert, dass er nichts weiter tun müsste, als mit einer Tasse in der linken Hand in den Straßen des Mondstein-Distrikts umherzugehen. Früher oder später würde man ihn ansprechen. Es war ein System, das jeder kannte und bis jetzt war das Imperium noch nicht dahinter gekommen. Der Schwarzmarkt blühte in Ussa und man hatte Obi-Wan erzählt, dass die imperialen Streitmächte darüber furchtbar aufgebracht waren.

„Wie Ihr seht", hatte Wil gesagt, „können sie unsere Regierung, unsere Presse und unsere Fabriken kontrollieren. Aber unsere Loyalität haben sie nicht. Ihre Spione funktionieren hier nicht."

Rilla hatte genickt. „Deshalb hassen sie Ferus so sehr. Niemand wird ihn verraten, nicht für alle Credits auf Bellassa. Das macht den anderen Planeten Hoffnung."

Es dauerte nicht lange, da hatte Obi-Wan Kontakt aufgenommen. Eine junge Frau, die ihre Haare unter eine dunkle Mütze gestopft hatte, näherte sich ihm langsam. „Was sucht Ihr?"

„Kleidung", gab er zurück.

Sie seufzte enttäuscht. „Ich habe technische Artikel ... ein paar funktionierende Datapads, Wolkenwagen-Teile ..."

„Heute nicht, tut mir Leid."

„Dann geht nach links in die nächste Gasse und pfeift."

Obi-Wan folgte ihren Anweisungen. Die Gasse war dunkel, obwohl die Nacht noch nicht hereingebrochen war. Er pfiff leise.

Einen Augenblick später raschelte etwas. Ein Gravschlitten kam heran, beladen mit Kleidung in unterschiedlichen Farben und mit Stoffen, die darauf geworfen worden waren. Der Haufen sah aus, als hätte ihn schon jemand durchwühlt. Am Steuer des Gravschlittens saß Trever. Als er Obi-Wan sah, schüttelte der Junge den Kopf.

„Oh nein. Nicht du."

„Ich freue mich auch, dich wieder zu sehen", erwiderte Obi-Wan. „Ich dachte, wir hätten eine Vereinbarung gehabt, dass du auf mich warten würdest."

„Ich werde in der Gegenwart von Sturmtruppen nervös. Ich bin etwas komisch, was das betrifft."

„Du schuldest mir einige Credits. Und meinen Mantel. Ich hoffe, du hast ihn nicht verkauft. Ich habe dich fürs Warten bezahlt."

Trever trat unruhig von einem Bein auf das andere. „Jetzt hör mal, ich habe die Credits nicht mehr, okay? Ich habe sie schon ausgegeben. Du kannst ein paar Kleidungsstücke dafür mitnehmen. Ich glaube immer noch, dass du in ramordianischer Seide stark aussehen würdest. Ich glaube, ich habe auch deinen Mantel noch irgendwo hier ..." Trever wühlte durch die Kleidung. Er tauchte mit Obi-Wans Mantel wieder auf und warf ihn ihm zu. „Hier. Jetzt sind wir quitt, oder?"

„Noch nicht. Ich brauche eine imperiale Uniform."

„Du hast mir gesagt, dass ich sie wieder zu Mariana zurückbringen sollte, weißt du noch?"

„Was du nicht getan hast. Sie hätten etwas wert sein können. Du hast sie behalten."

Trever stöhnte. „Ich wusste, dass heute ein mondloser Tag werden würde. Komm schon."

Obi-Wan folgte dem Gravschlitten über das Steinpflaster der Gasse. Trever fuhr durch eine verbeulte Metalltür und winkte Obi-Wan ebenfalls herein. Dann ließ er den Gravschlitten in einer kleinen Vorhalle stehen. Hier parkten allerhand andere Repulsorlift-Fahrzeuge – die meisten davon voll beladen mit Waren in verschiedenen Stadien des Zerfalls.

Es gab nur eine weitere verbeulte Tür. Obi-Wan wollte sie schon öffnen, doch Trever hielt ihn zurück. „Augenblick." Er winkte mit seiner Hand vor einem verschmierten Sensor, von dem Obi-Wan angenommen hatte, dass er defekt war.

Früher hätte er nicht einfach nur etwas angenommen. Verlor er die Aufmerksamkeit eines Jedi? Obi-Wan wies sich innerlich zurecht. Er musste jetzt so konzentriert sein wie immer! Er durfte nicht zulassen, dass die Tage der Einsamkeit, die Wochen und Monate der Trauer seine Fähigkeiten getrübt hatten.

Die Tür gab ein Klickgeräusch von sich und Trever schob sie auf. Dahinter befand sich ein riesiger Raum, der das gesamte Erdgeschoss des Lagerhauses einnahm. Er war von oben bis unten mit Hehlerware gefüllt. Obi-Wan blieb staunend stehen. Haushaltsartikel, Droiden, Computerteile, Gleiterteile, Kleidung, Büroartikel und sogar ein funktionstüchtiger Wolkenwagen. Das Material war in verschiedene Haufen geteilt. Männer und Frauen nahmen Teile von den unterschiedlichen Haufen, legten sie auf Wagen und versteckten kleinere Teile in ihren Mänteln, bevor sie nach draußen gingen. Ein paar von ihnen schienen hier einzukaufen, immer dicht gefolgt von Verkäufern.

„Wie bewachen sie ihre eigenen Sachen?", fragte Obi-Wan.

„Ganovenehre. Komm mit."

Er brachte Obi-Wan in eine Ecke am anderen Ende der Halle. Dort waren Durastahl-Kisten ordentlich an der Wand gestapelt. Trever ging zu einer Kiste und zog die Uniform eines Offiziers niederen Ranges hervor. Doch bevor er sie Obi-Wan gab, zögerte er. „Sag mir nicht, was du damit vorhast. Und das ist der letzte Gefallen, den ich dir tue."

„Der letzte Gefallen. Ich verspreche es." Obi-Wan nahm die Uniform an sich.

„Und zieh dich nicht hier drinnen um", riet ihm Trever. „Du würdest eine Panik auslösen. Alle würden denken, du wärest hier, um sie zu verhaften." Er zögerte einen Moment. „Hat das etwas mit Ferus zu tun?"

„Ich dachte, du willst es nicht wissen."

„Na ja, wenn du ihn findest, dann sag ihm …"

Obi-Wan wartete ab. Er sah, dass der Junge mit sich rang. Er machte sich doch etwas aus Ferus.

„Sag ihm, dass er stinkt wie ein Bantha", sagte Trever schnell.

„Das werde ich tun", versprach Obi-Wan und ging zum Ausgang.

Kapitel 10

Einmal, vor sehr langer Zeit, war Obi-Wan während eines sintflutartigen Regensturms unterwegs gewesen. Der Regen hatte Obi-Wan mit gnadenlosen Wassersträngen fast erschlagen. Er hatte um jeden Schritt kämpfen müssen, während sich vor ihm der breite Rücken seines Meisters unbeirrt vorwärts bewegt hatte. Obi-Wan war immer wieder unter dem Angriff des Wassers zusammengezuckt, hatte sich den Regen aus den Augen gewischt, um etwas sehen zu können, war immer wieder auf den glitschigen Steinen des Weges ausgerutscht. Qui-Gon jedoch war noch nicht einmal zusammengezuckt.

Obi-Wan hatte sich Kilometer um Kilometer abgemüht und gehofft, dass sein Meister seine Schwierigkeiten nicht bemerkte. Als sie endlich eine Pause eingelegt hatten, hatte sich Obi-Wan gegen die Wand der Höhle gelehnt, die sie als Unterschlupf gefunden hatten. Alles war klatschnass gewesen – sein Mantel, seine Kapuze, sein Beutel, seine Stiefel. Er hatte das Gefühl gehabt, Steine in seinen Taschen zu schleppen.

Er konnte sich noch heute daran erinnern, wie Qui-Gon zu dem Regen geblickt hatte, der vom stahlgrauen Himmel gefallen war. „Du musst den Regen in Besitz nehmen, Obi-Wan. Er muss ein Teil von dir sein, eine Erweiterung deiner selbst. Wenn du gegen ihn ankämpfst, wird er gewinnen. Akzeptanz ist der Schlüssel zu allen Schwierigkeiten."

Damals war er vierzehn gewesen. Er hatte diese Lektion gelernt, und wie so viele von Qui-Gons Lektionen hatte auch diese sich auf viel mehr bezogen als nur auf Regen. Hitze, Wind, Kälte – er hatte gelernt, sie zu akzeptieren, anstatt sie zu bekämpfen.

Jetzt trug er die Uniform eines imperialen Offiziers und er hatte sie in Besitz genommen. Sein Gesicht war frisch rasiert, sein Ausdruck emotionslos. Er ging durch die Straßen und machte sich nichts daraus, dass die Bellassaner vor ihm zurückwichen, dass sie Reißaus vor ihm nahmen wie vor einem giftigen Wind. Während der Zeit, in der er die Uniform trug, würde er sich nicht gegen ihren Kontakt mit seiner Haut sträuben. Er würde mit keinem Blick und keiner Geste verraten, dass er jede einzelne Faser davon hasste, da sie alles verkörperte, wogegen er kämpfte.

Dank des imperialen Code-Zylinders gelangte er ohne Probleme durch die Tür der Garnison. Das bedeutete, dass der Eigentümer den Zylinder noch nicht als gestohlen gemeldet hatte. Obi-Wan musste dennoch schnell sein. Er ging den Hauptkorridor entlang. Er wusste, dass die Klone rücksichtslos und einfallslos zugleich waren. Die imperialen Offiziere waren entweder Rohlinge oder Opportunisten oder beides. Alle verhielten sich mit der arroganten Sicherheit, die absolute Macht verlieh. Sie alle waren Teil des Verrats, den Imperator Palpatine an den Jedi begangen hatte … Diesen Gedanken musste Obi-Wan allerdings verdrängen, um sein Ziel zu erreichen. Er durfte nicht zulassen, dass Hass ihn lähmte. Nicht jetzt. Niemals.

Keiner hielt ihn auf oder würdigte ihn eines Blickes. In der Garnison herrschte geschäftiges Treiben. Überall liefen Soldaten die Gänge entlang und Offiziere eilten umher, ohne dabei gehetzt zu wirken. Das Imperium hatte seine Ränge erweitert, und Obi-Wan bemerkte, dass viele der hier beschäftigten Wesen nicht mehr Klone, sondern gewiefte Opportunisten aus allen Winkeln der Galaxis waren. Die Sturmtruppen trugen zusätzliche Rüstungen für den Einsatz bei Aufständen und sie waren mit Betäubungsknüppeln und Schilden ausgestattet. Deutete sich da etwas an?

Obi-Wan konnte nicht sicher sein, wollte aber auf jeden Fall seine Informationen erhalten und von hier verschwinden, bevor etwas geschah.

Er folgte den in Aurebesh beschrifteten Schildern mit dem Hinweis GEHEIMDIENST/SICHERHEIT und fand ein leeres Büro. Obi-Wan schloss schnell die Tür hinter sich und öffnete mit Hilfe des Code-Zylinders die Datenbank. Dann gab er den Namen Roan Lands ein.

Aufzeichnungen über dessen Überwachung öffneten sich. Obi-Wan hatte Glück. Der Code-Zylinder musste einem Commander gehört haben. Er hatte eine hohe Sicherheitsfreigabe.

Wichtige Geheimdienstinformationen von bezahlten Agenten zeigen, dass Lands mit Ferus Olin ein Gründungsmitglied der Elf ist … als gefährlich für die Ziele des Imperiums einzustufen …

Bezahlte Agenten? Ein Spion? Obi-Wan suchte, konnte aber keine weiteren Informationen über den Agenten finden. Nur ein Verzeichnis mit den Dateien des Inquisitors. Doch als er versuchte, darauf zuzugreifen, wurde ihm der Zugang verweigert. Sein Offizier hatte keine solch hohe Sicherheitsfreigabe.

Subjekt hat das Büro verlassen und ist auf dem Weg zum Distrikt Blaustein-See. Subjekt nach dem Betreten eines großen Marktes verloren.

Subjekt hat Wohnort verlassen und sich zum Park aufgemacht. Subjekt auf Fußpfaden verloren.

„Gut für dich, Roan", murmelte Obi-Wan. Roan Lands war es offensichtlich gelungen, Verfolger abzuschütteln, von denen er wusste, dass sie ihm auf den Fersen waren.

Die Datei war sehr lang. Obi-Wan blätterte das Hologramm eilig durch. Es endete mit Roans und Ferus' Verhaftung. Sie waren mitten in der Stadt von einer Einheit umstellt worden und hatten sich lieber ergeben, als die umstehenden Zivilisten zu gefährden. Obi-Wan konnte keine Hinweise auf eine Anklage finden. Doch die Imperialen scherten sich nicht um das, was sie für völlig unbedeutende Gesetze hielten.

Ah, die medizinische Akte. Obi-Wan scrollte zu dem Abschnitt ÜBERZEUGUNGSTECHNIKEN. Seine Stimmung sank auf den Nullpunkt. Ferus war mehreren Nervengiften ausgesetzt worden und hatte sich als ausgesprochen widerstandsfähig erwiesen. Obi-Wan prägte sich die Namen der Medikamente ein und konzentrierte sich vor allem auf die, die Roan in seinen letzten Tagen im Gefängnis verabreicht worden waren.

Draußen im Korridor waren immer mehr Schritte zu vernehmen, und Obi-Wan hörte ein energetisches Summen. Er spürte, dass ihm nicht mehr viel Zeit blieb, doch er war es den Elf schuldig, so viel wie möglich herauszufinden. Solange er in die Datenbank kam, musste er auch nachsehen.

Er schloss Roans Akte und blätterte die Direktiven der Offiziere durch, wobei er sich auf die mit der höchsten Sicherheitsfreigabe konzentrierte.

VERHAFTUNGSWELLEN. *Die zu durchsuchenden Gegenden werden noch bestimmt. Alle verdächtigen Personen sind festzunehmen. Einzubeziehende Zielpersonen: Journalisten, Autoren, Künstler, Waffenexperten, ehemalige Armeeangehörige, Offiziere wie Soldaten …*

Ein Befehl fiel Obi-Wan auf. SZENARIEN FÜR LEICHENENTSORGUNG NACH ORDER 37.

Obi-Wan fröstelte. Er öffnete die Datei.

Es ist von hoher Priorität, dass Leichname nicht an ihre Angehörigen ausgehändigt werden … sämtliche HoloNet-Kommunikation muss am gleichen Tag abgebrochen werden. Im folgenden Monat ist eine Kommunikationssperre einzuhalten, damit COMPNOR den Informationsfluss kontrollieren kann … es sind keine Erklärungen abzugeben, da sie sich nachteilig auf die imperiale Kontrolle der umgebenden Systeme auswirken können …

Nachweis der Leichenentsorgung ist für Inquisitor Malorum zu dokumentieren, damit er ihn an LDV weiterleiten kann ...

LDV ... Lord Darth Vader?

Hunderte von Leichen. Sie planten die Entsorgung hunderter von Toten. Obi-Wan durchsuchte das Dokument verzweifelt nach weiteren Hinweisen. Wen meinten sie? Und wann sollte das geschehen? Er konnte keine Informationen darüber finden. Es war, als wäre der Befehl bereits erteilt worden ...

Die Truppen in den Gängen. Sein Gefühl, dass etwas im Gange war ...

Plötzlich spürte Obi-Wan ein starkes Aufbäumen der Dunklen Seite der Macht.

Das bedeutete, dass die volle Gewalt der Sicherheitskräfte in ein paar Sekunden über ihn hereinbrechen würde.

Obi-Wan schloss die Datenbank. Er behielt den Code-Zylinder in der Hand und schlich durch die Tür hinaus. Eine Gruppe von Offizieren kam gerade vorbei und er gesellte sich einfach zu ihnen. Er steckte plötzlich mitten in einem Meer aus Uniformen. Als sie an einem Behälter mit Ausrüstungsteilen vorbeikamen, warf er den Zylinder hinein. Niemand durfte wissen, dass er hier war. Niemand durfte wissen, dass er diese Datei gesehen hatte.

Er spürte, das Malorum in der Nähe war.

Blechernder Lärm erklang aus den Lautsprechern. Eine Stimme sagte: „Die Ausführung von Order 37 hat begonnen. Sofort bei den Stationen melden. Ich wiederhole: Die Ausführung von Order 37 hat begonnen."

Die Gänge waren plötzlich von Sturmtruppen überschwemmt. Obi-Wan wurde einfach mitgerissen.

Er stürzte förmlich aus der Garnison hinaus und blieb bei den Truppen, als sie durch den Volkspark marschierten und sich in die Straßen ergossen. Patrouillen trennten sich vom Haupttross, damit eine größere Fläche durchsucht werden konnte. Ein paar Ussaner blieben stehen, um sich die Szenerie anzusehen, während andere schneller gingen, um den stampfenden Stiefeln zu entkommen.

Ein älterer Bellassaner blieb stehen, um den Sturmtruppen mit besorgter Miene zuzusehen. Zu Obi-Wans Entsetzen ging einer der Sturmtruppler zu dem Mann und schlug ihn mit einem Betäubungsknüppel. Der Mann fiel sofort hin. Der Knüppel war für einen ernsthaften Schock eingestellt.

Obi-Wan wollte loslaufen, doch er wusste, dass er nicht helfen konnte. Eine Frau versuchte es, doch ein anderer Sturmtruppler schlug sie mit seinem Knüppel nieder. Sie sackte über dem betäubten Mann zusammen.

Mobile Personenpferche mit Repulsorlift-Antrieben flogen aus der Garnison, mit noch mehr Truppen am Steuer. Ein Pferch nach dem anderen flog summend durch die Straßen. Während die Sturmtruppen sich vorwärts arbeiteten und jeden niederschlugen, der sich ihnen in den Weg stellte, sammelten die Flugpferche die Körper ein. Schreie erfüllten die Luft.

Wut und Hilflosigkeit ließen Obi-Wan zittern. Er konnte nichts unternehmen. Noch nie hatte er sich so allein gefühlt. Früher hätte er etwas unternehmen können, hätte seine Position als Jedi nutzen können, um einzugreifen; er hätte Verstärkung anfordern können. Jetzt konnte er nichts tun außer zusehen.

Schreie hallten durch die Straßen und aus den Gebäuden, als ganze Familien verschleppt wurden. Jeder, der protestierte, wurde sofort niedergeschlagen. Kinder, Alte, Männer, Frauen.

Würden das die Leichen sein, von denen in der Datei die Rede war? Konnte das Imperium das wirklich tun? Konnten sie so viele grundlos umbringen? Oder gab es einen Grund? Um Ferus und alle wie ihn zur Aufgabe zu bewegen?

Obi-Wan lief die Straßen entlang. Er hatte sich einen Fluchtweg zurück zum Sicherheitshaus der Elf eingeprägt. Seine Uniform bot ihm Schutz vor den Truppen und vor den Fußgängern, denen er begegnete. Sie liefen ängstlich vor ihm davon.

Er konnte es kaum erwarten, die Uniform loszuwerden. Er hatte das Gefühl, sie würde seine Haut verbrennen.

Nachdem er seine Jedi-Robe dort gefunden hatte, wo er sie versteckt hatte, ging er in weiten Kreisen zurück zum Sicherheitshaus. Es war bewusst ausgewählt worden, weil es ein wenig abgeschieden lag. In der Nachbarschaft gab es keine Fenster und Türen, von denen der Hintereingang des Hauses zu sehen war. Obi-Wan gab den Code ein, den man ihm genannt hatte, und ging durch das Tor. Einen Augenblick später hatte Wil schon die Tür zum Haus geöffnet.

„Wir haben es schon gehört. Massenverhaftungen."

Obi-Wan holte ein tief Luft und versuchte, sich zu sammeln. „Sie nehmen jeden mit, der ihnen im Weg ist ..."

Wil zog ihn herein und schloss die Tür. „Ich bin froh, Euch hier in Sicherheit zu sehen."

Obi-Wan spürte immer noch das rhythmische Dröhnen der marschierenden Füße, sah noch die Angst in den Gesichtern, die noch zuckenden Körper, die in die schwebenden Pferche geworfen wurden. „Ihr solltet Euch lieber um Euch selbst Sorgen machen", sagte er.

Ein Schatten tiefer Besorgnis lag auf Wils Gesicht und Obi-Wan wurde klar, dass er nicht ihm galt. „Was ist?"

„Wir haben etwas gehört. Ferus ist in größerer Gefahr, als wir dachten."

„Was ist passiert?"

„Zunächst einmal haben sie die Nachricht über Roans Verschwinden nicht herausgegeben. Sie wollen, dass Ferus denkt, Roan wäre noch inhaftiert. Und mehrere Kunden von Roan/Lands haben uns kontaktiert. Die Sturmtruppen statten jedem von ihnen einen Besuch ab, durchsuchen ihre Häuser und zerstören sie manchmal sogar. Wir nehmen an, dass die Imperialen die geheime Kundenliste von Roan/Lands besitzen. Wir wissen nicht, wie sie sie bekommen haben. Wenn es stimmt, was wir vermuten … Wenn sich Ferus bei einem von ihnen versteckt …"

„Dann wird es nicht lange dauern, bis sie ihn finden", schloss Obi-Wan.

Kapitel 11

Obi-Wan eilte in den Raum, in dem Amie Antin bei Roan saß.

„Sie haben eine Kombination aus Loquasin und Titroxinat angewendet", sagte Obi-Wan. Er nannte der Ärztin die Dosierung der einzelnen Drogen. „Dann, am letzten Tag, haben sie ihm noch Skirtopanol gegeben."

„Also war es kein neues Mittel", stöhnte Dr. Antin. „Nur eine neue Kombination. Das erklärt seinen Zustand. Aber diese Mengen ... sie müssen wahnsinnig sein."

„Sie waren verzweifelt", sagte Obi-Wan.

„Jetzt weiß ich, was ich wissen muss", sagte sie und ging zu ihrem kleinen medizinischen Labor hinüber. „Ihr beide entspannt euch. Ich hole euch, wenn er aufwacht. Ich brauche jetzt Ruhe hier."

Obi-Wan folgte Wil durch den Flur zur Küche. Das Haus war schalldicht, doch alle wussten, was draußen vor sich ging.

Wil legte einen Augenblick die Hände vors Gesicht. „Jetzt dort hinauszugehen wäre Wahnsinn. Aber hier drinnen zu bleiben ... *treibt* mich in den Wahnsinn."

„Es gibt nichts, was wir tun können", gab Obi-Wan zurück. „Wir können nur auf einen günstigeren Augenblick warten."

Wil hob den Kopf. Seine grauen Augen waren glasig. „Weshalb gerade jetzt?", fragte er leise. „Es gab keine Unruhen, keine Kämpfe. Ich verstehe diese Massenverhaftungen nicht."

„Sind Eure Leute in Sicherheit?", fragte Obi-Wan.

„Die Kerngruppe hat sich hier getroffen. Und unsere Familien haben wir schon vor langer Zeit aus der Stadt geschafft. Ich habe auch Amies Sohn wegbringen lassen. Er ist in Sicherheit. Aber da sind noch viele andere über die ganze Stadt verteilt … Wir werden vorerst nichts über sie erfahren." Er setzte sich an den Tisch, die Hände fest um seinen Blaster geschlossen. „Ich weiß nicht, wo das alles enden soll."

Obi-Wan wusste nicht, was er sagen sollte. Er wusste keine Lösungen. Eine Dunkelheit, die gewaltig und vollkommen war, hatte die Galaxis im Griff. Die Sith hatten triumphiert.

„Ich glaube nicht, dass sie für immer herrschen werden", sagte Obi-Wan schließlich.

Wil deutete auf etwas zu essen, doch Obi-Wan schüttelte den Kopf. Irgendwie kam es ihm nicht richtig vor, bei warmem Essen Trost zu suchen, wenn draußen vor der Tür derartige Schreckenstaten stattfanden.

„Nein", sagte Wil. „Aber es werden auch größere Anstrengungen nötig sein, als wir uns jemals vorstellen können, um sie zu besiegen. Mehr als wir glauben, tun zu können. Und doch hoffe ich, dass ich an dem Tag noch da bin, um es zu erleben."

Obi-Wan stimmte ihm im Stillen zu. Er dachte an die Kinder, Luke und Leia, die auf verschiedenen Planeten aufwuchsen. Er hoffte, sie als Erwachsene erleben zu können, die sich ganz dem Kampf widmeten. Der Gedanke daran ließ einen Teil der Hilflosigkeit verfliegen, die er zuvor empfunden hatte – und machte ihm klar, dass er bald zu Luke zurückkehren musste.

Amie Antin erschien in der Tür. „Er ist wach."

Obi-Wan stand schnell auf. „Das ist aber schnell gegangen."

„Er ist sehr stark. Er ist wieder bei Bewusstsein, doch sein Körper braucht noch Zeit. Ich glaube, es wird noch mindestens eine Woche dauern, bis er wieder aufstehen kann. Die Medikamente waren sehr stark. Kommt, Ihr beide könnt eine Minute zu ihm gehen."

Obi-Wan und Wil folgten ihr. Als sie in das Zimmer kamen, versuchte Roan aufzustehen.

„Ferus", sagte er.

„Er ist nicht hier", antwortete Wil. „Aber wir wissen, dass er in Sicherheit ist."

Amie drückte Roan sanft auf das Kissen zurück. „Du wirst noch eine Zeit lang schwach sein. Es ist besser, wenn du liegen bleibst."

Roan gehorchte ihr. Sein kräftiger Körper musste tatsächlich sehr schwach sein, denn schon Amies sanfter Griff drückte ihn zurück auf die Liege. Der Blick, den er Obi-Wan zuwarf, war aber von einer Kraft erfüllt, die sein Körper momentan nicht besaß. „Wer ist das?"

„Ich bin ein Freund von Ferus", sagte Obi-Wan. „Von ganz früher."

„Ihr seid ein Jedi", riet Roan.

„Ich bin gekommen, um ihm zu helfen, wenn es geht."

„Es gibt nichts, was ich Euch sagen könnte."

Obi-Wan zog einen Stuhl heran und setzte sich. „Ich glaube schon", sagte er. „Ich glaube, Ihr wisst, wo er ist."

Roan bewegte sich unruhig. „Ich werde mich schnell erholen. Wenn er Hilfe braucht, kann ich ihm helfen."

„Dr. Antin glaubt, dass Ihr mindestens noch eine Woche Ruhe braucht."

„Dr. Antin täuscht sich."

„Sie ist eine Expertin für Nervengifte."

„Sie ist aber keine Expertin, was mich betrifft." Roans Mundwinkel deuteten ein Grinsen an.

„Nur zu deiner Information", ging Amie dazwischen, „ich täusche mich niemals."

„Seid Ihr bereit, Ferus' Leben aufs Spiel zu setzen?", fragte Obi-Wan.

„Roan, wir müssen wissen, wo er ist", sagte Wil. „Wir haben

Grund zu der Annahme, dass die Imperialen ihn in den Häusern eurer ehemaligen Kunden suchen. Sie haben eine Liste."

„Die Liste wird ihnen nicht helfen", erwiderte Roan. „Dort, wo er ist, ist er in Sicherheit. Vergib mir Wil, aber Ferus und ich haben einen Eid geschworen. Niemand erfährt etwas. Nicht einmal die Elf." Sein Blick war stetig, doch Obi-Wan sah, wie plötzlich die Farbe aus seinem Gesicht wich. Roan schloss die Augen.

„Er braucht Ruhe", sagte Amie.

Wil machte sich zögernd auf in Richtung Tür. Obi-Wan folgte ihm, blieb aber an der Tür stehen. „Ich brauche nur noch einen Augenblick", sagte er leise zu Amie und Wil.

„Nur einen Augenblick", wiederholte Amie streng.

„Ich kenne ihn", sagte Wil. „Er wird Euch nichts sagen. Wie kann man es ihm auch verübeln? Irgendwie haben die Imperialen ihre Akten gefunden. Wir könnten einen Spion in unserer Organisation haben. Wir müssen diese Sache ergründen."

Amie und Wil verließen leise das Zimmer.

„Ich glaube, ich weiß, wer Ihr seid", sagte Roan, ohne die Augen zu öffnen. „Er hatte keine Geheimnisse vor mir. Ihr seid der Jedi-Meister Obi-Wan Kenobi, Mitglied des Hohen Rates der Jedi. Oder besser: ehemaliges Mitglied. Er hat Euch perfekt beschrieben."

„Und wie hat er mich beschrieben?"

„Groß und dickköpfig. Und hölzern."

„Hölzern?"

„Hölzern." Roan drehte sich in seinem Bett und öffnete die Augen. Sein Blick war plötzlich stechend. „Die Jedi wurden ausgelöscht, doch Ihr lebt noch. Wie kann das sein?"

„Ich konnte den Geschehnissen ... aus dem Weg gehen."

Roan wandte seinen Blick nicht ab. „Wie günstig für Euch."

„Wie meint Ihr das?"

„Ich hörte, dass ein paar Jedi übergelaufen sind ... sie sind zur

Dunklen Seite übergetreten. Woher soll ich wissen, dass Ihr nicht einer davon seid?"

„Das könnt Ihr nie wissen", gab Obi-Wan zurück. „Aber der Ferus, den ich kannte, besaß einen guten Instinkt. Ich habe einmal nicht auf ihn gehört, und heute bereue ich das mehr, als Ihr es Euch vorstellen könnt. Er wusste besser als ich, dass man seinem Instinkt folgen muss. Wenn Ihr ihn gut kennt, dann wisst Ihr das auch."

Er sah, dass Roan nachdachte. Obi-Wan spürte, dass sich Roan entgegen seiner Worte im Klaren darüber war, dass er dieses Bett eine Zeit lang nicht würde verlassen können.

„Ich werde es den Elf nicht sagen", versicherte Obi-Wan ihm. „Ich werde es niemandem sagen. Ihr müsst mir vertrauen. Ferus vertraute mir einst. Ich bin derjenige, der sich dieser Angelegenheit annehmen muss. Der Kampf um diesen Planeten könnte sich auf tausenden anderen Welten wiederholen. Wir müssen jetzt einen entscheidenden Schritt machen und dem Imperium damit zeigen, dass es den Willen der Völker nicht einfach brechen kann."

„Ferus und ich hatten einen Pakt ..."

„Und Ihr glaubt, dass er sich daran halten wird? Er ist der Meinung, Ihr wäret noch im Gefängnis. Denkt Ihr wirklich, dass er sich fern hält?"

Roan schloss die Augen wieder. „Nein", sagte er leise. „Er wird sich nicht fern halten."

„Ich kann Euch keine Fakten nennen. Ihr müsst diese Entscheidung nur Eurem Gefühl nach treffen."

„Jetzt klingt Ihr wie Ferus." Roan seufzte tief und schaute zur Decke. Obi-Wan sah seinem Gesicht den inneren Kampf an. „Er befindet sich in der Bergregion Arno", sagte Roan schließlich. „Ich werde Euch die Koordinaten geben. Findet ihn. Er wird es nicht zugeben, aber ich bin mir sicher, dass er Hilfe brauchen kann."

Obi-Wan wartete auf den Einbruch der Dunkelheit. Während des Tages war es auf den Straßen zu gefährlich. Rilla hatte ihm eine neue ID-Karte gegeben und einen Raumjäger organisiert, der ihn in die Berge bringen konnte. Dafür hatte sie alle Gefallen einfordern müssen, die ihr irgendwelche Leute schuldeten. Obi-Wan war jetzt ein Geschäftsmann von Raed-7. Die Elf wussten nicht, wohin er ging, doch sie würden ihm helfen, an sein Ziel zu gelangen. Alle waren sich einig, dass es besser war, die Information geheim zu halten, bis sie sicher sein konnten, dass es keinen Spion in der Gruppe gab.

„Wir treiben viel Handel mit Raed-7", erklärte Rilla. „Sie bauen ein Netzwerk von Pipelines außerhalb der Stadt. Die Imperialen werden Euch befragen, aber die Papiere sind einwandfrei. Würden sie annehmen, dass Ihr ohne Grund hier seid, so könnten sie Euch am Raumhafen verhaften."

„Das ist der beste Weg, um aus Ussa wegzukommen", fügte Wil hinzu. „Ich bin mir sicher, dass die meisten Außenweltler nach dem heutigen Tag den Planeten verlassen wollen. Es werden also genug andere dort sein, um Euch Deckung zu bieten."

Obi-Wan schob die Papiere in seinen Reisemantel.

„Gute Reise", sagte Rilla.

„Sagt Ferus, dass er nicht zurückkehren soll", sagte Wil. „Wenn er in Sicherheit ist, dann soll er auch dort bleiben. Sagt ihm, dass wir Roan irgendwie zu ihm bringen werden. Er muss nicht zurückkommen. Er muss wissen, dass Roan in Sicherheit ist."

„Ich werde ihn finden", versprach Obi-Wan.

Er machte sich auf den Weg zum Raumhafen. Die Straßen waren dunkel. Der Mond war von Wolken bedeckt. In manchen Häusern brannte Licht, aber nur sehr schwach. Die Bellassaner hatten offensichtlich Angst zu zeigen, wo sie waren. Hin und wieder sah Obi-Wan eine Patrouille, die in einem Hauseingang oder einer Gasse verschwand.

Als er den Raumhafen erreicht hatte, stellte Obi-Wan überrascht fest, dass er stark belebt war. Allerhand Wesen drängten sich an den Kontrollposten, viele davon mit Gepäck und Bündeln ihrer Habseligkeiten.

Ein imperialer Offizier mit feindseliger Miene kam nach vorn. „Alle Bellassaner müssen in ihre Häuser zurückkehren. Keinem Bellassaner ist es gestattet, den Planeten zu verlassen. Ussa ist abgeriegelt. Außenweltler dürfen zum Kontrollposten vortreten."

„Aber meine Frau ist im Anturus-System!"

„Ich habe Ausreisepapiere von der imperialen Regierung auf Coruscant!"

Mehr und mehr Rufe brachen aus der Menge hervor.

Der Offizier und seine Soldaten zogen ihre Blaster-Gewehre und zielten auf die Menge. „Kehrt zu Euren Häusern zurück!"

Obi-Wan sah, wie eine Frau neben ihm zu zittern begann. Ein Mann legte seinem kleinen Sohn die Hand auf die Schulter. Die Einheimischen zogen sich langsam zurück, schulterten ihr Gepäck und hielten ihre Kinder beieinander.

Obi-Wan konnte nicht verstehen, weshalb sie angenommen hatten, den Planten verlassen zu dürfen. Doch sie waren offensichtlich verzweifelt und bereit, alles zu versuchen.

Er sah, wie sich eine Gruppe von schwarz gekleideten Reisenden aus der Menge der verbliebenen Leute löste. Ihm war sofort klar, dass es sich um imperiale Spione handelte, die sich unter die Leute gemischt hatten. Die Bellassaner, die sich auf dem Weg zum Ausgang befanden, bemerkten nicht, wie die Männer sich zu ihnen gesellten. Sie würden ihnen nach Hause folgen. Sie würden ihre Namen registrieren. Und schließlich würden all diese Bellassaner auf einer Liste potenzieller Feinde des Imperiums landen.

„Ihr da!" Der Offizier zeigte auf Obi-Wan.

Obi-Wan kam nach vorn und hielt seine ID-Karte hin. Der Offizier warf seinen Kopf in Richtung des Kontrollpostens. Obi-Wan gab dort seine Papiere ab.

Er atmete ruhig, während der Mann hinter dem Schalter alles genau durchsah. Jetzt konnte Obi-Wan nur auf Rilla und Wil vertrauen. Es war schon einige Zeit her, dass er sich auf jemand anderen als sich selbst verlassen hatte.

„Ihr habt einen DP-x Explorer", sagte der Offizier. „Nettes Transportmittel für einen Geschäftsmann."

„Ich habe ihn am Ende der Klonkriege beim Ausverkauf des Raed-7-Raumhafens gekauft", erklärte Obi-Wan in einem beschwingten Tonfall. „Ein ziemlich gutes Geschäft. Damals konnte man viele schöne Dinge kaufen. Die Piloten sind alle tot. Schlecht für sie, gut für mich!"

„Genau", sagte der Offizier teilnahmslos. „Ihr könnt durchgehen."

Obi-Wan ging weiter und schob seine Papiere wieder in die Tasche. Er war keine fünf Schritte gegangen, da hörte er, wie jemand seinen Namen rief.

„Ronar Hanare!"

Er blieb stehen und drehte sich um. Vielleicht war es nur ein Trick. Er war sich nicht sicher. Manchmal schafften Wesen mit falschen Papieren den Gang durch den Kontrollposten, nur um dann vor lauter Erleichterung ihren falschen Namen zu vergessen. Der Offizier rief den Namen vielleicht nur, um zu sehen, wie schnell jemand reagierte – oder eben nicht reagierte.

„Ihr müsst einen Flugplan einreichen, bevor Ihr aufbrechen könnt", sagte der Offizier. Er sah Obi-Wan misstrauisch an. Hegte der Mann Verdacht?

„Kein Problem", sagte Obi-Wan.

Er atmete leise aus, als er zu seinem Kreuzer ging, einem reinen Vergnügungsjäger, den man für Raumflüge umgebaut hatte. Dabei beobachtete er unbemerkt seine Umgebung – eine spezielle

Technik der Jedi. Es schien alles in Ordnung zu sein. Er spürte keine Erschütterung der Macht, die ihn warnen konnte. Ein anderer einzelner Mann, groß und offensichtlich wohlhabend, beriet sich mit seinem Piloten. Er war zweifellos ein Geschäftsmann, der schnell den turbulenten Planeten verlassen wollte. Eine kleinere Gestalt in einem dunklen Pilotenoverall, den Rücken Obi-Wan zugewandt, führte gerade einen Antriebs-Check an einem Angriffsschiff der Firespray-Klasse durch. Es war ein seltenes Modell, das so aussah, als wäre es umgebaut worden.

Obi-Wan stieg in seinen Raumjäger. Er tippte schnell einen Flugplan nach Raed-7 ein und schickte ihn zum Kontrollsystem. Als die Starterlaubnis aufblinkte, verschwendete er keine Zeit und schoss sofort in die Atmosphäre hoch.

Er folgte dem Flugplan in den Raum. Er würde den Planeten einmal umkreisen und dann wieder zum Planeten abtauchen, zu den Koordinaten der Arno-Bergregion.

Er warf einen Blick auf den Überwachungsschirm. Hinter ihm war ein Schiff gestartet. Es befand sich auf dem gleichen Kurs wie er, blieb aber weiter zurück und flog langsamer. Eigenartig. Es hatte eine verdeckte Identität. Obi-Wan drehte sich um und versuchte, durch die Sichtscheibe einen Blick auf das Schiff zu werfen.

Es war das Firespray-Angriffsschiff. Irgendjemand folgte ihm. Und plötzlich wurde ihm klar, dass dieser Jemand eine Verbindung zu seiner Vergangenheit hatte.

Kapitel 12

Laut Flugplan hätte Obi-Wan jetzt in den Hyperraum springen müssen. Er beschloss, leicht von diesem Plan abzuweichen und abzuwarten, was geschehen würde.

Er blieb im Normalraum und gab einen langsamen Orbit um Bellassa in den Kurscomputer ein. Als der Zeitpunkt für den Sprung in den Hyperraum gekommen war, behielt er seine Reisegeschwindigkeit bei.

Das Firespray-Schiff beschleunigte. Obi-Wan beschleunigte ebenfalls.

Der Pilot musste den Antrieb seines Schiffes ebenso modifiziert haben wie die Hülle, denn die Firespray war sehr schnell.

Obi-Wan ging auf Höchstgeschwindigkeit, doch das Schiff näherte sich stetig. Es würde schon bald in Schussweite sein. Aber es würde sicher nicht auf Obi-Wan schießen …

Da erschütterte eine Explosion das Schiff. Die Steuerung wurde Obi-Wan aus der Hand gerissen und er fiel beinahe aus seinem Sitz. Die Firespray besaß offenbar auch spezielle Waffensysteme. Und tödliche überdies. Ein Protonen-Torpedo war gerade dicht neben dem Schiff explodiert.

Obi-Wan führte ein Ausweichmanöver durch, als die tödlichen Blitze von Laserkanonen auf sein Schiff schossen. Es war so lange her, dass er es getan hatte, und doch hatte er nichts verlernt – das Gefühl für die Steuerung, das Wissen, wie weit er das Schiff treiben konnte, das Gefühl in seinem Magen, wenn ein Sturzflug zu steil war.

Die Firespray schoss sich weiter auf ihn ein. Das waren keine Warnschüsse. Wer auch immer der Pilot war, er wollte Obi-Wan treffen.

Obi-Wan verlangte seinem Schiff noch mehr Spiralwenden und Sturzflüge ab, doch er wusste, dass es nur eine Frage der Zeit war, bis die Firespray einen Treffer landen würde.

Wenn Anakin hier wäre, würde er das Schiff fliegen. Dies war die Art von Herausforderung, die ihm gefallen hätte.

Der Gedanke war ihm aus heiterem Himmel gekommen. Er konnte sich nicht dagegen wehren. Er erinnerte sich immer noch an seinen Schüler und Freund Anakin – und nicht an das, was aus ihm geworden war.

Er wollte nicht daran denken. Es schmerzte zu sehr.

Ein schneller Blick auf den Navigationscomputer zeigte ihm, dass er sich bereits über der Gebirgsregion von Arno befand. Er wollte seinen Verfolger nicht dorthin locken, doch wenn sein Plan gelang, würde der nicht bemerken, wo Obi-Wan landete. Jetzt kitzelte er dieses letzte Stück Leistung aus dem Antrieb – er wusste, dass es gerade noch ging – und daher war er einen Moment aus der Reichweite seines Verfolgers. Dann tauchte er zur Oberfläche ab. Sollte sein Kontrahent ihn auf dem Verfolgungsschirm haben – wovon er ausging – würde er annehmen, dass Obi-Wan ihn in den Bergen abhängen wollte, wo die Sensoren Schwierigkeiten haben würden, ihn im Fadenkreuz zu behalten.

Obi-Wan blieben nur ein paar Sekunden, bevor er in Sichtweite der Firespray kommen würde. Er blieb dicht an den Berghängen, schoss über Bergkuppen hinweg und in Täler hinunter – so dicht am Boden, dass er beinahe die Schneekristalle auf den Gipfeln zählen konnte. Die steilen Wände und tiefen Täler erzeugten Luftströmungen, die das Schiff durchschüttelten.

Die tiefen Spalten unter Obi-Wan waren voll gefrorenen

Schnees, der blau zu ihm hoch leuchtete. Riesige Brücken aus Eis tauchten auf, unter denen er sofort hindurchflog. Er behielt seine Geschwindigkeit bei, wodurch sein Raumjäger jedoch nur schwer zu kontrollieren war. Obi-Wan hatte immer die schneebedeckte Oberfläche unter ihm im Auge.

Irgendwann fand er, wonach er gesucht hatte. Was im Sommer wahrscheinlich eine riesige Wiese gewesen war, lag jetzt als ausgedehntes Schneefeld unter ihm. Er konnte nicht mit Sicherheit sagen, wie tief der Schnee war, denn die Instrumente zeigten ihm unterschiedliche Werte an. Es mussten sich also Verwehungen gebildet haben. An manchen Stellen war der Schnee bis zu 50 Meter tief. Obi-Wan suchte die Oberfläche aufmerksam ab. Er konnte nicht erkennen, ob es eine Eisdecke über dem Schnee gab. Also würde seine Landung keine sichtbaren Spuren hinterlassen. Er konnte nur hoffen, dass der Schnee dicht genug war, damit sein Schiff nicht zu tief einsank.

Obi-Wan hielt den Atem an, lenkte das Schiff mit Höchstgeschwindigkeit fast senkrecht nach unten und schaltete den Antrieb ab. Das Schiff segelte geradewegs auf die Schneedecke zu, und es schien, als würde es sanft in dem Bett aus Schnee landen.

Dann schlug es auf. Obi-Wans Kopf wurde durch die Wucht des Aufpralls nach hinten gerissen. Alle Geräusche schienen vollständig von der weißen Masse verschluckt zu werden. Er hörte, wie der Schnee über ihm mit einem Rauschen auf das Dach des Cockpits fiel. Alles um ihn herum wurde weiß.

Das Schiff kam langsam zur Ruhe, doch noch immer stürzten Schneehalden darauf. Es war, als würde Obi-Wan lebendig begraben. Der Raumjäger sank noch ein paar Meter weiter und blieb schließlich stecken.

Es war fast dunkel, doch durch den Schnee hatte das Dämmerlicht etwas eigenartig Leuchtendes an sich. Obi-Wan sah, wie sein

Atem zu Wolken kondensierte. Er wartete. Jetzt würde er seine Sinne brauchen und nicht die Instrumente.

Er rief die Macht. Seine Wahrnehmung wanderte durch die Schneemoleküle nach oben, durch deren Zwischenräume, bis in die dünne Luft dort oben. Obi-Wan konnte sie hören und spüren – die Firespray. Er war sich nicht ganz sicher wo, doch er wusste, dass sein Verfolger dort oben war und ihn suchte. Er flog zwischen den Bergen hin und her, tauchte über den Schneefeldern ab und zog wieder hoch, summend wie ein wütendes Insekt.

Nach einer Weile spürte Obi-Wan die Leere, die das Schiff hinterließ. Der Strom der Macht glättete sich. Er war allein.

Obi-Wan warf einen Blick aus dem Cockpit. Er würde es nicht schaffen, von hier aus wieder zu starten. Selbst dieses Schiff mit seinem starken Antrieb würde nicht gegen die Schneelast ankommen. Er würde hinauskriechen müssen. Obi-Wan aktivierte den Öffner für das Dach der Kanzel. Es drückte gegen den Schnee, hob sich aber nicht. Er holte tief Luft und ließ sie wieder ausströmen. Er würde sich nicht gestatten, die Möglichkeit in Betracht zu ziehen, dass er gefangen war.

Er holte seinen Thermo-Umhang hervor und schnallte das Survival-Pack auf die Schultern. Dann nahm er sein Lichtschwert und schnitt ein Loch in das Dach des Cockpits. Sofort fielen Schneeklumpen herein, doch Obi-Wan schaffte es, hinauszuklettern. Durch die Landung war hier eine kleine Höhle entstanden, in der Luft vorhanden war. Er schob eine Hand in den Schnee und versuchte, sich dorthin zu ziehen. Doch er fand in der weißen Masse keinen Halt.

Er versuchte, sich daran zu erinnern, wo oben war. Dann griff er nach dem Seilkatapult an seinem Gürtel. Damit konnte er einen feinen Draht bis nach oben schießen und sich hochziehen, doch der Haken am anderen Ende musste etwas treffen, worin er stecken blieb. Obi-Wan schuf mit seinem Lichtschwert etwas Platz über sich und schoss das Seil in einem Winkel ab, von dem er annahm, dass er den Haken zu einem kleinen Steinhaufen bringen würde, den er vor der Landung gesehen hatte.

Doch das Seil fand keinen Halt und wurde wieder in die kleine Seilwinde zurückgezogen. Er versuchte es noch einmal. Wieder zog die Seilwinde den Draht zurück.

Obi-Wan schoss das Seil immer wieder in nach oben. Seine Körperwärme und die Restwärme des Schiffes ließen den Schnee schon schmelzen. Schneebrocken fielen auf ihn herab. Wenn er so weitermachte, würde er eine Lawine auslösen – klein, aber groß genug, um ihn für immer zu begraben.

Er schoss das Seil erneut ab. Dieses Mal hielt es. Obi-Wan zog prüfend daran. Es musste reichen. Er aktivierte die Seilwinde und ließ sich an dem Draht durch den Schnee nach oben ziehen. Der Schnee geriet in seine Haare, in seine Augen und in seinen Mund, doch er ließ nicht locker.

Irgendwann brach er an der Oberfläche hervor und konnte den grauen Himmel erkennen. Obi-Wan legte sich flach auf den Schnee und ließ das Seil wieder einrollen. Dann erhob er sich langsam und warf einen ehrfürchtigen Blick auf die riesigen Berge vor und über ihm.

Schließlich klopfte er den Schnee von seiner Tunika und machte sich auf den Weg.

Es war schon gegen Abend des zweiten Tages, als Obi-Wan die letzte Steilwand in Richtung der Koordinaten bestieg, die Roan ihm genannt hatte. Er hatte den direkten Weg gewählt, was aber auch bedeutet hatte, dass er sich meistens in der Senkrechten bewegt hatte: an Steinwänden und großen Felsen hinauf und wieder hinunter. Er war erschöpft und er fror. Sein Thermo-Umhang war steif vor Eis. Auf dem Bart, der ihm wuchs, und auf seinen Wimpern hatten sich ebenfalls Eiskristalle gebildet. Doch er war fest entschlossen, seine Reise noch an diesem Abend zu beenden.

Und dann sah er sie – eine kleine, weiße Steinhütte, die im Schnee kaum zu erkennen war. Erleichtert ging er darauf zu.

Da hörte er hinter sich eine Stimme. Es war die einer Frau, und sie klang äußerst entschlossen.

„Auf Euren Rücken ist ein Blaster-Gewehr gerichtet. Keine Bewegung."

„Ich bin ein Freund."

„Ich habe keine Freunde."

„Roan hat mich geschickt."

„Den Namen habe ich noch nie gehört."

Obi-Wan hörte das unverwechselbare Geräusch eines Gewehrs, das an eine Schulter gehoben wurde. Seine Hand wanderte langsam zu seinem Lichtschwert.

Da ging die Tür der Steinhütte auf.

„Dona, nicht schießen", sagte Ferus einen Augenblick später. „Ich fürchte, mein Freund würde das sehr persönlich nehmen."

Kapitel 13

Obi-Wan ging zu der Hütte hinüber. Ferus' Anblick erschien ihm so unwirklich.

„Ich dachte, Ihr wäret tot", sagte Ferus.

„Vielleicht war ich das", gab Obi-Wan zurück.

Zu Obi-Wans Überraschung kam Ferus auf ihn zu und umarmte ihn. Ferus, der immer so korrekt gewesen war. Es war schon so lange her, dass Obi-Wan ein Gefühl wie dieses empfunden hatte, dass er fürchtete, davon übermannt zu werden. Er schluckte und erwiderte die Umarmung. Das Gefühl war wie frisches Quellwasser, das seine ausgetrocknete Kehle benetzte. Ferus lebte noch. Das hieß, dass Obi-Wans Vergangenheit nicht gestorben war. Nicht vollkommen.

Ferus ging einen Schritt zurück und grinste. „Und ich dachte, mich könnte nichts mehr überraschen." Er wandte sich an Dona. „Und? Was sagt Ihr? Sollen wir ihn hereinbitten? Ihr seid die Chefin hier."

Die Frau lächelte nicht, doch Obi-Wan erkannte, dass ihr Ferus' Scherz gefiel. „Sieht so aus, als müsste er erst mal auftauen", sagte sie. „Macht bloß keine Pfützen auf meinen Boden."

„Eines kann ich Euch sagen", flüsterte Ferus leise zu Obi-Wan. „Ich weiß, dass es gleich Suppe geben wird."

Ferus schob ihn in die Wärme der Hütte hinein. Jetzt, wo sie sich im Licht gegenüberstanden, konnte Obi-Wan sehen, wie sich der ehemalige Padawan verändert hatte. Er war schlanker und muskulöser. Sein Gesicht war reifer, die Kanten waren schärfer. Obwohl Ferus erst Anfang zwanzig war, hatte der breite, goldfarbene Streifen in seinem Haar einen silbernen Farbton angenommen. Er schien ein Mann zu sein, der Dinge erlebt hatte, über die er lieber nicht reden wollte.

Doch es war ihm auch eine gewisse Lockerheit zu eigen und die war neu. Selbst sein Gang hatte sich verändert. Früher war Ferus mit der geradezu steifen Sicherheit gegangen, die von einem disziplinierten Geist herrührte. Jetzt zog er mit dem Fuß einen Stuhl zum Feuer und winkte Obi-Wan heran. Der alte Ferus hätte niemals etwas so Lockeres und so ... Anmutiges getan. Außerdem hatte Obi-Wan Ferus noch nie scherzen hören. Er hatte sich in vielerlei Hinsicht verändert, deren Tiefe Obi-Wan erst noch ergründen musste.

„Ihr starrt mich an", sagte Ferus.

„Es tut mir Leid. Du hast dich so verändert."

„Ihr Euch auch. Ihr seid völlig ergraut. Ihr seht älter aus. Ihr seht eigentlich überhaupt nicht gut aus."

„Danke."

Nachdem Dona Obi-Wan die nassen Kleider abgenommen hatte, setzte er sich vor das warme Feuer. Ferus offenbarte ihm seine Sorgen.

„Ihr erwähntet, dass Roan Euch geschickt hätte", sagte Ferus.

„Es geht ihm gut", gab Obi-Wan zurück. „Man hat ihn aus dem Med-Center geschmuggelt und zu den Elf gebracht. Die Imperialen hatten ihm ... einige Nervengifte verabreicht, während er in Haft war."

Ferus nickte grimmig.

„Aber wir konnten herausfinden, welche Mittel es waren, und jetzt ist er bei Bewusstsein. Er wird mit immer kräftiger. Er hat mich gebeten, dir auszurichten, dass du nicht nach Ussa kommen sollst. An dem Tag, an dem ich aufgebrochen bin, gab es Massenverhaftungen. Die Stadt ist nicht sicher."

Ferus seufzte und ließ sich in den Stuhl gegenüber von Obi-Wan sinken. „Ich hasse das Imperium. Und ich hasse dieses Exil."

„Du kannst nicht hier bleiben", sagte Obi-Wan. „Die Imperialen prüfen eure Kundenliste. Roan ist der Meinung, dass du in Sicherheit bist, ich hingegen bin mir da nicht so sicher ..."

„Dona steht nicht auf der Liste in unseren Computerdaten."

„Man ist mir von Ussa gefolgt. Ich weiß nicht, weshalb oder von wem ich verfolgt wurde. Ich weiß auch nicht, ob es etwas mit dir zu tun hat, aber wir dürfen kein Risiko eingehen."

Ferus nickte und runzelte die Stirn. „Wo ist Euer Schiff?"

„Begraben unter einer Schneewehe."

„Dona hat Werkzeug. Wir können es herausholen. Ihr habt Recht – ich sollte hier verschwinden. Die Situation hat sich verändert. Ich muss die Elf kontaktieren. Wir werden noch ein wenig länger auf unsere Chance warten müssen, aber wir sollten schon jetzt Pläne schmieden."

Obi-Wan streckte die Hand nach der Schüssel aus, die Dona ihm hinhielt. Seine kalten Finger schlossen sich um die warme Schüssel. Auch das hatte er vergessen – wie sich Wärme und Sicherheit nach einer solch schweren Reise anfühlten. „Und was willst du erreichen?"

„Ich will das Imperium stürzen. Auf einem Planeten nach dem anderen", gab Ferus zurück. „Nicht mehr und nicht weniger."

Als sich Ferus in dem Stuhl zurücklehnte, sah Obi-Wan, dass er immer noch Schmerzen hatte.

„Das ist nichts Schlimmes", sagte Ferus, als er bemerkte, dass Obi-Wans sein Bein ansah. „Ich wurde bei der Flucht verwundet. Habe mir ein wenig Blaster-Feuer eingefangen. Dona hat sich darum gekümmert; die Wunde ist schon fast verheilt."

„Ich spüre etwas, das mich überrascht", sagte Obi-Wan langsam. „Ich hätte nicht erwartet, dass dir das Leben außerhalb des Jedi-Ordens zusagt."

„Das hätte früher ich auch nicht gedacht", entgegnete Ferus mit einem Lachen. „Aber ich habe mich angepasst. Siri sagte mir immer, ich sollte Veränderungen akzeptieren. Sie willkommen heißen, denn Veränderungen würden die Galaxis in Bewegung halten. Würden sie schön machen." Ferus sah ins Feuer. „Ich habe gehört, dass sie noch vor allen anderen starb. Es tut mir Leid, Obi-Wan."

„Es gab so viele Tote", sagte Obi-Wan. Ferus konnte es nicht wissen, doch Obi-Wan vermisste Siri immer noch unendlich.

„Es tut mir Leid, dass ich fragen muss, Obi-Wan. Aber Anakin … hat er auch nicht überlebt?"

Obi-Wan konnte es ihm nicht sagen. Er brachte nur eine modifizierte Version der Wahrheit über die Lippen. „Er hat nicht überlebt." Der Anakin, den sie beide gekannt hatten, war tot. „Er wurde vom Imperium gejagt und umgebracht."

Ferus nickte. In seinem Blick war Schmerz zu lesen, obwohl Anakin und er eher Rivalen als Freunde gewesen waren. „Ich hatte angenommen, dass es das furchtbarste Ereignis in meinem Leben sein würde, den Jedi-Orden zu verlassen", sagte er. „Doch jetzt hat sich herausgestellt, dass das mein Leben gerettet hat. Ich war nicht unter jenen, die im Tempel oder auf irgendeinem Planeten in die Falle gerieten und ermordet wurden. Ich wurde nicht gejagt. Aber all das zu hören … das war schwer zu ertragen. Verrat. Und die Galaxis im Griff des Imperators zu sehen – das sind Dinge, die mich beschäftigen. Was hätten wir tun können? Was hätten wir vorhersehen können?"

„Wir blicken nicht zurück. Wir leben im Augenblick."

Ferus streckte die Beine aus. „Ja, so sagen es die Jedi. Wo wart Ihr im letzten Jahr?"

„Hier und dort", sagte Obi-Wan. Er vertraute Ferus, doch er würde ihm nicht von Luke und Leia erzählen. Je mehr man ein Geheimnis teilte, desto weniger war es eines.

„Also gut, dann werde ich nicht fragen", sagte Ferus. „Ich bin froh, Euch zu sehen. Wisst Ihr, ob noch andere Jedi überlebt haben?"

Obi-Wan zögerte. Die Tatsache, dass Yoda überlebt hatte, war ebenfalls ein Geheimnis. „Ich weiß es nur von einem mit Sicherheit, aber ich darf seinen Namen nicht nennen", sagte er. „Vielleicht gibt es noch andere, die untergetaucht sind. Niemand weiß es. Es gab ein Funkfeuer, das die Jedi zum Tempel zurückrief, wo sie ermordet wurden. Wir konnten es gegen ein Signal austauschen, das sie fern hielt, doch da kann es schon zu spät gewesen sein. Es sind wahrscheinlich nicht mehr viele übrig."

Ferus lehnte sich nach vorn und stützte mit gefalteten Händen seine Ellenbogen auf die Knie. „Es fällt mir schwer, das zu glauben. Es muss doch eine Möglichkeit geben, sie zu finden. Die Jedi waren zu mächtig, um einfach ausgelöscht zu werden. Es muss noch andere Überlebende so wie Euch geben. Diese Frage stelle ich mir oft. Sie lässt mich nicht mehr los."

Obi-Wan schüttelte den Kopf. „Es tut mir Leid, Ferus. Es ist schwer, es zu glauben, aber du musst es glauben. Die Jedi existieren nicht mehr."

Der Feuerschein blitzte in Ferus' dunklen Augen und tauchte sie in ein orangefarbenes Licht. „Ich werde es niemals glauben", sagte er. „Und jetzt, wo Ihr hier seid, können wir handeln."

Obi-Wan schüttelte den Kopf. „Ich muss eigene Aufgaben erledigen. Ich werde dir jetzt helfen, aber dann muss ich dich verlassen und werde niemals wiederkehren."

„Das meint Ihr nicht im Ernst."

„Doch, das meine ernst."

„Aber es gibt so viel, um das es sich zu kämpfen lohnt."

„Meine Tage voller Kämpfe sind vorläufig gezählt."

„Was kann wichtiger sein?"

Obi-Wan gab keine Antwort.

„Es gefällt mir nicht, dass ich einen Jedi-Meister ausfragen muss", sagte Ferus. „Alte Gewohnheiten gibt man nur schwer auf. Aber macht Ihr Scherze? Würdet Ihr Euch eher verstecken als zu kämpfen?"

Die Worte und Ferus' Art bestürzten Obi-Wan. Sein Schweigen zeigte seine Missbilligung.

„Kehrt jetzt nur nicht den korrekten Jedi heraus", sagte Ferus. „Ich sehe es an Eurem Blick. Ich bin nicht Euer Schüler, Obi-Wan. Natürlich verdient Ihr meinen Respekt, aber ich habe gelernt, offen zu sprechen. Wir leben in einer anderen Wirklichkeit, in einer neuen Galaxis."

„Wir haben in der neuen Galaxis gekämpft und sind gestorben", sagte Obi-Wan in einem Anflug von Ärger.

„Das weiß ich", gab Ferus zurück. „Aber was ich damit sagen wollte, ist, dass sich die Galaxis verändert hat. Wer eher ins Exil geht, als sich einzumischen, verdammt uns alle zu Unterdrückung und Verzweiflung."

„Ferus, ich bin keiner von den Elf", sagte Obi-Wan. „Ich bin ein alter Freund. Ich bin nicht hierher gekommen, um mich rekrutieren zu lassen."

„Wie werdet Ihr auf das Imperium reagieren?"

Obi-Wan starrte ins Feuer. Er spürte die Worte schon auf seinen Lippen, doch er wollte sie nicht aussprechen. Er wusste, dass er Ferus damit wütend machen würde. „Ich werde abwarten."

„Abwarten?"

Ferus sah aus, als wollte er aus seinem Stuhl aufspringen und Obi-Wan an die Kehle gehen. Doch der Jedi hielt seinem Blick unbeirrbar stand. Die Galaxis mochte sich vielleicht verändert haben, doch er wusste immer noch, wie man einen aufgeregten Padawan beruhigte.

Ferus lächelte plötzlich und lehnte sich in das Kissen zurück, das Dona hinter ihn gelegt hatte. „Ich kann mich noch an die Zeit erinnern, als ich mich vor diesem Blick gefürchtet habe. Ich fürchte mich fast immer noch. *Fast*, Obi-Wan."

Ferus redete so freundschaftlich, dass Obi-Wan spürte, wie ihn sein Ärger verließ. Natürlich konnte Ferus seine Entscheidung nicht nachvollziehen.

Obi-Wan nippte an seiner Suppe. „Da ist noch etwas, das ich dir sagen muss", sagte er. „Es gibt einen imperialen Sicherheitsoffizier, ein Inquisitor namens Malorum ..."

„Ja, ich habe ihn kennen gelernt", sagte Ferus. „Er war bei den Verhören anwesend, wenn er auch nichts sagte."

„Er hat eine Verbindung zur Macht."

Ferus nickte langsam. „Diesen Verdacht hatte ich auch, ich war mir aber nicht sicher. Es ist so lange her, dass ich die Macht benutzt habe. Sie ist noch ein Teil von mir, aber ich greife nicht mehr auf sie zurück."

„Weißt du irgendetwas über ihn?"

„Ich weiß, dass er in den höchsten Kreisen verkehrt", sagte Ferus. „Man sagt, er wäre Lord Vaders Liebling. Er kann sich seine Aufgaben selbst aussuchen."

„Er ist stark daran interessiert, dich zu fassen, so viel weiß ich", sagte Obi-Wan.

„Na ja, dann wird er eben eine Enttäuschung erleben", sagte Ferus. „Ich habe nicht vor, einer imperialen Gefängniszelle einen weiteren Besuch abzustatten." Er nahm seinen Löffel in die Hand. „Und jetzt schlage ich vor, dass wir es so machen wie die Jedi."

Obi-Wan lächelte. „Wenn Essen da ist, dann iss."

Obi-Wan hatte damit gerechnet, dass es ihm schwerfallen würde, einzuschlafen, doch sein Körper forderte Ruhe, und so schlief er in Donas handgeknüpften Decken vor der Wärme des Feuers ein.

Am nächsten Morgen schaute er durch das Fenster auf einen unglaublich blauen, weiten Himmel und auf weiß bedeckte Bergspitzen in der Ferne.

„Dona mag es nicht, wenn ich die Panzervorhänge öffne, aber von hier aus kann man die Berge so gut sehen", sagte Ferus, als Obi-Wan aufgestanden war. „Habt Ihr gut geschlafen?"

„Ja, vielen Dank", sagte Obi-Wan. Er empfand es als merkwürdig, unter den gegebenen Umständen eine solch banale Unterhaltung zwischen Gast und Gastgeber zu führen. Alles schien so normal, wo die Situation doch alles andere als normal war. Obi-Wan hatte sich immer noch nicht an die Lage gewöhnt, in der er sich befand. Ferus war kein Padawan mehr. Keine der Regeln, die sie miteinander verbunden hatten, existierte mehr.

Dona eilte in die Küche, die Morgenrobe hoch am Hals geschlossen. „Es gibt Neuigkeiten", sagte sie. „Ich konnte auf das HoloNet zugreifen."

Ferus schnaubte. „Wir sollten nicht alles glauben, was wir dort hören. Es wird vom Imperium kontrolliert."

„Ich fürchte allerdings, dass diese Nachrichten wahr sind", sagte Dona. „Die Massenverhaftungen in Ussa … das Imperium hat ein Ultimatum verhängt. Wenn die Stadt Ferus Olin nicht innerhalb von 24 Stunden ausliefert, werden sämtliche Gefangenen exekutiert. Die Order kam vor sechs Stunden."

Aus Ferus' Gesicht wich jede Farbe. Sein Körper wurde steif.

„Deshalb haben sie es also getan", sagte Obi-Wan. „Sie haben so viele verhaftet, um eine einzige Person zu bekommen."

„Ich muss zurückgehen", sagte Ferus. „Ich muss mich stellen."

Kapitel 14

Er hatte keine andere Wahl. Wenn er sich nicht stellte, würden Unschuldige sterben. Noch während er von seinem Stuhl aufstand, versuchte Ferus verzweifelt abzuschätzen, wie lange er bis nach Ussa brauchen würde. Dona hatte keinen Gleiter mit einer solchen Reichweite, doch sie hatte einen Freund in dem Bergdorf.

„Augenblick", sagte Obi-Wan und legte Ferus eine Hand auf den Arm.

Ferus' Hass auf das Imperium konzentrierte sich jetzt auf diesen einen Mann, der nun vor ihm und ihm im Weg stand.

„Ist das alles, was Ihr tun könnt? Warten? Ich muss sofort aufbrechen!" Ferus wollte nicht wahrhaben, dass Obi-Wan der Jedi war, den er einst gekannt hatte. Er konnte sich daran erinnern, dass Obi-Wan vorsichtig gewesen war, doch dieses Verhalten war geradezu lachhaft.

„Ich dachte nur, dass du darüber nachdenken solltest, wie du zurückkehrst", sagte Obi-Wan. „Es könnte eine Möglichkeit geben, mit der …"

Da erklang plötzlich ein leiser Alarm auf der Datenkonsole in Donas Küche. „Eindringling", sagte sie. „Irgendjemand befindet sich im Luftraum. Ich muss abfragen …"

Bevor sie den Satz beenden konnte, erschütterte eine Explosion die Hütte. Trümmer regneten auf sie herab und eine Wand aus komprimierter Luft riss sie von den Beinen. Ferus segelte wie in Zeitlupe auf einem Luftkissen rückwärts, landete hart auf dem Küchenboden und schlug mit dem Kopf an der Arbeitstheke an.

Im gleichen Augenblick sah er, wie der Küchentisch auf ihn zuflog, und er wusste innerhalb eines Sekundenbruchteils, dass der auf sein verletztes Bein fallen würde. Er griff nach der Macht, doch es war eine blinde, instinktive Geste ohne jede Kraft dahinter. Er konnte die Macht spüren, aber nicht darauf zugreifen.

Zu seiner Überraschung wechselte der Tisch mitten in der Luft die Richtung und segelte quer durch den Raum. Er sah, dass Obi-Wan ihn mit Hilfe der Macht abgelenkt hatte, während er selbst zu Boden gefallen war. Der Tisch landete in einem kleinen Krater an der Stelle, an der kurz zuvor noch ein handgeknüpfter Teppich gelegen hatte.

Über sich sah er den blauen Himmel. Der Angriff hatte ein Loch in das verstärkte Dach gerissen.

Obi-Wan hatte sich schon wieder in Bewegung gesetzt und warf einen Blick zum Fenster hinaus, während Dona die Hand vor dem Sensor für die Panzervorhänge schwenkte.

„Es ist die Firespray, die mir von Ussa gefolgt ist."

Ferus nahm sanft Donas Hand. „Es ist zu spät", sagte er. „Ich glaube nicht, dass die Panzervorhänge noch etwas ausrichten können."

Sie sah nach oben zu der Stelle, an der sich der größte Teil des Daches befunden hatte. „Ihr habt Recht."

„Habt Ihr ein Transportgefährt?", fragte Obi-Wan.

„Nichts, was es damit aufnehmen kann", sagte Dona mit einer Kopfbewegung nach oben.

„Und wenn wir zu Fuß gehen, haben wir keine Deckung", fügte Obi-Wan hinzu.

„Wir müssen nicht nach draußen gehen", sagte Dona. „Das Haus kann jedem Angriff einige Zeit lang stand halten, aber wir sollten trotzdem nicht bleiben. Hier entlang."

Im selben Augenblick wurde die Tür aufgesprengt und alle hechteten gleichzeitig in Deckung.

Ferus hockte hinter einem umgeworfenen Stuhl und warf einen Blick Richtung Tür. Eine Kreatur stand im einfallenden Licht. Es war ein Cyborg, dessen Körper in eine Rüstung gehüllt war. Doch an der Stelle, an der normalerweise der Kopf hätte sein sollen, befand sich eine Laserkanone, die genau auf Ferus gerichtet war. Er sah, dass das rote Licht der Zielerfassung pulsierte.

Also waren sie zu zweit – einer in der Luft und einer am Boden. Das waren definitiv keine guten Neuigkeiten.

Da sprang Obi-Wan auf. Seine Bewegungen waren nur noch verwischte Schemen, sein Lichtschwert war ein einziger zuckender Lichtblitz. Er lief auf das Wesen zu und nahm dessen Kopf ins Visier. Der Cyborg musste ausweichen und verfehlte sein Ziel. Die Laserkanone donnerte, doch der Schuss zuckte an Ferus vorbei und schlug im Abwaschbecken ein. Wasser schoss in die Luft und Flammen züngelten in die Höhe.

„Los!", rief Obi-Wan.

Ferus half Dona aufzustehen. Gemeinsam liefen sie aus der Küche. Ferus' Verstand raste fieberhaft weiter, als er Dona in Sicherheit brachte. Er konnte Obi-Wan nicht allein lassen.

Er lief zu einem versteckten Fach in der Wand des Korridors. Er wusste, wo in dem Haus Donas Waffen versteckt waren. Er nahm ein Blaster-Gewehr über den Arm und belud seine Taschen mit C16-Granaten. Ein paar davon warf er Dona zu, die sie schnell in ihre Gürteltasche schob. Er wusste, dass sie immer einen Blaster am Körper trug. Zuletzt holte er einen Elektro-Jabber heraus und hielt ihn neben sich, als er mit Dona den Gang entlangrannte, während Blaster-Feuer das Dach aufriss und in den Boden einschlug.

Dona erreichte die versteckte Falltür und drückte auf den Öffner. Ferus schob sie in den Durchlass hinunter. „Geht", sagte er. „Geht zum Dorf. Sie wollen nicht Euch. Nur mich."

„Ich kann Euch nicht zurücklassen."

Er nahm ihre beiden Hände, als das Haus unter dem Treffer eines weiteren Lasereinschlags erbebte. „Ihr habt genug getan", sagte Ferus. „Mehr als genug. Das werde ich Euch nie vergessen. Das Haus wird gleich zerstört. Ihr müsst jetzt hier verschwinden."

Sie ließ seine Hände los und ging die Rampe hinunter.

Ferus rannte zurück in die Küche. Er sah mit einem Blick, dass Obi-Wan den Eindringling immer noch im Türrahmen in Schach hielt. Der Cyborg hatte die Küche mittlerweile vollständig verwüstet. An einer Wand schlugen Flammen hoch, die andere war teilweise eingefallen. Obi-Wan war damit beschäftigt, dem Dauerfeuer vom Schiff am Himmel und dem Donnern der Laserkanone des Cyborg-Kopfes auszuweichen.

Ferus benutzte den Elektro-Jabber wie einen Wurfspieß und schleuderte ihn gegen die Kreatur. Die Waffe schlug in der Brust des Cyborgs ein und blieb stecken. Obwohl der Feind gepanzert war, warf ihn der Treffer zurück und lähmte ihn einen Augenblick. Er sank auf die Knie.

„Hier entlang!", rief Ferus Obi-Wan zu.

Er hatte die Falltür offen gelassen. Obi-Wan machte einen Satz hinein und rutschte die Rampe hinunter. Ferus folgte ihm und schlug dabei auf den Knopf für den Verschlussmechanismus. Die Falltür schloss sich hinter ihnen.

Der Kampfeslärm drang nur noch gedämpft zu ihnen, als sie am Boden ankamen und aufstanden.

„Es gibt einen Eingang zu den alten Mienenschächten, den wir von hier unten erreichen können", sagte Ferus.

„Wo ist Dona?", fragte Obi-Wan.

„Ich habe sie zum Dorf vorausgeschickt. Wir sollten lieber nicht in die Richtung gehen. Wenn sie die Schächte finden, sollten wir sie von Dona weg führen."

Obi-Wan nickte. „Lass uns losgehen."

Ferus legte seine Hand an eine Stelle, an der es nichts als nackten Felsen zu geben schien. Doch der Sensor lag genau dort, wo Dona es ihm beschrieben hatte. Die versteckte Tür öffnete sich problemlos und sie gingen hinein.

„Dies waren einmal Mutonium-Minen, doch irgendwann war das Mineral erschöpft. Die Berge sind von einem ganzen Labyrinth dieser Schächte durchzogen. Dona hat sie erkundet, als sie damals hierher kam. Sie kennt sie wie ihre Westentasche. Sie erklärte mir den Weg durch die Tunnels, kurz nachdem ich hier angekommen war – für den Fall, dass ich jemals allein fliehen müsste. Ich habe eine grobe Ahnung, wie wir auf die andere Seite des Berges kommen. Vielleicht wissen sie nicht, wie man dorthin kommt."

„Das bezweifle ich irgendwie", sagte Obi-Wan. „Geh voraus."

Ferus lief den Tunnel entlang. Die Bergleute hatten Tunnels in den nackten Felsen gesprengt und die Schächte mit dicken Durastahl-Trägern abgestützt. Die Glühleuchten funktionierten nicht mehr, doch Ferus' Augen passten sich schnell der Dunkelheit an und sie kamen gut voran.

„Glaubt Ihr, dass sie Euch hierher gefolgt sind?"

„Nein", gab Obi-Wan zurück. „Mir ist niemand vom Landeplatz gefolgt. Sie müssen dich irgendwie anders aufgespürt haben. Der Cyborg mit der Laserkanone als Kopf ..."

„Hübsche Kreatur. Und so eine reizende Art, sich vorzustellen. Weshalb anklopfen, wenn man eine Tür auch sprengen kann?"

„Hast du deine Ahnung, wer ihn geschickt haben könnte?"

„Ich habe im Gefängnis ein Gerücht gehört, dass Malorum ein Team von Kopfgeldjägern hat, die für ihn arbeiten. Einer heißt D'harhan und ist anscheinend ein Cyborg, der eher einer Sturmkanone auf Beinen als einem Humanoiden gleicht. Das muss er sein. Ich habe aber nie etwas von einer Firespray gehört."

Obi-Wan hatte sehr wohl eine Vermutung, wer der andere Kopfgeldjäger sein konnte.

„Ich wünschte, ich wüsste, was dort oben vor sich geht", sagte er mit einem Blick zur Tunneldecke.

„Wenn sich die Tür zu den Minenschächten schließt, wird eine Sicherung ausgelöst", erklärte Ferus im Gehen. „Der Nächste, der die Tür anfasst, bringt eine kleine Sprengladung zur Explosion. Die müssten wir hier eigentlich hören. Dann wissen wir, dass sie den Tunnel gefunden haben."

Ferus' Herz schlug ihm bis zum Hals, doch es waren nicht die Nachwirkungen des Angriffs. Er konnte an nichts anderes denken als an die Bürger von Ussa, denen die Exekution bevorstand. „Jede Minute, die ich hier unten verbringe, ist eine Minute, in der ich nicht auf dem Weg nach Ussa bin. Die Exekutionen fangen in weniger als einem Tag an."

„Du musst dich auf den Augenblick konzentrieren", sagte Obi-Wan. „Nicht auf das, was geschehen *könnte*."

„Obi-Wan, ich warne Euch", sagte Ferus. „Wenn Ihr weiter redet wie ein Dozent des Jedi-Kodex', werden wir nicht sonderlich gut miteinander auskommen."

„Also wonach suchen wir?", sagte Obi-Wan und wechselte damit das Thema.

„Wasser. Ich weiß, dass es einen Ausgang bei einem unterirdischen See geben muss."

Sie gingen immer weiter, ohne Pause. Da hörten sie plötzlich ein gedämpftes Rumpeln.

„Ich schätze, sie haben die Tür gefunden", murmelte Ferus.

Sie legten noch Tempo zu, bis sie beinahe rannten.

Ferus hatte seine Zweifel, dass die Explosion die Verfolger hatte aufhalten können. Es wäre allerdings eine nette Dreingabe gewesen, wenn die Laserkanone sie in Schrottstücke zerlegt hätte.

„Selbst wenn sie die Explosion überlebt haben, können sie uns nicht finden", sagte Ferus schließlich. „Die Tunnels sind ein wahres Labyrinth und sie werden sich verlaufen. *Ich* verlaufe mich ja schon. Es ist also unmöglich …"

Hinter ihnen erklang das Pfeifen einer Rakete. Sie konnten sich gerade noch zu Boden werfen, als das Projektil über ihre Köpfe hinwegzischte und in die Felswand einschlug. Die Decke erzitterte und Steine regneten herunter, doch der Tunnel stürzte nicht ein.

„Was wolltest du gerade sagen?", fragte Obi-Wan.

„Wer *sind* diese Leute?", fragte Ferus, als er sich den Staub aus der Lunge hustete und sie gemeinsam weiterrannten.

Kapitel 15

Der kleinere von beiden trug eine Rüstung, einen Helm und Raketenwerfer an den Handgelenken und Knien. Obi-Wan konnte das Blaster-Feuer mit seinem Lichtschwert ablenken, doch das bedeutete, dass er sich drehen musste. Nur wenn sie weglaufen würden, könnten sie sich vor der Laserkanone in Sicherheit bringen. Glücklicherweise mussten ihre Verfolger vorsichtig sein. Zu viel Kanonenfeuer hätte den Tunnel über ihnen zum Einsturz bringen können.

Obi-Wan hatte sein Lichtschwert schon seit Monaten nicht mehr benutzt. Dennoch fühlte es sich vollkommen ausbalanciert in seiner Hand an, und seine Bewegungen waren schnell und anmutig. Er konnte laufen und das Feuer ablenken, springen und herumwirbeln, sein Lichtschwert kontrolliert in Bewegung halten und musste nicht darüber nachdenken, wie er das tun musste. Er kämpfte wieder wie ein Jedi.

Ferus lief schnell, doch Obi-Wan bemerkte ein leichtes Humpeln in seinem Gang. Das war ein Beweis dafür, dass sein Bein noch nicht genug verheilt war, um ihn das Tempo durchhalten zu lassen. Sie mussten ihre Verfolger abhängen und durften nicht einfach nur vor ihnen davonlaufen.

„Riecht Ihr das?“, fragte Ferus über den Lärm des Blaster-Feuers hinweg. „Wasser.“

„Wir sollten nicht gleich hinlaufen“, sagte Obi-Wan und schwenkte sein Lichtschwert. „Wir müssen uns erst einen kleinen Vorteil verschaffen.“

„Einer dieser Seitentunnels müsste auch dorthin führen", sagte Ferus. „Wir müssen nur den richtigen finden."

Obi-Wan griff nach der Macht. Der Geruch von Wasser, von Feuchtigkeit, war nur sehr schwach. Es überraschte ihn, dass Ferus ihn wahrgenommen hatte, doch er spürte auch, wie sich die Macht in dem ehemaligen Jedi-Schüler rührte. Obi-Wan konzentrierte sich im Laufen und mit stetig wirbelndem Lichtschwert auf den Geruch, bis er jeden Winkel seines Bewusstseins so vollkommen ausfüllte, dass er die Quelle aufspüren konnte. „Der dritte Tunnel rechts vor uns", sagte er. „Nach der Kurve. Lass uns ein Ablenkungsmanöver probieren."

Ferus warf eine Granate. Er versetzte ihr eine solch gekonnte Umdrehung, dass Obi-Wan beeindruckt war. Ferus hatte die Granate so platziert, dass sie etwas zu weit vorn landete, doch das wussten die Angreifer nicht. Die Granate schlug ein, riss ein großes Loch in den Boden und schleuderte den kleineren Kopfgeldjäger rückwärts durch die Luft. Der Cyborg war stärker und konnte den Stoß abfangen, doch er stolperte nach vorn und fiel in das Loch.

Rauch und Schmutzpartikel erfüllten den Tunnel. Ferus und Obi-Wan nutzten die Situation, um schnell in dem Seitengang zu verschwinden. Lautlos liefen sie den schmaleren Tunnel entlang. Hinter ihnen hörten sie gerade noch die Schritte ihrer Verfolger, die weiter dem Haupttunnel folgten. Sie hatten sie abgehängt – fürs Erste.

Der dunkle, enge Tunnel war im Laufe der Zeit halb eingefallen. Sie mussten durch Pfützen waten und über umgestürzte Träger steigen. Es war hier vollkommen dunkel. Es war, als wären sie im Herzen des Berges begraben worden. Aber wenigstens mussten sie nicht mehr konstantem Laserfeuer ausweichen.

Der feuchte Geruch wurde stärker. Und irgendwann sah Obi-Wan vor ihnen ein Glitzern. Der See.

Sie kamen in einer riesigen, kuppelförmigen Höhle aus dunkelrotem Stein heraus. Hoch aufragende Felsnadeln umgaben sie wie ein Wald. Ein See mit Wasser so schwarz wie Öl bedeckte den glatten Stein des Höhlenbodens. Am anderen Ende des Sees verlief der Tunnel weiter. Der Eingang war teilweise von umgestürzten Stützen versperrt.

„Die gute Nachricht ist, dass wir ihn gefunden haben", sagte Ferus. „Die schlechte ist, dass wir auf die andere Seite schwimmen müssen."

Obi-Wan gab Ferus ein Atemgerät. „Wir müssen es uns teilen, müssen unter Wasser bleiben, um nicht entdeckt zu werden. So wie das Wasser aussieht, wird man wohl kaum etwas sehen. Glaubst du, dass du auf die Macht zugreifen kannst?"

Ferus schüttelte den Kopf. „Ich habe es versucht, aber ..."

Obi-Wan griff in seine Gürteltasche und rollte ein Stück Leine von der kleinen Winde. Er befestigte es mit der Klemme an Ferus' Gürtel. „Dann halte dich daran fest."

Das Wasser war erschreckend kalt. Obi-Wan glitt unter die Oberfläche. Er spürte, wie seine Haut vor der furchtbaren Kälte zurückweichen wollte. Er hoffte, dass Ferus es schaffen würde. Solch kaltes Wasser konnte zu Krämpfen oder Lähmungen führen. Ohne die Hilfe der Macht könnte Ferus Schwierigkeiten haben zu schwimmen.

Obi-Wan begann in langen Zügen loszuschwimmen. Immer wieder spürte er das sanfte Rucken des Seiles, was bedeutete, dass Ferus hinter ihm schwamm. Hin und wieder zog der ehemalige Jedi-Schüler an der Leine und reichte Obi-Wan das Atemgerät. Sie tauchten, so tief es nur ging, denn sie wollten verhindern, dass Wellen an der Oberfläche ihre Gegenwart unter Wasser verrieten.

Ungefähr auf halben Weg durch den See spürte Obi-Wan, wie sich die Leine anspannte. Er drehte sich um und konnte kaum den Schatten sehen, der Ferus war.

Ferus hatte Schwierigkeiten. Die Kälte und seine Verletzung erschwerten ihm das Schwimmen. Er hatte echte Mühe, und Obi-Wan sah, dass ihn diese Schwimmpartie seine letzten Kräfte kostete.

Er griff Ferus unter die Arme, schwamm mit einer Hand weiter und zog Ferus dabei durch den See. Die Anstrengung war kräftezehrend. Obi-Wan griff nach der Macht, sammelte sie aus dem Wasser, von den Felsen und aus der Luft. Er wollte sie wie eine Welle reiten, um ans andere Ufer und damit in Sicherheit zu gelangen. Jetzt wollte er Ferus auch die Atemmaske nicht mehr abnehmen, denn er spürte, wie der ehemalige Jedi um Luft rang. Doch auch er würde nicht mehr lange ohne das Atemgerät durchhalten.

Dann spürte Obi-Wan etwas Überraschendes. Die Macht traf mit der Macht zusammen. Ein schwacher Versuch, doch Ferus griff nach der Macht, nährte sie und versuchte, sie mit Obi-Wan zu vereinen. Vielleicht half es, dass ihre Körper sich berührten, denn Obi-Wan spürte, wie die Macht stärker wurde. Und dann pulsierte die Macht zwischen ihnen und um sie herum, verband sie miteinander und vereinte sie mit den Wassermolekülen im See, damit sie das Wasser mit Leichtigkeit durchschwimmen konnten.

Obi-Wan sah zu Ferus hinüber. Der nickte Obi-Wan zu, offensichtlich froh über das, was da trotz des eisig kalten Wassers und der Gefahr geschah. Er hatte die Macht wieder gefunden. Er gab Obi-Wan die Atemmaske, die sie sich nun wieder teilten.

Bald konnte Obi-Wan mehr spüren als sehen, dass sie der anderen Uferseite nahe waren. Jetzt mussten sie das Risiko eingehen, entdeckt zu werden. Das Licht war hier hell genug, sodass ihre Verfolger sie sehen konnten, wenn sie über den See blickten. Sie mussten sehr, sehr leise sein.

Obi-Wan hob den Kopf knapp über die Wasseroberfläche. Er sah die beiden Kopfgeldjäger sofort. Sie hatten ihre Rücken dem

See zugewandt und gingen hin und her, um herauszufinden, wohin Obi-Wan und Ferus verschwunden waren.

Etwas in Obi-Wans Erinnerungen klickte. Er wusste, woher er den kleineren Kopfgeldjäger kannte. Es war etwas an der Art, wie er sich bewegte. Sein Helm verdeckte sein Gesicht, doch er kam Obi-Wan bekannt vor. Der Jedi betrachtete die Rüstung des Mannes. Es war eine graugrüne Mandalorianische Kampfrüstung, und an den Manschetten hingen Kelvarek-Raketensysteme.

Obi-Wan sah eine kleinere Ausgabe von Jango Fett. Doch Jango Fett war tot.

Aber er hatte einen Sohn. Einen Klon. Boba Fett.

Boba durfte ihn nicht sehen. Unter keinen Umständen. Er würde ihn sofort erkennen. Er hatte Boba auf Kamino getroffen, als er noch ein kleiner Junge gewesen war. Doch Obi-Wan konnte sich noch sehr gut an den wachen Blick des Jungen erinnern, mit dem er sein Gegenüber vollkommen in sich aufzunehmen schien. Und nach der Schlacht von Geonosis, wo er gesehen hatte, wie Mace Windu seinen Vater niedergestreckt hatte, war dieser Junge sicher kein Freund der Jedi. Wie alt mochte er jetzt wohl sein? Dreizehn? Vierzehn? Er war ein Junge und doch viel mehr als das. Noch eine Waise der Klonkriege. Noch ein Junge, dem die Jugend zu früh genommen worden war.

Obi-Wan konnte sich noch an Jango Fetts Schiff erinnern – es war eine Firespray gewesen. Sie war mit besseren Waffen, einem schnelleren Antrieb und einer genaueren Zielerfassung aufgerüstet gewesen. Und sie war anders lackiert gewesen.

All diese Dinge gingen Obi-Wan durch den Kopf, als er dem ebenfalls leise auftauchenden Ferus einen sanften Stoß gab. Sie gingen jetzt durch das Wasser, wobei sie nicht das geringste Geräusch machten, das sie verraten könnte.

Sie waren beinahe am Eingang des Tunnels angekommen, als die Kopfgeldjäger sie sahen. Sofort donnerte die Laserkanone los.

Das Feuer ließ das Wasser aufspritzen und beide Jedi tauchten wieder unter die Wasseroberfläche. Sie versuchten, untergetaucht zu bleiben.

Obi-Wan hörte das Krachen, als das Laserfeuer die Tunnelstreben traf. Das Wasser wich in einer Welle zurück, die sie wieder in tiefere Regionen des Sees trieb. Jetzt war der richtige Augenblick, um etwas zu unternehmen – bevor sie unter Wasser in eine Falle gerieten, während sich Boba Fett zu ihnen vorarbeitete. Sie mussten laufen.

Ferus war schon an Obi-Wans Seite bereit. Sie mussten einander weder ansehen, noch sich ein Signal geben. Sie waren jetzt im Geiste vereint, hatten ein und dasselbe Ziel.

Ferus durchstieß die Oberfläche gleichzeitig mit Obi-Wan und rannte durch das knietiefe Wasser. Hinter ihnen aktivierte Boba Fett sein Jetpack. Er stieg in die Luft und kam auf sie zu.

Obi-Wan schuf hinter ihnen mit Hilfe der Macht eine Welle. Er griff nach jedem einzelnen Wassermolekül und nutzte die Macht, um die Partikel zu einer gewaltigen, schwarzen Welle zu verbinden. Er spürte, wie Ferus in seine Bemühungen einstimmte, und eine Sekunde später erfasste sie die Welle, riss sie hoch und spülte sie auf den Tunnel zu.

Der Minengang war beinahe komplett eingestürzt. Zwei Durastahl-Träger bildeten ein Kreuz, das den Durchgang blockierte. Steine fielen jetzt von der Decke und bildeten noch mehr Hindernisse.

Boba Fett feuerte eine Schockgranate in Richtung des Tunneleingangs ab. Der Aufschlag war gewaltig. Der andere Träger fiel ebenfalls um, und die Decke gab teilweise nach.

Doch Obi-Wan und Ferus wurden von der Welle hineingespült. Sie schwammen in den einstürzenden Tunnel, als der Eingang hinter ihnen gänzlich zusammenbrach und sie einschloss.

Obi-Wans Gesicht schlug auf dem schlammigen Boden auf,

und er spürte Seewasser, Schmutz und metallisch schmeckende Felsen im Mund. Er spürte, wie Steine auf seinem Rücken landeten, und er hoffte, nicht lebendig begraben zu werden.

Der Lärm verebbte. Obi-Wan rollte sich langsam auf die Seite und schüttelte Steine und Schmutz von sich ab.

„Ferus?"

Ferus' Augen waren geschlossen. Sein Gesicht war von Schmutz bedeckt. Er lag mit der Wange auf dem Felsboden. Obi-Wan legte eine Hand auf seinen Arm. „Ferus!"

Der öffnete die Augen. „Das war ... vielleicht ein Ausflug", brachte er gerade noch hervor.

„Komm schon. Nicht einmal der eingestürzte Tunnel wird diese beiden aufhalten. Ich kenne den anderen. Boba Fett, ein Kopfgeldjäger. Er ist noch ein kleiner Junge, vielleicht vierzehn oder fünfzehn."

„Aber was für ein Junge", sagte Ferus. Er zuckte zusammen, als er auf die Beine kam.

„Welche Richtung?"

„Ich bin mir nicht sicher. Ich glaube nach links."

Sie stolperten weiter. Doch sie waren noch keine hundert Meter gegangen, als sie den nächsten Donnerschlag hörten.

„Sie versuchen nicht, uns zu schnappen", sagte Ferus. „Sie wollen den Tunnel zum Einsturz bringen."

Und das hätte ihnen durchaus gelingen können. Obi-Wan sah, wie die Durastahl-Träger zitterten. Felsen fielen auf den Weg herunter. Der Boden bebte.

Hinter ihnen stürzte der Tunnel ein. Die Streben über ihren Köpfen ächzten.

„Lauft!", schrie Ferus.

Sie rannten den Tunnel entlang, als die Balken über ihren Köpfen brachen und die Stützen umkippten.

Da sahen sie vor sich einen Farbfleck. Es war Dona, noch immer in ihre Morgenrobe gekleidet, violett wie der Schnee im Dämmerlicht. Ihr graues Haar wehte über ihrem Rücken.

„Schnell!", rief sie. „Hier entlang!"

„Was macht Ihr hier?", fragte Ferus im Laufen. „Ich hatte Euch doch gesagt, dass wir die Lage im Griff haben."

„Ja, das sehe ich", gab sie zurück.

Eine weitere Explosion erschütterte den Tunnel. Der Durastahl-Träger hinter ihnen schlug auf den Boden. Obi-Wan schnappte Dona und vollführte einen Macht-Sprung mit Ferus an seiner Seite. Sie landeten im nächsten Tunnel, als hinter ihnen Steine und Felsen herabregneten.

„Dieser Tunnel hält auch nicht mehr lange", sagte Dona. „Kommt."

Da Dona sie führte, konnten sie die Tunnels schneller als zuvor durchqueren. Der Boden bebte bei jeder weiteren Explosion, doch Dona führte sie schnell in einen Seitentunnel zu einem Aufzug mit einem offenen Personenkäfig.

„Funktioniert der noch?", fragte Ferus.

„Ich hoffe doch", erwiderte Dona. „Los, rein." Sie sprang in die Kabine und legte den Fahrthebel um. Als sich der Käfig langsam hob, grinste sie. „Kleiner Scherz. Ich halte dieses Ding für den Fall der Fälle immer betriebsbereit."

Das Summen der Maschinen war beruhigend. Obi-Wan warf einen Blick nach unten. Er war froh, dass er die Tunnels jetzt hinter sich lassen konnte. Der Lift schoss zur Oberfläche hoch und wurde von jeder weiteren Explosion erschüttert.

Dona führte sie aus dem Käfig in ein kleines Bauwerk, das in den Felsen gehauen worden war. Von dort gingen sie in den Sonnenschein hinaus. Sie befanden sich hoch über dem Bergdorf.

„Wir gehen den Berg hinunter zum Dorf. Dort hat ein Freund von mir einen schnellen Gleiter, mit dem Ihr nach Ussa kommt."

„Uns bleiben weniger als sechzehn Stunden", sagte Ferus.

Kapitel 16

Es dauerte länger, als der ungeduldige Ferus ertragen konnte, doch irgendwann saßen sie in dem zweisitzigen Gleiter und rasten in Richtung Ussa. Von Boba Fett und seinem tödlichen Kumpanen war keine Spur zu sehen. Doch Obi-Wan wusste, dass er die Angelegenheit zu Ende bringen und dann so schnell wie möglich nach Tatooine zurückkehren musste.

„Ich muss dich warnen“, sagte Obi-Wan zu Ferus. „Du kannst dich stellen, aber es gibt keine Garantie dafür, dass Malorum die Gefangenen freilassen wird. Ich befürchte, genau das Gegenteil wird der Fall sein.“

„Wie meint Ihr das? Sie können doch nicht von dieser Vereinbarung zurücktreten.“

„Sie können tun und lassen, was sie wollen“, sagte Obi-Wan leise. „Das müsstest du doch mittlerweile wissen. Sie sind absolut fähig dazu, jeden einzelnen Gefangenen einschließlich deiner selbst zu exekutieren. Sie wissen, dass sie jedem Wesen in Ussa Angst machen müssen – Angst, die sich in den Herzen der Bewohner festfrisst. Sie wollen dich vernichten, und sie wollen den Mut der Bürger im Keim ersticken. Du wirst sie nicht retten, wenn du dich stellst. Ich habe eine Datei in der Garnison gesehen. Es ging darum, wie ... was mit einer großen Zahl von Toten geschehen soll. Wie Leichen entsorgt werden sollen.“

Ferus blickte entsetzt drein. „Sie können doch nicht alle umbringen.“

„Ferus, das Ausmaß ihrer Boshaftigkeit ist größer, als du denkst“, sagte Obi-Wan. „Das Übel beginnt an der Spitze und pflanzt sich bis nach unten fort. Imperator Palpatine ist ein Sith-Lord."

„Ein Sith?" Ferus sah ihn erschrocken an. In seinem Verstand fielen die Teile des Puzzles zusammen. „Der Sith, den wir verfolgten ... meine letzte Mission auf Korriban ..."

„Ja, aber behalte das für dich. Es war Count Dooku, mit dem sich Granta Omega traf. Deshalb sagte Omega auch vor seinem Tod, ich würde mir wünschen zu wissen, was er wusste. Über die Identität des Sith-Lords."

Ferus schwieg eine Weile. „Also plante er das alles seit geraumer Zeit. Und Darth Vader ..."

„Ist sein Schüler." Obi-Wan zuckte schmerzerfüllt zusammen. Er wusste nicht, ob er Ferus Vaders Identität verraten sollte. Es gab keinen Grund, warum Ferus sie kennen sollte.

„Die Sith kontrollieren die Galaxis", sagte Ferus. „Es ist also viel, viel schlimmer, als ich angenommen hatte. Ich dachte, wir würden ... etwas ganz normal Böses bekämpfen. Deshalb wurden also die Jedi vernichtet. Ihr wart die Einzigen, die stark genug waren, ihn zu besiegen."

„Ja. Und jetzt weißt du auch, warum ich glaube, dass sie zu allem fähig sind. Malorum ist kein Sith, aber die Dunkle Seite ist ein Teil von ihm. Sie werden irgendeine Ausrede für die Exekutionen finden. Sie planen, sämtliche Kommunikationssysteme auf Bellassa abzuschalten. Einen Monat lang wird eine komplette Nachrichtensperre in beide Richtungen verhängt. Sie werden den Raumhafen schließen und den Planeten vollständig isolieren. Sämtliche Beweise vernichten. Und dann, wenn die Nachrichten sich endlich verbreiten, werden sie alles leugnen. Ussa wird für den Rest der Galaxis ein Beispiel werden. Dies alles ist Teil eines viel, viel größeren Planes."

Ferus schwieg eine Weile. Sie hatten die Berge hinter sich gelassen und rasten jetzt über eine weite, leere Ebene dahin. Ferus schien sich auf das Fliegen zu konzentrieren, so als flögen sie durch dichten Raumverkehr, und nicht durch leeren Luftraum.

„Zuerst muss ich Roan sehen. Dann werde ich sie kontaktieren. Ich glaube alles, was Ihr mir gesagt habt, Obi-Wan, aber ich muss mich stellen. Was für eine Wahl bleibt mir schon?"

„Es gibt immer eine andere Wahl", gab Obi-Wan zurück. „Auch wenn ich riskiere, dich zu verärgern, möchte ich dich noch einmal auf eine Jedi-Weisheit hinweisen."

„Ich bin kein Jedi mehr."

„Wirklich? Dann habe ich mir deine Beherrschung der Macht im Tunnel wohl nur eingebildet."

„Ich würde kaum das Wort ‚Beherrschung' verwenden", sagte Ferus. „Ich war eher wie ein Bantha-Kalb."

„Du kannst diese Fähigkeit wieder erlangen", sagte Obi-Wan. „Du hast bereits damit begonnen. Was du weißt, ist nicht verloren."

„Vielleicht wollte ich, dass es verloren geht", erwiderte Ferus. „Vielleicht war es nach meiner Trennung von den Jedi zu schwer, die Macht als Teil von mir zu ertragen."

„Aber jetzt kannst du sie nutzen. Du brauchst sie. Sie wird da sein."

„Also dann, lasst mich an Eurer Weisheit teilhaben, Obi-Wan", sagte Ferus. Er legte einen Fuß auf die Steuerkonsole, während er die Kontrollen in den Händen behielt.

„Tu, was du tun musst, aber tu es auf eine Art, die man nicht erwartet."

„Aha. Die erste Lektion der Lichtschwert-Ausbildung."

„Nein, die erste Lektion der Lichtschwert-Ausbildung war … nicht umfallen."

Ferus lachte leise. „Ich erinnere mich."

„Dann müsstest du dich auch daran erinnern: Alles, was du im Lichtschwert-Training lernst …"

„… kannst du auch im Leben anwenden“, vervollständigte Ferus den Satz.

Einen Moment herrschte Stille zwischen den beiden. „Aber was“, sagte Ferus dann, „wäre eine unerwartete Art, mich zu stellen?“

„Endlich“, sagte Obi-Wan, „hast du die richtige Frage gestellt.“

Ferus stand an Roans Bett.

„Hallo Partner.“

„Hallo Partner.“

„Dir ist auch jede Ausrede recht, um dich auszuruhen.“

Roan grinste. „Na ja, bei der Arbeit mit dir hatte ich nie einen freien Tag.“

„Es geht ihm stündlich besser“, sagte Amie Antin.

Roan sah Ferus tief in die Augen. „Du willst dich stellen, stimmt's?“

„Ja, aber nicht so, wie du denkst.“ Ferus wandte sich an Obi-Wan. „Mein alter Freund hat einen Plan.“

Wil, Rilla und Amie sahen zu dem Jedi hinüber.

„Wir dürfen uns auf das Angebot des Imperiums nicht verlassen“, sagte Obi-Wan. „Wenn wir das tun, werden alle Gefangenen einschließlich Ferus sterben. Stattdessen werden wir dafür sorgen, dass alle am Leben bleiben.“

„Und wie das?“, fragte Wil.

„Indem wir das einsetzen, was Ihr habt, und nicht das, von dem Ihr glaubt, dass Ihr es braucht“, gab Obi-Wan zurück.

„Aber was haben wir?“, fragte Wil. „Wir haben nicht viele Waffen oder Schiffe …“

„Wir haben nur einander“, sagte Rilla.

„Genau“, sagte Obi-Wan. „Und das ist alles, was Ihr braucht.

Kapitel 17

Obi-Wan brachte Ferus in die engen, verschlungenen Straßen des Mondstein-Distrikts. Ferus, der in einen Mantel gehüllt war, ging unerkannt durch die Straßen.

„Was tun wir hier?", fragte Ferus. Eine gewisse Ungeduld in seiner Stimme war nicht zu überhören. „Mir läuft die Zeit davon."

„Du hast noch sieben Stunden."

„Und Ihr wollt einkaufen gehen?"

„Wir werden uns mit jemandem treffen", sagte Obi-Wan. „Ein Freund von dir, der mich übrigens bat, dir etwas auszurichten."

„Und das wäre?"

„Du stinkst wie ein Bantha."

Es dauerte einen Augenblick, doch dann lachte Ferus. „Trever? Der Junge, der immer im Büro herumhing?"

Sie bogen in eine Gasse ab und sahen, dass der Junge gerade seinen Gravschlitten aus dem Parkplatz hinter einem Müllcontainer zerrte.

Trever hob den Kopf und sah Obi-Wan.

„Nein", sagte Trever, „Nein, nein und nochmal nein!"

Ferus warf seine Kapuze nach hinten.

Trever wurde bleich und wich einen Schritt zurück. „Du lebst!" Erleichterung kam über sein Gesicht. Das sagte Obi-Wan alles, was er wissen wollte.

„Wir müssen uns unterhalten", sagte Obi-Wan zu Trever.

Der Junge nahm sie mit zu dem Ort, an dem er übernachtete – Obi-Wan fand nicht, dass das Wort ‚Zuhause' angemessen war.

Trever führte sie eine weitere Gasse entlang zu einer grauen Tür, die er mit einem Code öffnete.

„Der Aufseher lässt mich hier schlafen", sagte er. „Ich mache ihm einen guten Preis bei vielen Sachen." Er öffnete die Tür zu einer kleinen Kammer. Sie war überraschend warm.

„Das Zimmer liegt neben der Heizung", erläuterte Trever. „Im Winter ist das nett. Setzt euch."

In einer Ecke des Zimmers stand eine aufgerollte Schlafmatte, in der anderen ein Stuhl. Der einzige weitere Sitzplatz war der Boden, und so setzten sich Obi-Wan und Ferus einfach hin. Trever setzte sich neben sie.

„Kann ich euch etwas anbieten? Glasierten Kuchen? Taublumen-Saft?" Trever grinste. „Ich mache nur Spaß. Ich habe nichts da."

Sein Scherz klang gezwungen, und Obi-Wan glaubte zu wissen, weshalb.

„Was hast du im Büro von Olin/Lands gestohlen?", fragte er Trever.

Trevers Gesicht schien sich zu verschließen. „Nichts."

Ferus sagte nichts. Trever sah ihn nicht an.

„Kurz bevor Ferus und Roan verhaftet wurden."

„Ich sagte doch: nichts. Seid ihr deshalb gekommen? Weil ..."

„Trever, es ist kein Problem", sagte Obi-Wan. „Ich glaube nur, dass du es Ferus sagen solltest. War es etwas Kleines? Etwas, von dem du dachtest, dass niemand es vermissen würde?"

„Ich dachte, es wäre keine große Sache", sagte Trever schnell. „Ich dachte ... ich dachte, es wäre etwas, das sie wegwerfen würden. Ein alter Energie-Droide mit einem defekten Motivator. Sie benutzten ihn als Ersatz-Energiequelle, doch er lag auf dem Müllhaufen."

Ferus legte die Hände vor sein Gesicht.

„Ihr habt ihn weggeworfen! Alles andere habe ich nicht angefasst, damit sie im Fall ihrer Rückkehr alles so vorfinden würden, wie es war. Die Imperialen hatten ihre Datapads und alle Dateien mitgenommen, deshalb dachte ich, dass ein kaputter Droide … Ich würde ihn leicht auf dem Schwarzmarkt verkaufen können."

„Der Droide", sagte Ferus. „Wir hatten unsere codierten Dateien in dem Motivator untergebracht. Es gibt eine Möglichkeit, den Datenspeicher anzuzapfen … der Motivator sieht dann so aus, als wäre er defekt. Das war unser geheimes System."

„Wem hast du ihn verkauft?"

„Einem anderen Jungen. Ich war in dem Distrikt, und er fragte, ob ich irgendwelche Ausrüstungsteile verkaufen würde. Ich dachte doch nicht …"

Obi-Wan warf Ferus einen Blick zu. „Ich glaube, dieser Junge war Boba Fett. Ich glaube, er hat herausgefunden, dass Trever ein regelmäßiger Gast in eurem Büro war. Er hat die Dateien gefunden und sie zu Malorum gebracht, der wiederum die Verschlüsselung knacken ließ. Daher wusste Malorum auch, dass du und Roan die Elf gegründet haben. Daher fanden sie auch die Liste eurer Kunden. Nicht die Liste auf deinem Datapad, sondern die echte Liste … die Liste, auf der auch Dona steht." Er wandte sich wieder an Trever. „Und du wusstest es. Du hattest bereits den Verdacht, dass du den Droiden an die falsche Person verkauft hattest."

„Ich war mir nicht sicher", murmelte Trever. „Aber ja, ich hatte so eine leise Ahnung. Ich meine, Ferus und Roan wurden direkt danach verhaftet. Du hast immer hinter mir gestanden, Ferus. Ich hätte das nie absichtlich getan, nicht für alle Credits auf Bellassa. Ich habe vielleicht hin und wieder etwas von euch gestohlen, aber ich würde euch niemals verpfeifen."

„Jetzt kannst du alles wieder gutmachen", sagte Obi-Wan. „Du kannst Ferus helfen."

„Und wie das?"

Obi-Wan erklärte ihm schnell, was er brauchte. Trever schüttelte den Kopf, bevor Obi-Wan zu Ende gesprochen hatte.

„Das ist die verrückteste Idee, die ich jemals gehört habe", sagte er. „Aber egal. Weshalb braucht ihr mich dazu?"

„Weil du Marianas Tagesablauf kennst", sagte Obi-Wan. „Und du weißt, wo und wie du das stehlen musst, was wir brauchen."

„Ferus", sagte Trever. „Es tut mir Leid, was ich dir angetan habe, aber ich bleibe lieber in Deckung. Nur so überlebe ich."

Ferus lehnte sich etwas nach vorn. „Natürlich bitten wir dich um etwas sehr Schwieriges", sagte er. „Du glaubst, dass Widerstand zwecklos ist. Und genau das wollen sie. Du glaubst, dass es reicht, wenn du dich um dich selbst kümmerst. Genau das wollen sie. Also gestaltest du dein eigenes Leben sicher und folgst ihren Regeln. Genau das wollen sie. Und in der Zwischenzeit stehlen sie dir deine Heimatwelt vor deinen Augen. Und erzählen dir, dass dein Leben besser geworden ist. Sie erzählen dir, dass sie dir Frieden und Freiheit bringen und erwarten von dir, dass du ihnen abkaufst, was sie dir andrehen. Sie bauen darauf, dass du schweigst, dir ihre HoloNet-Nachrichten anhörst und ihre Lügen glaubst. Willst du ihnen wirklich geben, was sie wollen?"

Obi-Wan sah Ferus an. Er war tatsächlich der charismatische Anführer, von dem die anderen gesprochen hatten. Der Mann, der ganz offen sprach, und damit alle begeistern konnte. Obi-Wan sah die Veränderung in Trever, er sah, wie sich der Junge erhob und Entschlossenheit in sein Gesicht zurückkehrte.

„Ich werde es tun", sagte er und sah Ferus mit glänzenden Augen an. „Aber glaube bloß nicht, dass ich es tue, weil du mich überzeugt hast. Ich tue es, weil das Ganze eine coole Aktion ist."

Oberflächlich betrachtet, hatte sich die Stadt nicht verändert. Die Ussaner kamen von der Arbeit nach Hause, aßen ihr Abendessen und passten auf ihre Kinder auf. Doch unter diesen Alltäglichkeiten brodelte in dieser Nacht etwas anderes. Nach Monaten der Hilflosigkeit waren die Einwohner von Ussa aufgefordert, etwas zu riskieren. Und sie taten es.

Ferus schickte eine Nachricht an die Garnison. Er würde sich bei Morgengrauen stellen, aber unter einer Bedingung: Dass zuerst alle Gefangenen freigelassen werden würden.

Er würde im Volkspark vor den Türen der Garnison stehen. Und wenn der letzte der Gefangenen das Gebäude verlassen hatte, würde er hineingehen.

Kurz vor Sonnenaufgang saß Obi-Wan in einem kleinen Luftgleiter in einer schmalen Gasse etwas abseits des Volksparks. Die Einwohner von Ussa standen zuhauf in den Straßen. Der Bereich des Parks direkt vor der Garnison war von den Sturmtruppen freigeräumt worden. Jetzt standen die Soldaten in ihren weißen Rüstungen vor den Toren der Garnison, ihre Elektro-Piken auf die Menge gerichtet.

Die Bürger standen leise murmelnd und reglos da, eingemummt in ihre Mäntel, die sie gegen die Kälte schützten, ihre Blicke über den grünen Rasen hinweg auf das Tor der dunklen Garnison gerichtet. Hinter diesem Tor lag das im Dämmerlicht bedrohlich aufragende Gefängnis, in dem die engsten Angehörigen der Ussaner festgehalten wurden.

Wil hatte befürchtet, man würde ihnen befehlen, auseinander zu gehen, doch Obi-Wan hatte zu Recht vermutet, dass die imperialen Offiziere jedem einzelnen Ussaner das Ausmaß ihrer Gnadenlosigkeit vorführen wollten. Sie würden vorgeben, die Gefangenen freizulassen, doch wenn sie Ferus erst hatten, würden sie alle von den im Park stationierten Sturmtruppen wieder einfangen lassen. Obi-Wan zweifelte nicht im Geringsten an diesem Szenario. Seine Aufgabe bestand darin, Ferus' Rettung auf den Punkt genau abzustimmen. Wenn die Einwohner von Ussa alles richtig machen würden, hätte er von seiner jetzigen Position die beste Möglichkeit einzugreifen.

Nebel stieg vom Rasen auf. Der Himmel war dunkelgrau, doch die Schatten auf dem Boden begannen langsam zu verschwinden, als die Menge plötzlich verstummte. Die Ussaner bildeten eine Gasse, als Ferus die Straße herunterkam.

Er ging allein auf den Rasen, eine große Gestalt in einem braunen Reisemantel. Vor dem Tor der Garnison blieb er stehen.

Es wurde immer stiller, bis nicht einmal mehr ein Husten zu vernehmen war. Nicht einmal ein Atemzug.

Das Tor öffnete sich langsam. Auf der Treppe dahinter erschien ein Mann in gelber Gefängnisuniform. Dann noch einer. Und eine Frau. Und dann strömten alle gefangenen Ussaner in den Park hinaus. Eine Schwadron Sturmtruppen flankierte den Strom der Gefangenen und hielt ihn zusammen.

Die Gefangenen gingen verwirrt auf dem Rasen hinaus, ihre Mienen von Angst gezeichnet. Sie suchten die Menge aufgeregt nach vertrauten Gesichtern von Verwandten und Freunden ab.

Dann tauchte Malorum auf der Treppe auf und ergriff das Wort. Seine Stimme war verstärkt, damit jeder Bürger der Stadt ihn hören konnte. „Wir danken den Bürgern von Ussa für ihre Unterstützung bei der Auslieferung des Kriminellen Ferus Olin …"

Ein Murmeln erhob sich in der Menge. Auslieferung! Sie lieferten ihn nicht aus! Er kam aus eigenem, freiem Willen.

Ferus wurde von Sturmtrupplern mit angelegten Blaster-Gewehren umstellt.

„Wir werden die Gefangenen zwar an ihre Angehörigen ausliefern, aber unglücklicherweise und aufgrund der aufrührerischen Menge erst nach zusätzlichen Sicherheitsprüfungen …"

Ein heftiges Murmeln erklang aus der Masse und wurde immer lauter. „Nein!", rief jemand. Die Gefangenen, die so kurz vor der Freilassung standen, liefen los. Nichts konnte sie mehr davon abhalten, auf die Straßen zu gehen, wo ihre Familien auf sie warteten.

„Nein", flüsterte Obi-Wan. „Bewegt euch nicht. Noch nicht ..."

„Die Gefangenen beginnen einen Aufstand!", rief Malorum. „Ergreift sie!"

Jetzt geschieht es, dachte Obi-Wan. *Das große Doppelspiel.* Er ging mit seinem Luftgleiter höher, flog aber noch nicht los. Wenn er zu früh eingriff, würden die Sturmtruppen gegen die Gefangenen losschlagen. Es war qualvoll, doch er musste noch ein paar Sekunden warten.

Die Bürger von Ussa schrien ihren Protest hinaus und gingen auf die Gefangenen zu. Die Sturmtruppen hoben ihre Elektro-Piken.

Obi-Wans Finger schlossen sich fester um das Steuer des Luftgleiters. Er musste warten, bis die Sturmtruppen genügend abgelenkt waren. Wenn sie annahmen, dass er sich im Angriffsflug befand, würden sie das Feuer eröffnen.

Dann warfen die Bürger von Ussa ihre Mäntel ab.

Es ging alles blitzschnell. Die Menge lief in einer einzigen, gewaltigen Woge nach vorn. Die Sturmtruppen waren vollständig überrumpelt – und verwirrt. Plötzlich waren überall Uniformen. Ein riesiges Meer von gelben Gefängnisuniformen, aber auch von imperialen Offizieren. Die Sturmtruppen konnten weder ihre Blaster einsetzen noch die Elektro-Piken, denn die Möglichkeit bestand, dass sich imperiale Offiziere in der Menge befanden.

Obi-Wan flog los, als die Flut der Bürger in den Park strömte. Sie mischten sich unter die Gefangenen, und nur wenige Sekunden später war es bereits unmöglich zu unterscheiden, wer ein echter Gefangener war und wer nicht. Und es kamen noch hunderte Ussaner aus den Straßen und aus den Haustüren, alle in Uniformen.

Trever hatte die Uniformen gestohlen, die Mariana für die Wäscherei eingesammelt hatte. Er hatte sogar das Rohmaterial der geschäftstüchtigen Schneiderin gestohlen, und während der Nacht hatte fast jeder Bürger eine Uniform gefunden oder sich eine nähen lassen, bis die ganze Stadt bereit gewesen war, der imperialen Garnison die Stirn zu bieten.

Die Unterscheidung der Gefangenen war bedeutungslos geworden. Jeder Bürger von Ussa war ein Gefangener. Und es war genau das eingetreten, worauf Obi-Wan gebaut hatte: Malorum konnte keinen Feuerbefehl geben, weil er nicht die Bürger einer gesamten Stadt niedermähen konnte – zumindest noch nicht.

Obi-Wan flog über die Menge hinweg und dachte dabei, dass er noch nie so große Tapferkeit gesehen hatte. Jeder einzelne Bürger war willens, sein Leben zu geben. Alle hatten sich dieser Sache verpflichtet.

Malorum war sichtlich wütend. Und frustriert. Er drehte sich mit einer scharfen Anweisung um, die Sturmtruppen legten Ferus Betäubungshandschellen an und zerrten ihn in den Eingang der Garnison.

Nein!, rief Obi-Wan in Gedanken. Wenn sie Ferus in die Garnison brachten, würde er niemals wieder herauskommen. Er war für die Imperialen zu gefährlich, um am Leben gelassen zu werden.

Sie alle waren natürlich ein großes Wagnis eingegangen. Sie hatten darauf gebaut, dass das Ablenkungsmanöver Obi-Wan genug Zeit verschaffen würde, Ferus herauszuholen. Doch die Ussaner waren ein paar kritische Sekunden zu früh losgerannt, und Obi-Wan war noch zu weit entfernt.

Die Türen der Garnison schlossen sich bereits. Doch Obi-Wan würde es so nicht enden lassen. Er würde Ferus nicht verlieren. Nicht so.

Kapitel 18

Obi-Wan kippte den Luftgleiter zur Seite und ging in den Sturzflug, genau auf den sich schließenden Spalt der Garnisonstüren zu. Er hörte, wie Metall kreischte, als er zwischen den Türflügeln hindurchschoss, und ein scheppterndes Geräusch sagte ihm, dass ein seitliches Teil des Gleiters abgerissen worden war. Er konnte nur hoffen, dass es nichts Wichtiges war. Er hatte keine Zeit, um nachzusehen.

Umgeben von Sturmtruppen wurde Ferus durch einen langen Korridor geschleppt. Glücklicherweise war die Decke hier hoch genug, sodass kleine Fluggeräte und Maschinen hindurchfliegen konnten. Da Ferus Betäubungs-Handschellen trug, konnten ihm die Sturmtruppen bei jeder falschen Bewegung einen Energieschock versetzen, der ihn zu Boden schicken würde. Ferus hatte Obi-Wans Anwesenheit schon gespürt, wohingegen die Sturmtruppen ihn nicht bemerkt hatten – zumindest noch nicht. Obi-Wan spürte ein Aufbäumen der Macht, dessen Quelle zweifellos Ferus war.

Plötzliche drehte sich Malorum um. Er trug eine Robe mit Kapuze, Obi-Wan konnte nur schwarze Löcher als Augen sehen. Das tödliche Schwarz des Hasses.

Er zog sein Lichtschwert. Ihm blieb keine Wahl. Jetzt würde Malorum wissen, dass noch ein Jedi am Leben war – wenn Boba Fett es ihm nicht schon gesagt hatte. Es gefiel ihm absolut nicht, dass er sich hier zu erkennen geben musste, doch Obi-Wan wusste, dass es notwendig war. Es waren Wesen wie Ferus, die den Weg ebnen, die weiter kämpfen und das Imperium in tausenderlei Weise schwächen würden, die letztlich zum Sieg führen würden. Jetzt verstand er Qui-Gons Worte. Er hatte selbst gesehen, wie Ferus starke Loyalität erwecken konnte.

Obi-Wan brachte den Gleiter in den Sinkflug und schlug mit dem Lichtschwert nach Ferus' Handschellen. Er spürte den Energieschock, der ihm in die Schulter und durch seinen Körper fuhr. Die Handschellen fielen scheppernd zu Boden. Obi-Wan hielt nicht inne, zuckte nicht einmal zusammen. Er spürte, wie die Macht pulsierte und er benutzte sie, um die Sturmtruppen wegzustoßen, während er Ferus die Hand entgegenstreckte.

Der ehemalige Jedi-Schüler griff danach. Die Macht durchfloss sie beide. Es war eine Kette, die nicht mehr reißen würde.

Obi-Wan zog, und Ferus kam zu ihm hoch, teils getragen von seiner eigenen Kraft und teils von der Stärke der Macht. Als Ferus ein Bein über den Gleiter schwenkte, gab Obi-Wan Gas. Der Gleiter schoss nach oben, wobei er durch Ferus' Gewicht und aufgrund des verlorenen Teiles aus der Balance geriet und leicht schwankte.

Dann begann das Blaster-Feuer. Obi-Wan musste sich um den Gleiter kümmern. Er warf Ferus das Lichtschwert zu. Der sprang auf.

Obi-Wan sah aus dem Augenwinkel, wie schnell und treffsicher Ferus das Blaster-Feuer aus dem schwankenden Gleiter ablenkte. Er passte sich genau den Manövern an, die Obi-Wan flog und verlor dabei kein einziges Mal das Gleichgewicht. Der Gleiter schoss den Korridor entlang. Obi-Wan hatte Schwierigkeiten, die Maschine sicher durch den engen Flur zu bringen, vor allem, da sie schlecht ausbalanciert war. Er befürchtete außerdem, Ferus hinunterzustoßen.

Irgendjemand feuerte eine Rakete ab. Sie hörten das Zischen in der Luft.

„Nach links!“, rief Ferus mit einem Blick nach hinten, und Obi-Wan zog das Gefährt nach links.

Doch der Zielcomputer der Rakete verlor sie nicht aus dem Visier. Der Gleiter vollführte einen Tanz in der Luft und schoss im Zickzack den Korridor entlang, während Offiziere und Soldaten in Deckung sprangen. Die Rakete verfehlte sie um wenige Millimeter und explodierte an der Wand. Mehrere Soldaten der Sturmtruppe flogen durch die Luft. Obi-Wan spürte die Druckwelle in seinen Haaren. Das war für seinen Geschmack viel zu nahe.

Jetzt begann auch noch der Antrieb zu rauchen. Obi-Wan holte noch einmal das Letzte aus dem Gleiter heraus und vollführte eine schnelle Wende nach rechts in einen leeren Korridor hinein. Das Fluggefährt machte dieses eine Manöver noch mit, doch dann setzte die Steuerung aus. Obi-Wan und Ferus sprangen ab und ließen den Gleiter gegen eine Wand fliegen.

Die Maschine ging in Flammen auf, und der Korridor füllte sich mit Rauch. Alarmsirenen ertönten. Die Sprinkleranlage setzte ein.

Ihnen blieben nur Sekunden. Wenige Sekunden.

Obi-Wan sah über ihnen ein Lüftungsgitter. Er riss die Abdeckung weg.

Ferus brauchte keine Aufforderung. Er zog sich nach oben und schwenkte seine Beine in die Öffnung. Obi-Wan folgte ihm sofort. Sie kamen in einem breiten Plastoid-Rohr des Lüftungssystems heraus. Obi-Wan hängte das Gitter wieder an Ort und Stelle. Es würde sicher nicht lange dauern, bis die Imperialen herausfanden, wohin sie verschwunden waren, aber vielleicht konnten sie ein paar Minuten gewinnen.

Ferus begann mit der Lautlosigkeit eines Jedi, das Rohr entlangzukriechen.

Sie waren erst wenige Meter vorangekommen, als sie Blaster-Feuer hörten, das an dem Lüftungsgitter rüttelte. Eine Sekunde später ertönte ein Scheppern und die Abdeckung fiel zu Boden.

Also hatten sie nicht Minuten gewonnen. Nur ein paar Sekunden. Und in Anbetracht der Tatsache, dass sie sich mitten in einer imperialen Garnison befanden, war das bei weitem nicht genug.

Sie krochen eilig um eine Kurve. Ferus zeigte auf eine Filterscheibe in der Wandung des Rohres. Obi-Wan nickte und Ferus entfernte den Filter vorsichtig, um sogleich durch die Öffnung zu steigen. Obi-Wan folgte ihm. Ferus stand ausbalanciert auf einem Wasserrohr, den Filter in den Händen. Obi-Wan zog sich vollends hindurch, stellte sich auf das Rohr und ließ Ferus den Filter wieder einsetzen. Sie befanden sich jetzt außerhalb der Lüftungstunnels, mitten in einem System aus Rohren. Ein paar der Rohre waren heiß, die Luft war stickig und feucht.

Sie würden sich an den Rohren hängend fortbewegen müssen. Es würde enorme Kraft fordern, doch hier würden die Sturmtruppen kaum nach ihnen suchen.

Ferus hängte sich an das erste Rohr und legte schnell eine Hand vor die andere. Obi-Wan tat es ihm nach. Sie bewegten sich zügig durch das Gebäude, bis sie ihre Verfolger in den angrenzenden Lüftungsrohren nicht mehr hören konnten.

Ferus zog sich hoch und hockte sich auf ein Rohr. Obi-Wan tat dasselbe. Ferus' Stirn war feucht von Schweiß. „Irgendwelche Vorschläge, wohin es jetzt geht?"

„Wir kommen hier nie heraus, wenn wir den Weg nicht kennen", sagte Obi-Wan. „Wir müssen einen Ausgang finden."

„Wenn wir irgendein Büro mit einem Datapad finden, könnten wir die Pläne des Gebäudes einsehen", schlug Ferus vor. „Wir brauchen ein paar alternative Strategien für unsere Flucht."

„Lass es uns versuchen", stimmte Obi-Wan ihm zu.

Sie hangelten sich weiter an den Rohren entlang, bis sie unter ihnen eine Wartungsklappe sahen. Obi-Wan hängte sich mit den Knien an das Rohr. Er schloss die Augen, horchte, und suchte nach der lebendigen Macht. Als er sich sicher war, öffnete er die Luke.

Dahinter lag ein Ring von Sensoren, hinter dem wiederum ein leeres Büro zu sehen war. Der Platz zwischen den Sensoren reichte gerade aus, um hindurchzukriechen.

Obi-Wan schlängelte sich vorsichtig zwischen den Sensoren hindurch und sprang in den Raum hinunter. Ferus folgte ihm. In dem Büro standen ein Schreibtisch, der aus einem Stück poliertem Stein hergestellt war, und ein Stuhl. Über dem Stuhl hing ein Mantel mit einer Kapuze. Er war tief rotbraun, fast wie das Rot einer furchtbaren Wunde.

„Ich habe ein ganz schlechtes Gefühl", sagte Obi-Wan. „Ich glaube, wir sind in Malorums Privatbüro gelandet."

Ferus' Augen glänzten. „Endlich haben wir auch mal Glück."

„Was ich eigentlich damit sagen wollte, ist, dass wir uns beeilen müssen."

Ferus ging zu dem Datapad auf dem Tisch. Obi-Wan stand an der Tür Wache.

„Such zuerst nach dem Plan des Gebäudes", sagte Obi-Wan. „Wenn wir hier nicht herauskommen, können wir nicht viel ausrichten."

„In Ordnung. Ich werde die Diagramme der Garnison herunterladen." Ferus suchte schnell die entsprechenden Dateien und lud sie in sein Datapad. Er warf es Obi-Wan zu und sah sich die restlichen Daten auf Malorums Datapad an.

„Er besitzt unzählige Überwachungsdateien, aber nicht viel über Bellassa. He, habt Ihr schon jemals etwas von einem Ort namens Polis Massa gehört?"

Obi-Wan hatte das Gefühl zu erstarren. „Ja."

Ferus blätterte durch die Datei. „Dieses Verzeichnis ist zehnfach abgesichert. Es muss wichtig sein."

„Versuch, es zu knacken."

„In Ordnung ..." Ferus ließ seine Finger über die Tasten fliegen. „Ich habe die erste Datei. Er hat einen Ermittler angeheuert, der medizinische Akten der Klinik ansehen sollte. Aber es gibt hier keinerlei Aufzeichnungen darüber, wonach er suchte. Oder ob er etwas gefunden hat."

Obi-Wan schloss kurz die Augen. Polis Massa war der Ort, an den sie Padmé gebracht hatten, damit sie ihre Kinder sicher zur Welt bringen konnte. Zumindest hatten sie den Ort für sicher gehalten. Dort war Padmé gestorben.

Hier war sie also. Die Verbindung, nach der er gesucht hatte. Ferus war der Schlüssel, denn der Mann, der Ferus suchte, suchte auch Informationen über Padmés Tod. Das Gerücht lautete, dass sie während der ‚Rebellion' von einem Jedi umgebracht worden war.

„Er sammelt Daten für Lord Vader, hat sie aber noch nicht übertragen", sagte Ferus. „Ich kann sie nicht löschen. Sie sind zu gut gesichert."

„Es kommt jemand."

„Ich bin gerade dabei, ihm ein wenig Sand ins Getriebe zu streuen."

„Ferus, würdest du bitte kommen?" Obi-Wan machte einen Satz hinter die Vorhänge. Es war nicht gerade das beste Versteck, doch im Augenblick hatten sie keine andere Wahl. Sie hatten keine Zeit, wieder durch die Deckenluke zu verschwinden.

Sie hörten, wie die Tür aufging. Schwere Stiefel polterten herein.

Obi-Wan spähte durch einen Spalt in dem Vorhang. Er musste ein Stöhnen unterdrücken. Es war Malorum. Und bei ihm war Boba Fett.

Kapitel 19

Ferus hörte, wie Malorums Stimme durch den Raum hallte. Obi-Wan und er konnten durch einen kleinen Spalt in dem schweren Vorhang sehen.

„Ich habe Euch eine Chance gegeben." Malorums Stimme zischte wie eine Schlange. „Obwohl Ihr nicht in der Lage wart, mir zu bringen, was ich auf Polis Massa oder Naboo suchte. Eure Erfolge waren trotz Eurer Jugend beeindruckend."

Boba Fett trug seinen Helm nicht. Er hielt ihn unterm Arm. Seine dunklen Augen zeigten trotz der Ermahnung keinerlei Gefühlsregung. Ferus hatte diesen Blick schon zuvor bei anderen jungen Wesen nach dem Krieg gesehen. Sie hatten schon mit jungen Jahren so viel gesehen und so viel erlitten. Jungen wie Trever. Doch Trever war trotz seiner kriminellen Ader im Herzen gut. Dieser hier, so dachte Ferus, hatte einen Schaden davongetragen.

Malorum hob seine Stimme und betonte jedes Wort einzeln. „Ihr habt sie entkommen lassen!"

Boba sagte immer noch nichts. Bobas Ruhe beeindruckte Ferus, doch sie beunruhigte ihn auch. Der junge Mann war ihm eine Nummer zu selbstsicher. Das irritierte ihn.

Selbst Malorum schien aus dem Konzept zu kommen. „Wollt Ihr denn nichts sagen? Es ist Eure Schuld, das Ferus Olin entkommen und nach Ussa zurückgekehrt ist. Und jetzt ist er irgendwo in diesem Gebäude!"

„Das wolltet Ihr doch", sagte Boba. „Ihr wolltet den Bürgern von Ussa zeigen, dass Ihr ihn fassen könnt. Und Ihr habt ihn gefasst. Wenn er in diesem Gebäude ist, dann werdet Ihr ihn auch finden. Er kann nicht entkommen."

Malorum näherte sich Boba. „Ihr wurdet angeheuert, ihn zu finden. Ich sage Euch, er ist hier. Bringt ihn zu mir."

„Als ich den Auftrag angenommen habe, habe ich Euch gesagt, dass ich alles wissen muss", erwiderte Boba ungerührt. „Ihr habt mir nicht gesagt, dass ich es mit Jedi zu tun haben würde."

„Ich wusste es nicht."

„Es war Eure Aufgabe, es zu wissen."

„Hab Ihr ihn erkannt?"

„Nein. Aber er ist sehr gut."

„Interessant", murmelte Malorum. „Wollt Ihr den Jedi als Entschuldigung für Euer Versagen vorschieben?"

„Nein", sagte Boba. „Aber der Auftrag wird durch ihn eine größere Herausforderung. Und teurer."

„Ihr erhaltet bereits einen hohen Lohn", sagte Malorum. „Ich bin nicht befugt, mehr zu bezahlen."

„Dann holt Euch die Befugnis", gab Boba zurück.

„Ich will, dass Ihr sie sofort findet! Sie könnten überall sein!"

Boba antwortete nicht.

„Das war Euer letzter Auftrag für mich!", zischte Malorum wütend. „Betrachtet Euch als befugt. Und jetzt holt Euren tödlichen Kumpanen und findet die beiden. Und dieses Mal solltet Ihr nicht versagen!"

Die Tür ging auf und Boba Fett verließ den Raum. Malorum folgte ihm. Die Schleppe seiner Robe zuckte dabei wie ein Schwanz.

„Dieser Boba scheint mir auf unheimliche Weise sehr kompetent zu sein", murmelte Ferus. „Könnt Ihr Euch vorstellen, wie sein Vater sein muss?"

„Nur allzu gut", sagte Obi-Wan und dachte an einen Zweikampf auf Kamino.

Obi-Wan öffnete die Diagramme des Gebäudes und sah sie schnell durch. „Neben dem Gefängnistrakt befindet sich eine Landeplattform. Sie wird als Liefereingang und für die Registrierung bei Häftlingsverlegungen verwendet. Ich glaube, dort sollten wir es versuchen. Wir können über das Röhrensystem dorthin gelangen."

„Ich will ja nicht mit Euch diskutieren, Obi-Wan, aber glaubt Ihr nicht, dass es im Gefängnis zusätzliche Sicherheitseinrichtungen gibt?"

„Trever sagte mir, dass die Imperialen die Bürger der Stadt nicht dazu bewegen konnten, ihnen bei solchen Dingen wie Müllabfuhr, Wäsche und dergleichen zu helfen – es war schwer, Bürger zu finden, die von der Besetzung ihres Planeten profitieren wollten."

„Ja. Das hat die Imperialen zur Weißglut gebracht. Sie müssen den größten Teil ihres Nachschubs importieren. Das hassen sie."

„Sie haben Droiden einfliegen lassen, um die Müllentsorgung und die Wäscherei zu betreiben. Trever zufolge holt Mariana die Wäsche jeden Morgen um neun Uhr von den Droiden ab. Das bedeutet, dass die Droiden Zugang zu dieser Liefertür haben ..."

„... die auf die Landeplattform führt, wo sich vielleicht ein Fahrzeug befindet, das wir borgen könnten. Das wäre in ungefähr sechs Minuten." Ferus fuhr sich mit der Hand durch die Haare. „Wollt Ihr sagen, dass ich jetzt in das Gefängnis *einbrechen* muss, um *hinauszukommen*?"

Obi-Wan nickte.

„Ich mag Eure Art zu denken, Meister Kenobi."

Sie stiegen wieder durch die Luke und quetschten sich durch die winzige Öffnung in den Raum mit den Rohren. Sie fanden eine größere Abflussleitung, auf deren Oberseite sie kriechen konnten. Obi-Wan hatte sich den Weg eingeprägt und führte sie zum Gefängnis.

Plötzlich hielt er inne. „Wir müssen jetzt wohl den Gefängnisbereich betreten", sagte er. „Vor uns liegt ein Sicherheitssystem."

„Könnt Ihr sehen, wie es funktioniert?"

„Infrarot. Es sucht nach bekannten Körpertemperaturen, ignoriert aber mechanische Wärmequellen. Ich nehme an, es soll verhindern, dass einer der Gefangenen entkommt und beschließt, in dieses Rohrsystem zu kriechen. Es wird einen Alarm auslösen."

„Ich werde es außer Betrieb setzen."

„Nein, dann würden wir sie nur aufmerksam machen. Wir müssen die Macht benutzen, um unsere Körperfunktionen zu reduzieren. Es ist nicht mehr sonderlich weit. Glaubst du, dass du es schaffst?"

Ferus zögerte. „Vielleicht. Aber wenn nicht, dann wird man Euch fassen. Meine Fähigkeiten sind noch etwas eingerostet, und wenn ich versage, scheitern wir beide. Geht Ihr, Obi-Wan. Ich finde einen anderen Weg."

Obi-Wan sah Ferus an. „Du kannst es schaffen. Ich habe es gespürt. Ich weiß, dass du es schaffst. Ich weiß, dass du wieder ein Jedi sein kannst."

Ferus schluckte. Was wäre, wenn er für Obi-Wans Gefangennahme verantwortlich sein würde? Er hatte ihn in diese Angelegenheit hineingezogen.

Komm schon, Ferus. Ich kann sehen, wie du nachdenkst. Siris schräges Grinsen fiel ihm ein. *Sieht so aus, als würde das angestrengte Nachdenken weh tun. Lass uns einfach weitergehen und es tun. Lass deine Gedanken Handlungen werden, bis du gar nicht mehr nachdenkst. Bis du dich nur noch bewegst.*

„Lasst es uns tun", sagte er.

Sie griffen gemeinsam nach der Macht und spürten, wie sie stärker wurde.

Ich weiß, dass du wieder ein Jedi sein kannst.

Er schloss die Augen, ließ die Macht fließen und zwang seine Körpertemperatur zu sinken. Er fühlte an seiner Haut. Sie war kalt.

Obi-Wan setzte sich in Bewegung. Ferus folgte ihm. Sie kamen schnell voran, und ihre Körper blieben trotz der Hitze der Rohre kühl. Ferus spürte nichts davon. Er spürte nur die Macht und die Verbindung zu Obi-Wan.

Der Jedi-Meister rief den Plan des Gebäudes in seinem Gedächtnis ab und trat ein Lüftungsgitter nach unten durch. Sie sprangen in eine Kammer hinab und warfen einen Blick durch die Tür hinaus auf den Korridor. Dort fuhr gerade ein Droide mit einem Repulsorlift-Wagen voller Wäsche entlang. Er blieb vor einem Raum stehen und ging hinein. Der Wagen blieb vor der Tür stehen.

Ferus und Obi-Wan schlichen zur Tür hinaus und sprangen in den Wagen, wo sie sich unter Bettlaken und Tüchern vergruben. Einen Augenblick später wurde eine Ladung Handtücher über ihnen abgeladen. Der Wagen setzte sich wieder in Bewegung.

Der Droide hielt alle paar Meter an, um weitere Wäsche einzusammeln. Irgendwann standen sie vor der Tür, die zu der kleinen Landeplattform führte.

Der Droide ging hinüber und streckte die Hand nach dem Kontrollfeld aus.

In diesem Moment war das Geräusch von schweren Stiefeln zu vernehmen. „Stopp!", rief jemand. Es war ein imperialer Offizier niederen Ranges, von einem einzelnen Sturmtruppler begleitet.

Der Droide drehte sich um. „Zugriff auf die Tür täglich um diese Zeit."

„Wir sind hier wegen der höchsten Alarmstufe. Keiner verlässt das Gebäude. Das betrifft auch Servicedienste."

Ein Signallicht an der Tür blinkte auf.

„Wäschereidienst erwartet Lieferung", sagte der Droide.

„Sag ihnen, sie sollen verschwinden“, erwiderte der Offizier knapp.

Der Droide drückte einen Knopf an dem Bedienfeld. „Heute kein Wäschereidienst. Kein Zugang zur Landeplattform.“

„Ach, komm schon, Kumpel!“

Ferus und Obi-Wan tauschten unter dem Wäschehaufen Blicke aus. Es war Trever.

„Kein Kumpel. Ein Service-Droide“, sagte die Maschine in das Mikrofon. „Kein Zugang.“

„Ich gehe nicht.“

Der imperiale Offizier ging zur Tür. „Dann werden wir dich niederschießen. Mach, dass du verschwindest.“ Er drückte einen Knopf, und plötzlich war Trevers Gesicht auf einem Videoschirm zu sehen.

„Hört mal, ich habe General Malorums Roben hier“, sagte Trever.

„Er ist kein General. Er ist Inquisitor Malorum.“

„Wie auch immer. Ich habe seine Roben, und er bestand ausdrücklich auf dieser Morgenlieferung.“

„Wir befinden uns in der höchsten Alarmstufe.“

„Ja ja, ich weiß schon. Ihr könnt ihm ja sagen, dass er seine Sachen nicht bekommt. Habt Ihr ihm schon einmal ausrichten müssen, dass einer seiner Befehle nicht ausgeführt wurde? Besser Ihr als ich.“

„Augenblick.“

Obi-Wan sah, wie sich auf der Stirn des Offiziers eine Schweißperle bildete, die an seinem Gesicht herunterrollte. Wenn er die Lieferung ablehnen würde, würde er von Malorum zur Rechenschaft gezogen werden. Wenn er sie durchlassen würde, würde Malorum seine Roben bekommen.

„Nur diese eine Lieferung“, sagte der Offizier schließlich zu dem Droiden und drückte den Türöffner.

Der Droide aktivierte den Wagen und ließ ihn auf die Tür zu rollen.

Sie waren fast da. Beinahe in Freiheit.

Doch da ertönte ein Alarm und die Tür blieb stecken.

„Etwas hat den Türmechanismus außer Kraft gesetzt", sagte der Offizier nervös.

Ferus und Obi-Wan sprangen im gleichen Augenblick aus dem Wagen. Es war ihre einzige Chance, und sie mussten sie nutzen.

Der Offizier drehte sich mit weit geöffnetem Mund um und griff nach seinem Blaster. Obi-Wan sprang auf und stieß den Mann mit Hilfe der Macht gegen die Wand.

Der Sturmtruppler hatte jetzt seinen Blaster in der Hand. Ferus streckte den Arm aus und wollte ihm einen Macht-Stoß versetzen, damit er die Tür freigab, doch nichts geschah.

Na ja, er konnte ja nicht davon ausgehen, dass alles beim ersten Mal richtig funktionierte.

Er lief los, rannte den Sturmtruppler über den Haufen und sprang zusammen mit Obi-Wan zur Tür hinaus.

Der Gravschlitten war leer. Trever musste Reißaus genommen haben, als er den Alarm gehört hatte. Ferus sah die Firespray am anderen Ende der Plattform. In der Nähe des Kontrollpunktes stand ein silberner Kreuzer. So sehr es Ferus auch gefallen hätte, Bobas Schiff zu stehlen, das andere war einfach näher. Sie liefen darauf zu.

Da schlugen die ersten Blaster-Treffer in die Hülle des Kreuzers ein. Hinter ihnen kamen die ersten Sturmtruppen aus der Tür. Obi-Wans Lichtschwert war ein tanzender Lichtbogen.

Ferus sprang ins Cockpit. Er schwenkte die Laserkanonen auf die Reihe der Sturmtruppen und schoss drauflos.

Obi-Wan stieg ebenfalls in den Kreuzer, als am anderen Ende der Plattform eine Gestalt auf die Firespray zulief. Es war Boba Fett. Ferus hob ab.

Sie schossen mit Höchstgeschwindigkeit in den Himmel. Die Stadt Ussa schrumpfte hinter ihnen schnell zu einem kleinen blauen Punkt zusammen. Innerhalb weniger Sekunden hatten sie die Atmosphäre verlassen und befanden sich im freien Raum.

„Wir müssen in den Hyperraum springen", sagte Obi-Wan. „Das ist die einzige Chance, Boba Fett abzuhängen."

„Ich weiß."

„Solange du auf dem Planeten bleibst, wird das Imperium dich als Druckmittel gegen die Bürger einsetzen. Wenn wir aber jetzt gehen, wirst du für lange Zeit nicht mehr zurückkehren können. Vielleicht niemals mehr."

Ferus warf noch einen Blick zurück auf Bellassa. Er dachte an alles, was er zurückließ. Er dachte an Roan.

„Ich weiß", wiederholte er.

Kapitel 20

Als sie erst einmal im Hyperraum waren, schwiegen sie eine Zeit lang. Ferus empfand einen gewaltigen Schmerz in seiner Seele. Er war zwar kein eingeborener Bellassaner, doch er hatte die Welt in sein Herz geschlossen. Sie war seine Heimat geworden. Er hatte dort gelebt. Und jetzt hatte er das Gefühl, in zwei Hälften zerteilt worden zu sein.

Obi-Wan gab die Koordinaten eines Raumhafens ein, der eine sterbende Zwillingssonne namens Red Twins umkreiste. Der Arm des Imperiums reichte nicht so weit – zumindest nicht, was die konstante Überwachung anbetraf. Dann prüfte er die Systeme des Schiffes und gab Ferus damit Zeit, sich zu erholen. Ferus hatte Obi-Wan in den letzten beiden Tagen besser kennen gelernt als in all seinen Jahren im Jedi-Tempel. Er hatte immer gewusst, dass Obi-Wan mutig war, doch jetzt hatte er auch sein Einfühlungsvermögen und seine Gefühle erkannt.

„Was ist mit Polis Massa?", fragte Ferus und brach damit schließlich das Schweigen. „Ihr wurdet so blau wie ein Twi'lek, als ich den Namen erwähnte."

Obi-Wan starrte auf das Display des Navigationscomputers. Das Leuchten des Schirmes ließ ihn plötzlich sehr ausgezehrt aussehen.

„Ich kann es dir nicht sagen", erwiderte er. „Es betrifft etwas … eine Information, die ich für mich behalten muss. Wenn ich sie preisgeben würde, könnte ich dich in Gefahr bringen. Und nicht nur dich, sondern viel mehr. Ich könnte alles gefährden, woran wir glauben." Obi-Wan drehte sich um und sah ihn an. „Es hat nichts mit Vertrauen zu tun, Ferus. Aber ich kehre an den Ort zurück, an dem ich im Exil lebe. Wenn du mich brauchst, werden wir einen Weg finden, wie du mich erreichen kannst. Du wirst das nicht verstehen, aber die Zukunft der Galaxis hängt von me ner Fähigkeit ab zu warten."

„In Ordnung", sagte Ferus. „Das ist Eure Aufgabe. Aber meine ist es, so viele Jedi wie möglich aufzuspüren. Es muss noch mehr geben. Die Macht-Sensitiven, die Hilfe brauchen. Jedi, die untergetaucht sind. Ich weiß, dass es sie gibt. Ich werde sie aufspüren. Wenn ich einen sicheren Ort finden kann, dann sind wir für das bereit, was da kommen mag."

„Ein weiterer Krieg?"

„Er ist unausweichlich. Vor allem, seit Ihr mir erzählt habt, dass der Imperator ein Sith ist."

„Noch ein Grund mehr, zu warten." Obi-Wan seufzte. „Aber bevor wir auseinander gehen, wollte ich dich etwas fragen. Ich hatte immer den Verdacht, dass Anakin eine Rolle bei deiner Entscheidung gespielt hat, die Jedi zu verlassen."

„Alles hat eine Rolle gespielt", sagte Ferus und wich damit der Frage aus. „Aber ist es jetzt noch wichtig? Sie sind alle tot."

Er hatte gesehen, wie schwer es Obi-Wan fiel, Anakins Namen auszusprechen. Der Jedi-Meister musste seinen Schüler vermissen. Ferus hätte gerne gewusst, wie Anakin wohl gestorben war, doch er wollte nicht fragen. Er wollte keine Erinnerungen aufwühlen, die für Obi-Wan schmerzhaft waren.

Und er wollte ihm nicht die wahre Geschichte erzählen, weshalb er die Jedi verlassen hatte. Wie er den Verdacht gehegt hatte, dass Anakin absichtlich Informationen über Tru Velds Lichtschwert verschwiegen hatte, obwohl er wusste, dass die Waffe im Kampf versagen würde. Deshalb war Darra Thel-Thanis gestorben. Und doch hatte Ferus sich verantwortlich gefühlt. Er hatte

Trus Lichtschwert repariert und darüber geschwiegen – und er hatte damit die Regeln zwischen Meister und Padawan verletzt. Anakin hatte es gewusst und ebenfalls geschwiegen.

Es lag alles so weit zurück. Fehler – begangen von Jungen, von Padawanen, die davon geträumt hatten, einst große Jedi-Meister zu werden.

Diese Träume waren vergangen. Und es fiel Ferus unendlich schwer zu glauben, dass auch der Jedi-Orden nicht mehr existierte. Er wollte es nicht wahrhaben. Er würde es sich nicht gestatten, es zu glauben. Er würde die Galaxis durchkämmen, bis er auch den Letzten von ihnen gefunden hatte. Er hatte sich für Bellassa eingesetzt. Jetzt würde er sich für das Überleben der gesamten Galaxis einsetzen.

„Ich hätte es erkennen müssen", sagte Obi-Wan. Ferus nahm an, dass er immer noch von seinem Austritt aus dem Orden sprach. „Ich hätte mehr Fragen stellen sollen. Etwas war schon damals nicht in Ordnung."

„Das ist jetzt nicht mehr wichtig", gab Ferus zurück. „Ich bin einfach davongelaufen. Es war das Schwierigste, was ich je getan habe, aber irgendwie bin ich auch froh, dass ich es getan habe."

„Du bist immer noch ein Jedi, Ferus."

„Nein", gab Ferus langsam zurück. „Das bin ich nicht. Ich kann niemals mehr ein richtiger Jedi sein. Aber nicht, weil ich den Orden verlassen habe." Er sah zurück in Richtung Bellassa. „Ich bin Bindungen eingegangen."

„Ich wollte auch einst etwas, das der Jedi-Kodex verbietet", erklärte Obi-Wan. „Qui-Gon sagte mir damals etwas. Er sagte, vielleicht werden sich in einer veränderten Galaxis auch diese Dinge ändern. Die Jedi werden sich ändern. Die Veränderung sind eingetreten, Ferus. Und ich glaube … dass im neuen Orden Bindungen Stärke bedeuten. Vielleicht wird die Galaxis so gerettet. Also bist du tatsächlich noch ein Jedi."

Da tauchte plötzlich ein Kopf mit blauen Haarspitzen aus einer Wandkabine auf. „Du bist ein Jedi, Ferus? Du Eidechsenaffe – das ist ja galaktisch!"

Ferus erhob sich aus seinem Sitz. „Trever! Was machst du denn hier?"

Trever zwängte sich aus der winzigen Kammer und rollte auf den Boden des Cockpits. Er stand auf und klopfte seinen Overall ab. „Was hätte ich denn tun sollen, als der Alarm losging? Ich habe mich versteckt."

„Du wusstest, dass wir diesen Kreuzer nehmen würden", sagte Obi-Wan streng. „Du hättest etwas sagen können, bevor wir den Sprung in den Hyperraum gemacht haben. Weshalb bist du in deinem Versteck geblieben?"

„Weil ich Urlaub brauche?", sagte Trever.

„Großartig", sagte Ferus. „Genieße die Reise, denn sobald wir landen, werde ich dich in den ersten Flug zurück setzen."

„Das kannst du nicht", gab Trever zurück. „Man hat mich am Kontrollpunkt erkannt. Sie haben jetzt mein Bild in der Datenbank. Sie werden mich ins Gefängnis werfen und wahrscheinlich wegen Beihilfe zu deiner Flucht exekutieren." Als Ferus entnervt dreinsah, grinste er. „Sieht so aus, als würdest du mich nicht mehr los."

„Wie viel Glück man doch haben kann", sagte Ferus.

Also war Obi-Wan es trotz seiner ernsthaften Versuche, ein Einsiedler zu werden, doch unverhofft gelungen, wieder ein Jedi zu sein. Er warf einen Blick auf sein Lichtschwert. Etwas rührte sich tief in ihm, und zum ersten Mal seit langer, langer Zeit war es weder Schmerz noch Bedauern. Es war Entschlossenheit. Ihm war jetzt mehr als je zuvor klar, dass die Gerechtigkeit wieder auferstehen würde. Er konnte nicht voraussehen wann oder wie, aber er wusste, dass Wesen wie Ferus dazu beitragen würden. Als er Ferus gesagt hatte, dass Bindungen auch stärken könnten, hatte er auch für sich selbst gesprochen. Der Ruck, der ihn an Ferus' Seite gebracht hatte, war mehr als nur Sorge um Luke gewesen. Er hatte ihn wieder mit etwas verbunden, das er verloren hatte. Obi-Wan hatte so viele Monate damit zugebracht, an die Toten zu denken. Hatte von ihnen geträumt. Jetzt war die Zeit reif, sich wieder mit Lebenden zu umgeben.

Deshalb war es auch so wichtig, dass er auf Luke aufpasste. Deshalb durfte er auch die Hoffnung nicht verlieren und nicht aufgeben. Alles, was er gekannt hatte, existierte nicht mehr, und wenn die Dinge sich ändern würden, dann nicht so, die er es sich wünschte. Er würde nicht zurückbekommen, was er verloren hatte. Erst jetzt war ihm klar, wie viel seiner Bitterkeit in diesem einfachen, kindischen Wunsch enthalten war – zurückzubekommen, was er geliebt hatte.

Was er geliebt hatte, war für immer ausgelöscht.

Was kommen würde, konnte er nicht voraussehen.

Was er tun musste, um es möglich zu machen, würde er tun. Und jetzt würde er es aus mehr denn nur Pflichtgefühl tun. Er würde es mit Leib und Seele tun.

Sie verließen den Hyperraum nicht weit von ihrem Bestimmungsort. Die Red Twins waren in einem dichten Nebel versteckt, und sie mussten den Navigationscomputer benutzen, um den Weg zu finden. Doch dann hatten sie plötzlich Blickkontakt. Die beiden Sonnen waren ein rötlicher Dunst, der wie ein einziger, schwacher Stern aussah.

Obi-Wan gab dem Raumhafen ihre Position durch, und sie bekamen schnell eine Landeerlaubnis. Ferus setzte den Kreuzer sauber in der angesteuerten Landezone ab und lenkte ihn dann von Hand zu einem Parkbereich. Er streckte sich.

„Ich könnte etwas zu essen und ein wenig Ruhe brauchen", sagte er.

„Ich befürchte, darauf müssen wir noch ein wenig warten", sagte Obi-Wan.

Eine Vorahnung überkam Ferus. Er folgte Obi-Wans Blick durch die Sichtscheibe hinaus auf den belebten Raumhafen. Nur ein paar Meter von ihnen entfernt parkte das Firespray-Angriffsschiff.

Boba Fett hatte sie gefunden.

STAR WARS™

DER LETZTE JEDI

DÜSTERE VORBOTEN

Jude Watson

PANINI BOOKS

KAPITEL EINS

Er holte auf. Noch ein paar Minuten, dann würde er sie bemerken.

Obi-Wan beobachtete aus dem Cockpit eines flugunfähigen, geparkten Raumkreuzers, wie Boba Fett auf der Suche nach seiner Beute systematisch den dicht besetzten Raumhafen Red Twins durchsuchte. Der Jedi sah Fetts kompakten Körper zwischen den Reihen der Raumschiffe umhergehen. Sein Helm drehte sich hin und her, während die eingebauten Abtaster alles absuchten.

Obi-Wan bemerkte, dass sich Fett in einem Muster bewegte, das nur auf den ersten Blick zufällig erschien. Der Kopfgeldjäger ging nach jedem dritten Schiff zur nächsten Reihe über, ließ dann eine Reihe aus, ging zurück und dann in einer anderen Reihe wieder vorwärts. Für ein normales Wesen war das ein schwer zu erkennendes Muster, nicht aber für einen so geübten Spürhund wie Boba Fett – oder einen Jedi wie Obi-Wan. Für einen uneingeweihten Beobachter musste es so aussehen, als würde Fett ungezwungen umherspazieren, doch in ein paar Minuten würde er jedes einzelne Schiff des Raumhafens untersucht haben, einschließlich des Jedi-Schiffes.

Obi-Wan sah, dass Ferus Olin, sein Begleiter, Boba aus der Dunkelheit des Cockpits ebenfalls beobachtete.

„Ich gebe uns noch drei Minuten", sagte Ferus.

„Zweieinhalb", korrigierte Obi-Wan.

Ferus und Obi-Wan waren erst vor wenigen Minuten auf Red Twins gelandet, zusammen mit ihrem blinden Passagier, dem dreizehnjährigen Trever Flume. Sie hatten sich auf dem Planeten Bellassa schon einmal mit Boba Fett angelegt und waren sehr gut mit seinen Fähigkeiten vertraut. Außerdem hatte Fett noch einen anderen Kopfgeldjäger bei sich: D'harhan, ein Cyborg, der eine unattraktive, aber tödliche Laserkanone anstelle eines Kopfes besaß. Imperiale Sicherheitstruppen unter der Führung des Inquisitors Malorum hatten die Kopfgeldjäger angeheuert, um Ferus gefangen zu nehmen, der für die Widerstandsbewegung auf Bellassa ein Held war.

Als Obi-Wan nun ihre Fluchtmöglichkeiten abwog, hätte er sich einmal quer über den Raumhafen dafür ohrfeigen können, dass er überhaupt hier war. Als Ferus in Schwierigkeiten geraten war, hatte sich Obi-Wan auf Tatooine aufgehalten – und genau dort hätte er eigentlich auch bleiben sollen, um auf den jungen Luke Skywalker Acht zu geben. Obi-Wan hatte den jungen Jedi-Padawan Ferus immer gemocht, der den Orden verlassen hatte, kurz bevor man ihn zu den Prüfungen zum Jedi-Meister zugelassen hatte. Es war sogar so, dass Obi-Wan erleichtert gewesen war zu erfahren, dass es noch jemanden gab, der den Jedi so nahe stand. Aber war Ferus' Rettung Grund genug, das Risiko einzugehen und Tatooine zu verlassen? Obi-Wan war hin- und hergerissen gewesen, hatte sich nicht entscheiden können – bis sein ehemaliger Meister Qui-Gon endlich zu ihm gesprochen hatte, dank Qui-Gons Ausbildung bei den Whills.

Wie aufwühlend es doch gewesen war, Qui-Gons Stimme zu hören, und wie wenig es Obi-Wan eigentlich hätte überraschen dürfen, dass ausgerechnet Qui-Gon derjenige gewesen war, der ihn zum Aufbruch bewogen hatte. Es standen Dinge auf dem Spiel, die wichtiger waren als Ferus, doch Qui-Gon hatte ihm einfach gesagt, er solle der Lebendigen Macht folgen – und seinen Gefühlen.

Also hatte er Ferus auf Bellassa gesucht, war in die Machenschaften der dortigen Widerstandsbewegung geraten und hatte es nur knapp geschafft, mit Ferus zu fliehen. Und jetzt befand er sich am anderen Ende der Galaxis und hatte zwei Kopfgeldjäger an den Hacken. Inquisitor Malorum stand unterdessen kurz davor, Lukes und Leias Geheimnis aufzudecken, indem er Untersuchungen auf Polis Massa anstellte – dem Ort, an dem ihre Mutter Padmé Amidala gestorben war. Obi-Wan wusste, dass er Malorum aufhalten musste. Doch zuerst musste er die Kopfgeldjäger abhängen. Obi-Wan durfte nicht nach Tatooine zurückkehren, bis er sie los war. Er durfte niemanden zu Anakin Skywalkers verstecktem Sohn führen.

„Hey, Kollegen“, sagte Trever. Seine gezackten blauen Haare schienen erwartungsvoll zu zittern, als er von Obi-Wan zu Ferus blickte. „Ich will ja nicht stören, aber sollten wir nicht einfach Gas geben und abhauen?“

„Er würde uns einfach folgen“, erwiderte Ferus. „Und wir können ihn mit diesem Rosteimer niemals abhängen. Wir brauchen ein anderes Schiff. Diese Sache ist noch nicht vorbei, bevor wir nicht eines finden, mit dem wir von hier verschwinden können.“

„Na, dann“, sagte Trever. „Kein Problem. Gebt mir eine Minute.“

„Du kannst keins stehlen“, warnte ihn Obi-Wan.

„Natürlich kann ich das“, gab der Junge zurück. „Ich brauche nur die Zündungs-Sicherheitskontrolle überbrücken und dann ..."

Obi-Wan hob die Hand. „Dann müssten wir uns nicht nur um Boba Fett kümmern, sondern auch noch um die Sicherheitskräfte. Wir müssen es schaffen, ohne Alarm auszulösen."

„Das ist doch mal was ganz neues für dich, Junge", sagte Ferus zu Trever.

„Ich versuche mich daran zu halten", antwortete Trever mit einem Grinsen. Trotz seiner Jugend galt er bereits als geschicktester Dieb in Ussa, Bellassas Hauptstadt. Er war erst dreizehn Jahre alt und kontrollierte einen Großteil des Schwarzmarktes. Als ihm die Lage zu heiß geworden war, hatte er sich zu Obi-Wan und Ferus an Bord geschlichen und war mit ihnen von Bellassa verschwunden.

Aber wenn die Situation dort so brandheiß wie eine Sonne gewesen war, dann war sie jetzt so heiß wie drei.

Obi-Wan, Ferus und Trever suchten schnell ihre Survival-Packs zusammen und verließen das Schiff.

„Wir müssen versuchen zu handeln", flüsterte Obi-Wan kaum hörbar und ließ den umherstreifenden Boba Fett nicht aus den Augen. „Der Trick ist der, dass wir das richtige Schiff finden müssen. Und den richtigen Piloten. Er muss denken, dass er einen guten Handel macht, aber keinen allzu guten, denn sonst schöpft er Verdacht."

„Ich frage mich, wo D'harhan ist", sagte Ferus.

„Wahrscheinlich ist er an Bord geblieben", vermutete Obi-Wan. „Er würde nur die Aufmerksamkeit der Sicherheitskräfte erregen."

Sie entfernten sich von ihrem Schiff und mischten sich unter die lärmende Menge. Die neuen Gesetze des Imperiums verlangsamten das Einchecken, und ausgehende Flüge wurden oft durch langwierige Sicherheitsüberprüfungen aufgehalten. Piloten und Passagiere liefen herum und schlugen die Zeit tot, bis ihre Nummern auf einem großen Datenschirm angezeigt wurden, der hoch über ihnen hing. Danach stellten sie sich in die Schlange vor dem Sicherheitskontrollposten im Hauptgebäude. Einige hatten den Bereich vor dem Hangar in einen zwanglosen Picknick-Platz verwandelt, und der Tauschhandel von Essen und Getränken ging auf die lebhafte Art vor sich, die für Piloten typisch war: Sie schwatzten sich gegenseitig ihre Habseligkeiten ab, wobei sie sich nicht selten beleidigten oder auch schmeichelten.

Obi-Wan betrachtete die Schiffe. Sie brauchten eines mit einem Hyperantrieb, etwas Raumtaugliches, das aber nicht zu auffällig war. Es musste schnell sein und mit Waffen ausgestattet sein. Und wenn man Boba Fetts Firespray-Angriffsschiff gesehen hatte, dann waren Laserkanonen sicherlich kein Fehler.

Obi-Wan zählte im Kopf die Reihen der Schiffe und das komplizierte Muster, mit dem Boba Fett sie abging. Wenn sie sich in einem gegenläufigen Muster bewegten, würden sie ihm nicht in die Arme laufen. Natürlich würde er sehr bald ihr Schiff finden und dann seine Suche intensivieren. Wenn sie allerdings Glück hatten, würden sie zu diesem Zeitpunkt schon vom Raumhafen verschwunden sein.

Wenn sie Glück hatten.

Und das hatten sie nicht.

Boba Fett änderte sein Suchmuster, entdeckte sie von weitem und griff sofort von hinten an. Eine Woge der Macht warnte Obi-Wan nur einen Sekundenbruchteil, bevor der Kopfgeldjäger sich auf sie stürzte.

Blasterblitze schossen auf sie zu. Obi-Wan sprang in die Luft und wich ihnen aus. Er wollte keinesfalls sein Lichtschwert benutzen – nicht hier, unter den Augen der Menge. Die Nachricht, dass ein Jedi gesehen wurde, würde sich sofort verbreiten, und die Jagd auf ihn würde noch intensiviert. Die Galaxis ging im Augenblick davon aus, dass die Jedi komplett ausgelöscht waren. Und jeder Jedi, der gefunden wurde, würde schnell dasselbe Schicksal erfahren.

Ferus bewegte sich dank seiner Jedi-Ausbildung schneller als jeder der normalen Passanten. Er wich den Schüssen beinahe zeitgleich mit Obi-Wan aus. Trevers Straßeninstinkt hatte ihn unter den Bauch eines Schiffes hechten lassen. Und Sekunden, nachdem die Blasterschüsse in die Hülle eines Raumjägers eingeschlagen waren, streckte der überraschte Pilot den Kopf aus der Cockpitkuppel, um nachzusehen, was da vor sich ging. Er begann Boba Fett zu beschimpfen, doch als der Kopfgeldjäger mit seinem Westar-34-Blaster in seine Richtung zielte, zog er den Kopf schnell wieder zurück.

Diese Ablenkung verschaffte Obi-Wan zwei Sekunden – zwei Sekunden, die sich zu einem langen Moment des Abwägens ausdehnten, währenddessen sich Obi-Wan die genauen Positionen der Schiffe, der Personen und der Gebäude rings um ihn her einprägte. Er sah Möglichkeiten, um vorübergehend Schutz zu suchen, nur eines sah er nicht: einen Fluchtweg.

Wenn du zweifelst, dann tu das Unerwartete.

Und Obi-Wan griff an. Unbewaffnet stürzte er sich dem Blasterfeuer entgegen. Überrascht wich Boba Fett einen Schritt zurück. Er war zu austrainiert, um zu stolpern, aber für den winzigen Bruchteil einer Sekunde verlor er das Gleichgewicht. Obi-Wan sah es: Fetts linke Seite war verwundbar.

Er sprang. Mitten in der Luft wirbelte er herum und trat mit einem Stiefel auf Boba Fetts linkes Knie. Doch zu seiner Überraschung fiel Fett nicht um. Obi-Wan spürte, wie der Körper des Kopfgeldjägers leicht nachgab, doch Fett verlagerte sofort sein Gewicht und stemmte sich fester in den Boden. Obi-Wan wurde mitten in der Bewegung abgebremst und musste das unangenehme Gefühl ertragen, dass ihn ein Schlag mit einen gepanzerten Ellenbogen gegen den Hinterkopf niederstreckte.

Er hatte diese Verteidigung schon einmal gesehen. Die Erinnerung an einen verzweifelten Kampf auf Kamino kam ihm wieder in den Sinn. Jango Fett hatte seinen Sohn gut ausgebildet. Hätte Obi-Wan sich nur rechtzeitig daran erinnert!

Während Obi-Wan wieder auf die Beine kam, stürmte Ferus heran. Er duckte sich mit Hilfe seiner Jedi-Reflexe unter den Blasterschüssen weg. In diesem Augenblick explodierte das Schiff neben ihnen. Obi-Wan und Ferus wurden von der Wucht der Explosion davongeschleudert. Die Druckwelle warf sie auf den harten Durabeton, und geschmolzener Durastahl regnete auf sie herab. Ferus duckte sich gerade noch rechtzeitig, als einer der Cockpit-Sitze nur Millimeter neben seinem Kopf einschlug.

„Ach, hallo D'harhan", sagte Ferus mit zusammengebissenen Zähnen.

Nach der Explosion herrschte ein Augenblick erschrockene Stille. Dann heulten die Sirenen los. Piloten und Passagiere suchten sich einen geschützten Standort, von dem aus sie den Kampf beobachten konnten. Es war ein langweiliger Nachmittag gewesen, und niemand hatte etwas gegen diese kleine Zerstreuung. Der Kampf versprach spannend zu werden.

Ferus sprang auf die Füße. Sein Gesicht war schwarz vom Ruß und Staub der Explosion. „Ich liebe die Art, wie sich diese Jungs vorstellen", sagte er zu Obi-Wan.

Boba Fett nutzte die Explosion, um wieder anzugreifen, und die Schüsse aus seinem Blaster peitschten durch die Luft. Obi-Wan wusste, dass er untertauchen musste, weg von den Zuschauern. Er musste einen Ort finden, an dem er sein Lichtschwert einsetzen konnte, ohne Aufmerksamkeit zu erregen.

„Nach links", sagte er angespannt zu Ferus. „Beschäftige D'harhan."

„Wieso kriege ich immer den Bösen?", gab Ferus zurück. Das war witziger als alles, als Obi-Wan jemals von ihm während seiner Zeit als Padawan gehört hatte.

Es war fast, als würde er schweben, wie Ferus voller Anmut zwischen zwei Raumjägern hindurch glitt und verschwand. Obi-Wan verstärkte seinen Sprung durch die Macht, flog über das Schiff zu seiner Rechten hinweg und landete auf dem stählernen Spitzdach des Hangars. In dem Dach gab es eine Gaube mit Fenster, und Obi-Wan hechtete sich dahinter in Deckung.

Fett flog mit Hilfe seines Jetpacks in die Höhe und landete nur wenige Sekunden nach Obi-Wan auf dem Dach. Vorsichtig bewegte er sich vorwärts, da er den Jedi nicht sehen konnte. Obi-Wan aktivierte sein Lichtschwert. In letzter Zeit tat er das kaum noch, und jedes Mal überrollte ihn dabei eine Flut von Gefühlen irgendwo zwischen Schmerz und Freude – die Erinnerung daran, was es einst bedeutet hatte, ein Jedi zu sein. Einst war er als freies Wesen durch die Galaxis gezogen. Jetzt musste er für sich behalten, wer und was er war. Jetzt gab es für ihn nichts mehr außer Geheimhaltung und Vorsicht.

In diesem Augenblick schlug Blasterfeuer in die Gaube ein, nur wenige Zentimeter von seiner Warteposition entfernt. Boba Fett ging offensichtlich kein Risiko ein.

Obi-Wan rührte sich nicht, obwohl er die sengende Hitze auf der Wange spürte.

Er hörte Schritte näher kommen. Als sie kurz vor der Ecke der Gaube angekommen waren, nur einen Sekundenbruchteil, bevor Fett ihn sehen würde, sprang Obi-Wan mit einen Satz aus seiner Deckung hervor.

Doch Fett hatte offensichtlich damit gerechnet. In weniger als einer Sekunde zielte und feuerte er die Schock-Granate aus seinem Jetpack ab.

Obi-Wan spürte, wie die Druckwelle auf ihn traf. Er wurde von dem Dach gerissen, als wäre sein Körper ein Stück Stoff. Mit Hilfe der Macht verlangsamte er den Ablauf der Zeit und suchte eine Landemöglichkeit, damit er nicht mit voller Wucht auf den Durabeton fallen würde, dem er sich schon bedrohlich näherte.

Er griff nach dem Seilkatapult an seinem Gürtel und schoss es mitten im Flug ab. Der Haken verfing sich in der Dachkante. Obi-Wans Flug wurde abrupt gebremst und er verrenkte sich die Schulter, während er sich behände wieder nach oben schwang. Kaum auf dem Dach gelandet, rannte er sofort mit aktiviertem Lichtschwert auf Fett zu. Mit einem Hieb trennte er das Blastergewehr des Kopfgeldjägers in zwei saubere Hälften.

Doch als sich Fett plötzlich auf ihn warf, die Arme um ihn schlang, ihm das Lichtschwert wegschlug und ihn nach hinten in Richtung der Dachkante drängte, sah Obi-Wan für einen Augenblick keinen Ausweg. Und anstatt Fetts Griff zu lockern, hielt Obi-Wan die Arme des Kopfgeldjägers fest und beide Männer stürzten taumelnd ins Leere. Die Menge unten sah sie fallen und stöhnte auf.

Die beiden Körper befanden sich für drei lange Sekunden

im freien Fall, bevor Fett sein Jetpack aktivieren konnte. Als die Düsen schließlich brannten, manövrierte er so, dass Obi-Wan mehrmals gegen die Gebäudewand geschleudert wurde. Obi-Wan spürte die Schläge durch seine Knochen vibrieren.

Wieder flog Fett auf die Wand zu. Obi-Wan sah den soliden Durabeton auf sein Gesicht zurasen. Er griff nach der Macht, denn er würde sie dringend brauchen. Dann zog er im letztmöglichen Augenblick die Beine hoch und stieß sich von der Wand ab. Die Erschütterung schoss ihm bis in die Kieferknochen hoch. Als die beiden Kontrahenten wieder von der Mauer wegflogen, nutzte Obi-Wan die Gelegenheit, um Fetts Griff zu lockern. Als er sich befreit hatte, dämpfte er seine Landung mit Hilfe der Macht ab und holte sich sein verlorenes Lichtschwert wieder.

Er war unverletzt, doch die Schmerzen, die er in seinen Beinen spürte, zeigten, dass ihn der Tritt gegen die Wand viel Kraft gekostet hatte. Er erhob sich und die Zuschauer sprangen auseinander. Boba Fett blieb ihm gnadenlos auf den Fersen.

Ferus rannte durch die Menge. Obi-Wan spürte eine Warnung der Macht, als ein weiterer Schuss D'harhans einen Teil des Hangars dem Erdboden gleich machte.

Ferus wurde von der Druckwelle nach hinten gerissen. D'harhan war ihm nun dicht auf den Fersen. Boba Fett sammelte sich gerade für den nächsten Angriff. Obi-Wan stürzte vor, griff nach Ferus und zog ihn auf die Beine.

„Los!“, rief Obi-Wan. Er war nicht so weit gekommen, um Ferus jetzt zu verlieren.

Er half Ferus über die Trümmer hinweg und sprang mit ihm zusammen in den halb zerstörten Hangar hinein. Am anderen Ende befanden sich massive Türen – fest verschlossen. D'harhan und Boba Fett folgten den beiden durch die Öffnung und blockierten den Rückweg.

Obi-Wan und Ferus saßen in der Falle.

KAPITEL ZWEI

Fett und D'harhan ließen ihnen keine Gelegenheit, eine Strategie zu entwickeln. Die beiden Kopfgeldjäger bewegten sich unablässig, und D'harhan reichte Boba Fett einen neuen Blaster, damit sie beide nach Bedarf schießen konnten. Die Luft war erfüllt von Splittern und Rauch.

„Ich wünschte, ich hätte ein Lichtschwert", murmelte Ferus, der zusammen mit Obi-Wan hinter einem großen Schiff Deckung bezogen hatte, das gerade auf eine Reparatur wartete. Ferus hatte sein Lichtschwert abgegeben, als er den Orden verlassen hatte. „Jetzt wäre ein hervorragender Augenblick, um Eures zu ziehen, Obi-Wan."

Doch Obi-Wan wartete noch ab. Er und Ferus zogen sich zu einem großen Reparaturtisch voller Werkzeuge zurück. Er sah den Rauch, der aus D'harhans Kopf aufstieg und erkannte sofort, dass sich seine Laserkanonen überhitzt hatten. Und Boba Fetts Blasterfeuer konnte die Schiffshülle nicht durchdringen. Für den Augenblick waren sie also in Sicherheit.

Aber nur für den Augenblick. Obi-Wan ließ den Blick durch den Hangar schweifen. Ihm war klar, dass Fett die größere Bedrohung darstellte – trotz D'harhans enormer Feuerkraft. Denn Fett war einfach der wagemutigere von beiden.

Das Dach über ihren Köpfen wurde von mehreren Streben

gehalten. Eine Reihe von flexiblen Durastahlträgern verlief kreuz und quer unter der Decke. Als Fett die Erschütterungsrakete abgefeuert hatte, war die Hälfte des Daches in die Luft geflogen.

Die Stützträger wären ein ausgezeichneter Ort, um einen Kampf auszutragen. Fett besaß zwar ein Jetpack, aber D'harhan war hier im Nachteil. Er würde auf dem Boden bleiben müssen.

Obi-Wan deutete mit dem Kinn nach oben. „Schaffst du das?", fragte er Ferus und wies mit einem Blick auf das Trägerwerk unter der Decke.

Ferus grinste. „Kann ein Bantha fliegen?"

„Nein, kann er nicht."

„Ihr seid immer so detailversessen, Obi-Wan."

In diesem Augenblick erhob sich die Macht und Obi-Wan hörte ein leises Aufheulen. D'harhan hatte einen weiteren Schuss aus seiner Laserkanone abgefeuert. Der reparaturbedürftige Kreuzer bekam einen direkten Treffer ab. Obi-Wan und Ferus mussten den Flammen mit einem schnellen Sprung ausweichen.

Genau damit hatte Boba Fett gerechnet. Obi-Wans Lichtschwert vollführte einen plötzlichen Tanz in der Luft und lenkte das Feuer des Kopfgeldjägers ab. Der Jedi sprang mit einem Satz auf einen der Träger hoch oben. Ferus landete auf einem Schiff neben dem zerstörten Kreuzer, nutzte den Schwung seines Sprunges aus und setzte zu einem zweiten Sprung an. Dieses Mal griff er nach der Macht. Er flog hoch in die Luft. Doch er konnte den untersten Träger nur knapp mit den Fingerspitzen streifen. Obi-Wan sah die Panik in Ferus' Blick. Er streckte die Hand aus, bekam Ferus am Handgelenk zu fassen und zog ihn zu sich hoch.

Boba Fett reagierte blitzschnell, aktivierte sein Jetpack und flog stetig feuernd hinauf zur Decke. Obi-Wan lenkte die Blasterblitze ab und ließ Ferus zu der Öffnung im Dach vorauslaufen.

Ferus hatte sich notdürftig bewaffnet. Er griff in seine Tasche und warf eine glänzende Scheibe in Fetts Richtung. Wirbelnd flog sie auf einer kerzengeraden Flugbahn auf den Kopfgeldjäger zu. Fett wich dem Geschoss aus, doch die Scheibe traf ihn an der Schulter und hinterließ einen Riss in der Panzerung. Obi-Wan erkannte, dass Ferus seine Taschen mit den runden Laser-Schneideplatten gefüllt hatte, die in einen Servo-Trennschneider passten. Er warf eine Scheibe nach der anderen auf den Kopfgeldjäger, der ihnen nur mit Mühe ausweichen konnte. Mit jedem Feuerstoß aus seinem Jetpack kam er gefährlich näher an die Stützträger.

Obi-Wan beglückwünschte Ferus in Gedanken für dessen Erfindungsreichtum, wirbelte herum und rannte jetzt direkt auf den hin und her schwankenden Fett zu. Hoch schwang er das Lichtschwert über dem Kopf. Er hatte es auf die Bolzen abgesehen, die die Durastahlplatten des Daches hielten und durchtrennte jeden einzelnen davon mit einem schnellen, gezielten Hieb. Jetzt musste nur noch D'harhan mitspielen.

Und der Cyborg war tatsächlich absolut berechenbar. Obi-Wan sah, wie er seine Laserkanone auf ihn schwenkte. Das rote Laser-Zielsuchlicht begann zu blinken.

Boba Fett wusste instinktiv, was jetzt geschehen würde. Obi-Wan erkannte, dass der Kopfgeldjäger plötzlich angestrengter denn je versuchte, Ferus' wirbelnden Laserscheiben auszuweichen – er musste nach unten und D'harhan aufhalten.

Doch es war zu spät. Das Kanonenfeuer schoss aus der Waffe hervor. Obi-Wan, der all das vorausgesehen hatte, schwang sich um einen Träger und sprang in den hintersten Teil des Hangars. Ferus folgte dicht hinter ihm.

Das Kanonenfeuer schlug genau an der Stelle in das Dach ein, an der Obi-Wan gerade noch gestanden hatte. Da die Bolzen an einer bestimmten Deckplatte alle durchtrennt waren, bog sich der Durastahl wie die Schale einer Frucht zurück und stürzte in die Tiefe.

Boba schaffte es gerade noch, sich in Sicherheit zu bringen, doch D'harhan wurde voll erwischt. Die Durastahlplatte traf ihn in den Rücken, schleuderte ihn zu Boden und klemmte seine Beine fest.

Obi-Wan und Ferus sprangen hinunter auf den Boden. Obi-Wan griff Fett mit wirbelndem Lichtschwert an. Ferus schlich zur Rückseite der Schiffe und versuchte hinter Boba Fett zu gelangen, damit sie ihn in der Zange bekamen. Da D'harhan für den Augenblick außer Gefecht war, würde das ihre beste Chance sein, Fett aufzuhalten.

Doch die Detonationen waren unglücklicherweise auch den Sicherheitskräften des Raumhafens nicht entgangen. Ein Kampf zwischen Piloten war eine Sache, Sachbeschädigung eine andere. Plötzlich flogen Gleiter über den Platz, Sicherheitswachen mit Blastergewehren am Steuer. Fett war ihr erstes Ziel; sie hielten direkt auf ihn zu. Der Kopfgeldjäger wandte sich zu ihnen um. Er hatte alle Hände voll zu tun, um diesen Angriff auch noch abzuwehren.

Obi-Wan zerstörte mit einem schnellen Hieb das Kontrollfeld an D'harhans Laserkanone. Das übliche Grinsen des Cyborgs wirkte wie eine Grimasse. Seine ausdruckslose Stimme klang heiser. „Du glaubst, du hast gewonnen, habe ich

Recht? Aber wir verlieren nicht. Eines Tages wirst du nur ein weiterer Jedi-Gefangener auf Coruscant sein. Malorum hat seine Methoden."

Der Boden neben ihnen wurde von Blasterfeuer aufgerissen. Es waren noch mehr Sicherheitsleute angekommen.

„Keine Bewegung", sagte eine elektronisch verstärkte Stimme.

Als Ferus zu ihnen trat, wurde D'harhans Grinsen noch breiter. „Jetzt kommen wir alle zusammen ins Gefängnis."

Ferus beugte sich zu ihm. „Mit dir gehen wir gar nirgends hin, Schaltkreishaufen."

Obi-Wan hörte das Summen eines Antriebs und sah durch das halb geöffnete Tor, dass sich ein Raumkreuzer aus der Parkreihe geschoben hatte und auf den Hangar zukam.

Trever.

Ferus sah ihn ebenfalls. „Zeit für das Lufttaxi", sagte er.

Sie rannten auf das Schiff zu. Trever wendete und senkte die Landerampe, während das Schiff bereits aufstieg. Obi-Wan und Ferus landeten mit einem gewaltigen Sprung auf der Rampe und zogen sich an Bord.

Blasterschüsse schlugen auf der sich schließenden Rampe ein, und die beiden rannten in das Innere des Schiffes. Sie hatten gerade das Cockpit erreicht, als Trever den Kreuzer mit heulenden Turbinen über den Raumhafen flog.

Als sie die Atmosphäre hinter sich gelassen hatten, schrumpften die Red Twins zu zwei scharlachroten, pulsierenden Punkten und schließlich zu einem einzigen, winzigen Leuchtpunkt.

„Gut gemacht, Junge", sagte Ferus zu Trever. „Wo hast du denn das Schiff her?"

Trever errötete. „Ich habe es eingetauscht, während ihr euren Tanz vollführt habt. Ich dachte mir, dass wir einen Flieger bräuchten, um hier glatt wegzukommen."

„Ganz so glatt läuft es nicht", sagte Obi-Wan. Ein Lichtpunkt folgte ihnen.

Boba Fett war die Flucht zu seinem Schiff gelungen.

KAPITEL DREI

Trever warf einen Blick auf seine Steuerkonsole. „Au Mann, das soll wohl ein Scherz sein? Dieser Typ fängt wirklich an, mir auf die Nerven zu gehen."

Obi-Wan ließ den Blick nicht von dem Jäger, der ihnen folgte. „Wir können ihn im Hyperraum abhängen", sagte er.

„Stimmt", erwiderte Trever. „Aber dazu bräuchten wir einen Hyperantrieb."

Ferus drehte sich um und starrte Trever ungläubig an. „Du hast ein Schiff ohne Hyperantrieb besorgt?"

„Mann, viel Zeit hatte ich nicht gerade", protestierte Trever.

„Wir befinden uns am Rand des Outer Rim", sagte Ferus. „Hier draußen hat jedes Schiff einen Hyperantrieb. Außer das eine, in dem wir sitzen."

„So wählerisch warst du vorher nicht, als ich zu eurer Rettung kam!", stieß Trever hervor.

„Dürfte ich einen Vorschlag machen?", fragte Obi-Wan. „Was-wäre-wenn hilft uns jetzt nicht. Fett holt auf."

Ferus hasste es langsam, dass Obi-Wan immerzu Recht hatte. „Wollt Ihr, dass ich das Steuer übernehme?", fragte er und zeigte auf die Kontrollen.

„Gerne." Obi-Wan ging zum Navigationscomputer hinüber. „Ich hasse Fliegen. Und Trever, ich glaube, das hier übersteigt deine Erfahrung etwas."

Ferus übernahm das Steuer und dachte über seine eigene Erfahrung nach. Die letzten Jahre hatte er zurückgezogen auf Bellassa verbracht und versucht, seine Jedi-Vergangenheit hinter sich zu lassen. Die Entscheidung, den Orden zu verlassen, war die schwerste gewesen, die er jemals treffen musste, und sie verfolgte ihn seitdem Tag und Nacht. Er hatte sich von seinem Rivalen Anakin Skywalker dazu drängen lassen auszusteigen. Er hatte ein bedeutungsvolles Leben voller Missionen gegen ... Isolation eingetauscht. Und er und sein Freund Roan hatten tatsächlich ein ruhiges Leben geführt, bis der Aufstieg des Imperiums sie zu Rebellen werden ließ. Damit hatte Ferus wieder eine Aufgabe gefunden. Und er hatte sich geschworen, an dieser Aufgabe festzuhalten, bis das Imperium besiegt war. Doch nun war Roan verloren, und Bellassa gehörte der Vergangenheit an. Ferus befand sich wieder auf dem Weg der Jedi. Er war sich jedoch unsicher, ob es ein Pfad war, den zu gehen ihm gestattet war. Es war genau so wie in der augenblicklichen Situation: Er saß zwar selbst am Steuer, doch sein Leben hing noch von vielen anderen Dingen ab.

Er beschleunigte und bremste wieder ab, um ein Gefühl für den fremden Antrieb zu bekommen. „Ich werde ihn wohl abhängen müssen."

Obi-Wan warf einen besorgten Blick aus der Cockpitscheibe. „Ich habe volles Vertrauen in dein fliegerisches Können, Ferus, aber ich habe schon eine Firespray in Aktion gesehen. Für ein solch kleines Schiff besitzt sie beeindruckende Fähigkeiten. Lass dich nicht täuschen. Neben den Blasterkanonen ist sie noch mit Laserkanonen und Erschütterungsbomben ausgerüstet."

„Das ist doch ein Klacks", sagte Trever, doch er wurde blass, als er sah, wie schnell Fett aufholte. „Willst du nicht ein bisschen Gas geben?", fragte er Ferus nervös.

„Wir wissen, dass er schneller ist als wir", gab Ferus zurück. „Wir können diesen Zweikampf nur gewinnen, wenn wir klüger manövrieren als er."

Obi-Wan studierte die Sternenkarte. „Mal sehen, ob es irgendwo ein Asteroidenfeld oder Nebelflecken gibt, wo wir uns verbergen können", sagte er. „Wir müssen Verstecken spielen."

Fett befand sich jetzt beinahe in Schussweite. Obi-Wan klickte im Navigationscomputer eilig die verschiedenen Quadranten durch. „Ganz in der Nähe gibt es einen Nebelflecken", sagte er. „Nur unbewohnte Materieballungen. Wenn wir dieses Tempo durchhalten können, schaffen wir es in ein paar Minuten dorthin."

In diesem Moment schob sich an Boba Fetts Schiff eine Panzerplatte zur Seite und die Laserkanone erwachte zum Leben. Lichtblitze schossen auf sie zu. Ferus zwang das Schiff in einen steilen Sinkflug, während Fett noch mehr Tempo zulegte und immer weiter aufholte.

„Ich dachte nicht ... dass er so schnell sein würde", sagte Ferus gepresst, der versuchte, das Letzte aus dem Antrieb herauszuholen und eine scharfe Rechtskurve flog.

Die Schüsse verfehlten sie nur knapp. Die nächste Salve wurde schon auf sie abgefeuert.

Ferus kippte und drehte das Schiff, flog Kurven und Spiralen. Trever, der gegen eine Konsole geschleudert wurde, sprang schnell in einen Sitz und klammerte sich an den Armlehnen fest.

Es war ein Wettrennen, das sie kaum gewinnen konnten. Die Kanone sandte Schockwellen aus, die gegen das Schiff schlugen und es erbeben ließen. Es wurde so schwer erschüttert, dass Obi-Wan fürchtete, es könnte auseinander brechen. Er spürte seine eigenen Zähne klappern.

„Wir sollten zusehen, dass wir schnell von hier verschwinden“, rief Ferus. „Der Treibstoff geht zur Neige.“

„Aber er hat gesagt, er hätte gerade erst getankt!“, protestierte Trever.

„Traue niemals einem Piloten, Junge“, gab Ferus zurück.

Fetts Kanone feuerte wieder und obwohl Ferus schnell abtauchte, wurde das Schiff getroffen und machte einen wilden Satz. Fett unterstützte das Kanonenfeuer nun mit einem Torpedo mit Zielsuchereinrichtung.

„Festhalten!“, rief Ferus.

Das Schiff ging in den Sturzflug und zog gleich wieder hoch. Der Torpedo folgte ihnen unbeirrbar.

„Das ist doch ein Frachtschiff, oder nicht?“, fragte Obi-Wan Trever. Der Junge nickte. „Dann lass die Fracht ab.“

Trever legte den entsprechenden Schalter um. Die Frachtluke öffnete sich, und ein Haufen leerer Tonnen und Kisten flog ins All hinaus. Im selben Augenblick drückte Ferus das Schiff erneut in einen steilen Sturzflug. Der Zielsucher des Torpedos erkannte die Finte nicht und folgte der Fracht.

„Das wird nur einmal klappen“, sagte Ferus. „Und wir haben ein Problem. Ich glaube nicht, dass die Energieversorgung dieses Schiffes dafür ausgelegt ist, so durchgebeutelt zu werden. Hier brennen schon ein paar gelbe Warnleuchten. Unsere Systeme geben den Geist auf!“

„Vor uns!“, rief Trever. „Der Nebel!“

Das war keinen Moment zu früh. Ferus zählte die Sekunden, während Fett hinter ihnen sie mit Dauerfeuer belegte. Die Macht erfüllte nun das Cockpit. Wenn er sie brauchte, war Ferus in der Lage, nach ihr zu greifen und sie zu nutzen – diese Fähigkeit war ihm niemals komplett verloren gegangen. Er spürte, wie sie ihn durchfloss und lockerte seinen Griff um das Steuer. Früher hatte er sein Leben im Vertrauen auf die Macht aufgebaut. Das musste er nun wieder lernen.

Das Schiff trat plötzlich in einen Tunnel voller winziger Sterne ein, die um einen zentralen Energiekern kreisten. Das Schiffsinnere wurde in goldenes Licht getaucht, und atmosphärische Störungen warfen es beunruhigend hin und her.

„Festhalten!“, rief Ferus erneut. Er lenkte den Kreuzer so, dass er mit den Energieströmungen flog. Das Schiff rotierte um sich selbst und schoss von einem Ende des Sternenkorridors zum anderen. „Wie lange bleiben wir hier drin?“, fragte er Obi-Wan angespannt.

„Nicht lange. Wir befinden uns am Rand einer instabilen Strömung, doch sie entfernt sich schnell von uns.“

Fett folgte ihnen unbeirrbar und ebenso wagemutig wie Ferus – und genau so bereit, bis an die Grenzen des Möglichen zu gehen.

Obi-Wan stemmte sich gegen die Konsole, während er wieder die Sternenkarte studierte. Viele Informationen waren unvollständig und die Karte war lückenhaft, was zweifelsohne mit den atmosphärischen Störungen dieses Sektors zusammen hing. „Offenbar liegt vor uns ein Planet namens Deneter. Er wurde nach den Klonkriegen verlassen – er war so verwüstet, dass die Bevölkerung in den Galaktischen Kern auswanderte. Er besitzt zwanzig unbewohnte Satelliten.“ Obi-Wan rief Ferus die Koordinaten zu. Vielleicht konnten sie Fett zwischen Deneters Trabanten abhängen.

Sie verließen den Sternentunnel und tauchten in die Atmosphäre des Planeten ein. Ferus holte das Letzte aus dem Schiff und zwang es von einem Satelliten zum nächsten, indem er aus der Deckung des einen heraus zum anderen weiterraste. Boba Fett blieb ihnen unbeirrbar auf den Fersen und feuerte aus allen Kanonen.

„Das hat keinen Zweck“, sagte Obi-Wan schließlich. „Wir können ihn nicht abschütteln.“

„Noch bin ich mit meinen Tricks nicht am Ende“, murmelte Ferus und hoffte, dass er Recht behielt. „Trever, erinnerst du dich noch an deine Aktion mit dem Gravschlitten?“

Trever war den Sicherheitskräften des Imperiums in den Straßen von Ussa entkommen, indem er einen schwerfälligen Gravschlitten wie einen Gleiter geflogen und ihn bis an die Grenzen seiner Leistungsfähigkeit gebracht hatte. „Welche Aktion?“, fragte Trever, den Blick auf Fetts Schiff geheftet.

„Als du so tatest, als würdest du aus der Kurve fliegen, und dich dann in letzter Sekunde wieder fingst und davonflogst.“

„Ach das. Das funktioniert jedes Mal.“

„Wie hast du das gemacht?“

„Na ja, da braucht man etwas Fingerspitzengefühl“, erklärte Trever. „Und man muss sich etwas Leistung von den Stabilisatoren borgen.“

„Dann brauche ich diese Leistung aus einem anderen System“, sagte Ferus. „Kannst du mir etwas Energie aus der Hydraulik umleiten?“

„Augenblick mal“, wandte Obi-Wan ein. „Dann haben wir vielleicht nicht mehr genügend Bremskraft für die Landung.“

Eine weitere Salve brachte das Schiff in den Sturzflug. Dieses Mal hatte sie der Treffer am Heck erwischt. Das Schiff geriet für mehrere lange, schmerzhafte Sekunden außer Kontrolle, und Ferus hatte alle Hände voll zu tun, bis er es wieder stabilisiert hatte. Endlich flog das Schiff ächzend wieder auf Kurs.

„Aber andererseits können wir uns auch noch Sorgen über die Landung machen, wenn es soweit ist", fuhr Obi-Wan fort.

„Genau das dachte ich mir auch", erwiderte Ferus zwischen zusammengebissenen Zähnen.

Trever kniete sich hin und riss die Abdeckplatte des Energiegenerators ab. Dann sprang er in die enge Kammer hinunter. „Ich habe nicht viel Erfahrung mit Unterlicht-Antrieben, aber ..." Sie hörten ihn murmelnd hantieren. „Geschafft!", rief Trever schließlich von unten hoch.

„Also gut, Leute", sagte Ferus. „Wenn ich ‚festhalten' sage, dann meine ich es dieses Mal ernst."

Ferus beschleunigte. Jetzt verlangte er dem Antrieb mehr als die Höchstgeschwindigkeit ab. Die leichte Vibration der Tragflächen zeigte ihm, dass sich das Schiff an der Grenze seiner Leistungsfähigkeit befand. „Los geht's", murmelte er. Das Schiff begann zu trudeln, als hätte Ferus die Kontrolle über das linke Triebwerk verloren. Es fiel mit einer Schwindel erregenden Drehung durch den Raum, geradewegs auf einen der Satelliten zu. Fett folgte ihnen, zweifelsohne um Zeuge ihrer Todesspirale zu werden – und um ihr Ende zu beschleunigen. Laserblitze zuckten durch die Atmosphäre, doch der Kreuzer bewegte sich zu ungleichmäßig, um noch ein Ziel für einen der Zielcomputer zu bieten.

Drohend näherte sich die Oberfläche des Satelliten. Doch im letzten Augenblick riss Ferus das Schiff wieder auf Kurs, was das Material mit einem angestrengten Kreischen quittierte. Fett schoss an ihnen vorüber. Jetzt hatte *er* um Kontrolle zu kämpfen. Sie sahen zu, wie sein Schiff auf die Oberfläche zuschoss. Fett blieb keine andere Wahl als die Bruchlandung.

Ein kleiner Feuerpilz und eine Rauchwolke stiegen auf.

Obi-Wan warf einen Blick auf den Lebensform-Sensor. „Er

hat das Schiff verlassen. Es ist nicht komplett zerstört, aber es wird in nächster Zeit nirgendwohin mehr fliegen."

Ferus steuerte das Schiff wieder von dem Satelliten weg. „Ich hoffe, das war das letzte Mal, dass wir ihn gesehen haben", sagte er. „Aber irgendwie glaube ich das doch nicht so recht. Und vor allem fürchte ich, dass wir uns jetzt um unser eigenes Landeproblem kümmern müssen."

KAPITEL VIER

Ihnen blieben nicht viele Möglichkeiten. Sie konnten auf dem unbewohnten Planeten landen, doch dann befänden sie sich erneut in beunruhigender Nähe zu Boba Fett. Abgesehen davon gab es keinen Grund anzunehmen, dass sie dort auf dem Planeten zurückgelassenen Treibstoff für einen Start finden würden.

„Wir haben noch eine Chance“, sagte Obi-Wan nach einem kurzen Blick auf den Navigationscomputer. „Dem Computer zufolge haben wir nicht genügend Treibstoff, um es schaffen zu können, aber möglicherweise könnten wir ein paar Kilometer mehr herauskitzeln, als der Computer uns zugesteht. Es gibt hier in der Nähe einen Planeten namens Acherin. Er ist recht groß, und deswegen dürfte es dort auch ein Dock oder eine Orbit-Werft geben.“

„Acherin“, grübelte Ferus. „Kommt mir irgendwie bekannt vor.“

„Hier fand eine der letzten großen Schlachten der Klonkriege statt“, erklärte Obi-Wan knapp. Der Name des Planeten schnürte ihm die Brust zusammen. Sein Freund Garen Muln war Kommandant der Streitmacht der Republik auf Acherin gewesen. Höchstwahrscheinlich war er an dem furchtbaren Tag gestorben, als sich die Klontruppen gegen die Jedi gewandt hatten – auf Befehl des Sith-Lords, der jetzt der Imperator war.

„Gebt die Koordinaten ein", sagte Ferus. „Das ist unsere einzige Chance."

Sie konnten nur hoffen, dass der Treibstoff reichen würde. Unterwegs mussten sie sich zwingen, nicht in Gedanken die Kilometer zu zählen. Doch irgendwann näherten sie sich tatsächlich dem Planeten, den sie als violett schimmernden Dunst in der Ferne sahen.

Obi-Wan saß an der Comm Unit und versuchte Kontakt aufzunehmen. „Das ist aber seltsam", sagte er. „Ich bekomme keine Antwort. Und nicht nur das, auf den offenen Kanälen sind auch keinerlei Unterhaltungen zu hören."

„Das ist tatsächlich seltsam", sagte Ferus. „Versucht es weiter. Gibt es irgendwelche atmosphärischen Störungen in der Luft?"

„Nein. Der Planet besitzt zwar eine dichte innere Atmosphäre, die aber die Kommunikation nicht stören dürfte."

„Wir werden wohl in die Atmosphäre fliegen müssen", sagte Ferus. „Es ist nicht gut, in Zeiten wie diesen ohne Genehmigung irgendwo einzudringen, aber uns bleibt wohl keine andere Wahl."

Er verringerte die Geschwindigkeit, während sie sich Acherin näherten.

„Was ist denn das?", fragte Trever und deutete auf ein paar orangefarbene Streifen am Himmel.

„Vielleicht natürliche kosmische Gase", sagte Obi-Wan.

„Aber wir befinden uns in der inneren Atmosphäre", wandte Trever ein.

Ferus begann sofort mit dem Wendemanöver. „Unter bestimmten Bedingungen, zum Beispiel in einer dichten Atmosphäre, kann der Abgasstrahl einer Rakete eine Spur hinterlass..."

Etwas Helles schoss quer über den Himmel. Und dieses Mal wussten sie sofort, was es war.

„Das ist Kanonenfeuer", sagte Obi-Wan. „Aber was …?"

In diesem Augenblick erschien eine beeindruckende Flotte von Angriffsschiffen und hielt genau auf sie zu.

„Das Imperium", sagte Trever.

Raumjäger starteten von einem der Imperialen Angriffsschiffe und verfolgten nun drei kleinere Jäger, die über den Himmel rasten.

Ferus schluckte. „Na toll. Von allen Planeten der Galaxis mussten wir uns ausgerechnet den aussuchen, auf dem gerade Krieg herrscht."

„Wir werden trotzdem landen müssen", sagte Obi-Wan und aktivierte die Karten der Planetenoberfläche. „Setz das Schiff einfach irgendwo ab. Wir befinden uns nicht in der Nähe eines Raumhafens, und wir wollen ja sowieso nicht in die Hände des Imperiums geraten."

Obi-Wan sah rasch die topografischen Daten durch. „Unter uns befindet sich eine Schlucht, die uns genügend Deckung bieten könnte." Er gab Ferus die Koordinaten.

Da löste sich plötzlich einer der verfolgten Raumjäger aus dem Verband, kam auf sie zu und flog so dicht an ihnen vorbei, dass sein Bauch beinahe die Oberseite ihres Schiffes gerammt hätte.

„Er drückt mich nach unten!", rief Ferus. „Was soll denn das?"

„Und er zieht das Feuer auf uns", fügte Obi-Wan hinzu. „Er hat die Imperialen auf unsere Position aufmerksam gemacht."

„Ja, das wird immer besser!"

Sie fielen durch die Atmosphäre des Planeten. Die Oberfläche war schon bedrohlich nahe.

„Ich kann den Kurs nicht mehr halten", schrie Ferus.

Das Schiff wurde von Kanonenfeuer erschüttert.

Dann wurde der Jäger über ihnen von seinen Imperialen Verfolgern getroffen. Von einem Augenblick zum anderen konnten sie vor lauter Rauch nichts mehr sehen.

„Das wird eine Bruchlandung!", rief Ferus und kämpfte mit der Steuerung.

Das Schiff traf mit einem grässlichen Ächzen auf den Boden und schleuderte über Felsbrocken. Ferus schaffte es, die Landung halbwegs unter Kontrolle zu halten, doch die Schläge, die das Schiff von den Felsen abbekam, zollten ihren Tribut. Es kam schließlich auf der Seite liegend zum Stillstand, wobei Metall kreischend über den rauen Untergrund schabte.

Sie öffneten die Landerampe, die nur noch halb ausfuhr. Ferus durchsuchte das Cockpit und fand einen alten Blaster, den er schussbereit in der Hand hielt, während er ihnen einen Weg nach draußen bahnte. Nicht weit entfernt von ihnen war der Pilot des abtrünnigen Jägers bereits aus seinem Cockpit gestiegen – auch er hielt einen entsicherten Blaster in der Hand.

Plötzlich wurden Blasterschüsse auf sie abgegeben. Offensichtlich sollten sie in einem engen Bereich festgehalten werden.

„Keine Bewegung!", rief eine Frauenstimme. „Wenn Ihr Euch rührt, seid Ihr tot."

KAPITEL FÜNF

Lässig stand die Pilotin auf dem Rumpf ihres Schiffes. Sie trug einen Helm und hatte beide Hände um den Griff ihres Blasters gelegt. Obi-Wan hob die Hand und versetzte ihr einen Stoß mit Hilfe der Macht. Die Pilotin stolperte rückwärts. Ferus konnte dadurch seinen eigenen Blaster in Anschlag bringen, und Obi-Wan sprang vor und legte der Pilotin die Klinge seines Lichtschwerts an den Hals.

Die Frau sah sie mit großen, dunkelblauen Augen an.

„Sieh mal einer an", sagte sie. „Man sollte es nicht für möglich halten. Ein Jedi."

„Wer seid Ihr?", fragte Obi-Wan.

„Ich heiße Raina Quill und bin ein Commander der Widerstandsbewegung von Acherin. Ich würde mich freuen, Eure Bekanntschaft zu machen. Aber nur, wenn Ihr das Lichtschwert von meinem Hals nehmt."

Sie war eine humanoide Frau ungefähr in Ferus' Alter. Ihr Blick war eindringlich, aber nicht feindselig. Dennoch hatte Obi-Wan noch nicht vor, sie freizulassen.

„Wieso habt Ihr uns zur Landung gezwungen?"

„Weil Ihr drauf und dran wart, mitten im Feindgebiet zu landen, und zwar in Reichweite eines Turbolasers. Ich hatte so ein Gefühl, als würde Euch das gar nicht Recht sein. Hey, ich dachte, alle Jedi wären tot?"

Obi-Wan deaktivierte sein Lichtschwert. „Nicht alle."

„Offensichtlich." Sie setzte sich vorsichtig. „Autsch! Wie auch immer, wir befinden uns immer noch hinter den feindlichen Linien. Und ich glaube nicht, dass uns die Raumjäger aus den Augen verloren haben. Sie hatten zwar Wichtigeres zu tun, aber ich wette, dass sie unseren Landeort per Funk an die Bodentruppen durchgegeben haben."

„Wer ist der Feind?", fragte Ferus.

„Das Imperium natürlich", gab sie zurück.

„Aber Ihr wart ein Separatisten-Planet."

Raina erhob sich, nahm ihren Helm ab und befreite einen langen, rostbraunen Zopf. „Das heißt ja nicht, dass wir das Imperium unterstützt haben. Wir wollten nur das Recht erlangen, uns von der Republik zu lösen. Wir wollten nicht, dass die gesamte Galaxis in absoluter Herrschaft versinkt. Jetzt haben wir einen Imperator, der uns die ganze Zeit im Nacken sitzt. Auf jeden Fall hatten wir gerade einen Waffenstillstand mit der Armee der Republik ausgehandelt, als die Klonkriege endeten. Doch nachdem wir uns das Imperium kurz angesehen hatten, entschieden wir, den Waffenstillstand aufzugeben und weiterzukämpfen."

„Und wie läuft es?", fragte Trever.

„Wir kämpfen jetzt seit beinahe einem Jahr", sagte sie. „Sie dachten, sie könnten uns in ein paar Wochen zerquetschen. Aber sie dürfen uns keinesfalls den Sieg lassen. Das wissen wir. Unsere letzte Stellung halten wir in der alten Stadt Eluthan. Dort liegt unsere Armee. Die Stadt ist hinter Mauern verborgen, und wir haben die meisten Zivilisten evakuiert. Wir sollten uns so schnell wie möglich auf den Weg dorthin machen." Sie schwieg einen Augenblick und warf einen bedauernden Blick auf die beiden Schiffe. „Ich fürchte, wir müssen zu Fuß gehen."

„Kanntet Ihr den Commander der Streitkräfte der Republik?“, fragte Obi-Wan.

„Garen Muln? Ja, ich traf ihn einmal, als wir den Waffenstillstand aushandelten. Aber da müsst Ihr Euch mit Commander Toma unterhalten. Er hatte mit Muln zu tun. Er war auch am letzten Tag bei ihm … an dem Tag, an dem der Kanzler alle Jedi zu Feinden erklärte.“

Der Tag des Massakers. Obi-Wan spürte Ferus' Blick auf sich ruhen. Ferus wusste, dass Garen ein guter Freund Obi-Wans gewesen war. Ferus war ihm einmal begegnet, als er noch Padawan gewesen war – was ihm jetzt vorkam, als wäre es in einem anderen Leben gewesen.

„Ich denke, wir sollten uns jetzt lieber nach Eluthan aufmachen“, sagte Raina. „Dort könnt Ihr mit Toma reden.“

Obi-Wan und Ferus tauschten einen Blick. Im Grunde blieb ihnen keine andere Wahl. Sie brauchten ein Schiff, um den Planeten verlassen zu können, und mit Raina hatten sie eine Chance, eines zu finden.

Beide sahen zu Trever. Der zuckte nur mit den Schultern. „Ich schätze, ich bin dabei.“

„Wir sollten jetzt wirklich los“, drängte Raina.

Sie folgten ihr durch eine unwegsame Schlucht in einen dichten Wald. „Ein großer Teil von Acherin besteht aus offenem Gelände“, erklärte sie ihnen. „Es gibt nur drei Städte. Eluthan ist das Zentrum unserer Kultur. Wir haben die Stadt während der Klonkriege stark befestigt und besitzen auch einen Schutzschild. Deshalb haben wir uns dorthin zurückgezogen.“

Im Eilschritt brachten sie mehrere Kilometer hinter sich. Ferus warf Trever eine Packung Proteinpillen zu. Er hatte bemerkt, dass der Junge langsam müde wurde.

„Jetzt sind es nur noch ein paar Kilometer", sagte Raina leise. „Das Imperium belagert die Stadt mit seiner Armee. Es kann sein, dass wir Droiden-Spähtrupps in die Quere laufen. Aber mit etwas Glück können wir unbemerkt durchschlüpfen. Ich kenne ein paar Abkürzungen."

Sie legten an Tempo zu und bewegten sich beinahe im Laufschritt. Irgendwann gelangten sie auf ein großes, offenes Feld, auf dem lauter riesige Felssäulen standen – einige waren über hundert Meter hoch. In der Ferne ragte eine Stadt hinter gewaltigen Mauern auf. Sie war auf einem Hochplateau erbaut worden, und die dicken Steinmauern erhoben sich in den leeren, gelben Himmel hinauf. Die Stadt war als Festung gebaut worden, doch die Erbauer hatten offensichtlich auch einen Sinn für Ästhetik gehabt. Man hatte die Steine in einem ansprechenden Muster aufeinander gesetzt, und durch die verschiedenen Grau- und Blautöne der Steine wirkte die Mauer wie eine Skulptur aus verwittertem Stein und kräftigen Farben. Die Stadt strahlte eine Erhabenheit aus, die Obi-Wan und Ferus innehalten ließ.

Raina bemerkte ihre Reaktion. „Das ist unser größter Schatz", sagte sie schlicht. „Und wir glauben daran, dass er uns vor allem beschützen wird."

Nicht vor dem Imperium, dachte Obi-Wan.

Plötzlich ertönte ein schrilles Pfeifen.

„Das ist ein CAV", sagte Raina. „Mir nach."

Sie folgten ihr zu einem Bereich, in dem die aufragenden Steine dichter aneinander standen als anderswo. Sie pressten sich mit dem Rücken an eine der Felssäulen und beobachteten, wie sich das von einem Droiden gesteuerte CAV näherte.

Obi-Wan kannte diese Gleiterfahrzeuge. Sie waren klein und wendig, aber anfällig für Sensorstörungen. Er nahm an, dass das Imperium sie für die Primärüberwachung dieser Gegend einsetzte. Ein Droide konnte damit einen großen Bereich abdecken, und das Fahrzeug war mit einer mittelgroßen Blasterkanone ausgerüstet.

Das CAV flog an ihnen vorüber.

„Es werden noch mehr kommen", warnte Raina.

Sie machten sich wieder auf den Weg, wobei sie sich im Schutz der mächtigen Felssäulen bewegten, und so viel langsamer voran kamen. Von Zeit zu Zeit flog ein weiteres CAV vorbei, und die Piloten richteten ihre Sensoren auf die Umgegend. Sie schafften es aber jedes Mal, den CAVs auszuweichen …

… bis sie einer kleinen Truppe schwer bewaffneter Droiden über den Weg liefen. Dieses Mal gab es kein Versteck. Sie hörten das typische metallische Klicken, als die Droiden in Angriffsposition gingen.

Der Droiden-Trupp nahm sie unter Blasterbeschuss. Raina packte ihre beiden Blaster, die über ihre Brust geschnallt waren, und belegte die Droiden mit einem stetigen Sperrfeuer, während Ferus nach rechts loslief. Obi-Wan aktivierte sein Lichtschwert und machte sich zur linken Flanke auf. Sofort schlug er einem Droiden den Kopf ab und nutzte den Armschwung, um die Kontrolleinheit des nächsten außer Betrieb zu setzen. Ferus sprang hoch und wirbelte um sich tretend um seine eigene Achse, wobei er es irgendwie schaffte, nicht vom Blasterfeuer getroffen zu werden.

Die beiden Droiden, die noch übrig waren, zogen sich hinter eine der riesigen Steinstelen zurück und begannen, die kleine Gruppe mit ihrem Feuer einzudecken.

„Da kommt die Verstärkung." Raina wies mit dem Kinn in die Ferne, von wo sich noch mehr CAVs näherten. „Wenn Ihr es schafft, diese beiden auszuschalten, kann ich aufs offene Gelände hinaus laufen und eine Rauchgranate zünden. Der Wind weht Richtung Südosten und wird den Rauch zu den CAVs tragen. Ich kann uns im Schutz des Rauches durch eine geheime Öffnung in der Mauer in die Stadt bringen. Auf diese Weise werden sie unsere Position nicht entdecken."

„In Ordnung." Obi-Wan ließ die Macht fließen und machte einen Satz auf eine der kleineren Steinsäulen. Dann sprang er von einer zur anderen, bis er die Droiden vor sich sah. Lautlos glitt er wieder zu Boden. Und bevor sie auch nur die geringste Chance hatten, sich umzudrehen und zu schießen, hatte Obi-Wan sie mit zwei schnellen Hieben seines Lichtschwerts in einen Haufen Schrott verwandelt.

Raina lief aus der Deckung hervor und schoss die Rauchgranate ab. Sie konnte die CAVs damit nicht treffen, aber das wollte sie im Moment auch gar nicht. Die Granate explodierte in der Luft, und dichter, beißender Rauch quoll heraus, der sich schnell in Richtung der herankommenden CAVs ausbreitete. Obi-Wan lief rasch zu den anderen zurück.

Der Wind trug einen großen Teil des Rauchs von ihnen weg, trotzdem tränten ihre Augen heftig, während sie sich einen Weg hindurch bahnten. Sie folgten dem metallischen Glanz von Rainas Rüstung durch den dichten Rauch. Als sie schließlich an der Mauer ankamen, die absolut lückenlos schien, berührte sie mehrere Steine in einem wie zufälligen Muster. Doch ein großer Steinblock glitt zur Seite.

Raina bedeutete ihnen hineinzuschlüpfen.

„Willkommen in Eluthan", sagte sie.

KAPITEL SECHS

Sie gingen durch die schmalen, verlassenen Straßen. Die Stadt war nicht in einem Raster angelegt worden, sondern organisch gewachsen – Straßen und Gassen schmiegten sich in unregelmäßiger Anordnung an das hügelige Gelände. Die Häuser bestanden aus einem leicht bronzefarbenen Stein und waren jeweils nur ein paar Stockwerke hoch.

„Die meisten Bürger wurden evakuiert", erklärte Raina. „Die Stadt ist jetzt mehr oder weniger ein Armeestützpunkt. Aber einst strotzte sie vor Leben."

Sie führte sie zu einem ausgedehnten Steingebäude am Rand eines grasbewachsenen Platzes, der jetzt als Landeplattform für die Schiffe diente. Ein Plastoid-Dach schirmte es ab und verband den Platz mit dem Gebäude.

„Das war einst eine Schule", sagte Raina. „Viele Schüler traten in den Widerstand ein, und die Schulleitung bot uns das Gebäude als Hauptquartier an. Die meisten Acheriner stehen voll und ganz hinter der Sache. Wir brauchten niemanden um ein Opfer zu bitten – die meisten machen freiwillig mit."

Trever grinste spöttisch. „Vielleicht wollten sie einfach dem Unterricht entkommen."

Raina war offenbar nicht beleidigt. Sie lachte. „Vielleicht auch das."

Obi-Wan betrachtete das niedrige, stattliche Gebäude und

den Rasen, der jetzt braun von Triebwerksabgasen und von vielen Stiefeln niedergetrampelt worden war. Hier waren einst Jungen und Mädchen durch das Gras gelaufen und hatten an dieser Schule gelernt.

Es war doch seltsam, wie sehr er den Krieg hasste und wie viel Zeit seines Lebens er dennoch damit zugebracht hatte.

Raina nickte einem Wachmann zu, der vor der zweiflügligen Eingangstür des Gebäudes stand. Sie und ihre Gäste wurden eingelassen. Eilig ging sie in Richtung Kommandozentrale voraus, einem kreisrunden Saal im Zentrum des Gebäudes. Dies war einst die Schulaula gewesen, vermutete Obi-Wan. Jetzt war der Raum voller Datenschirme und Computerkonsolen.

Ein großer, kahl rasierter Mann sah ihnen entgegen. Sein Gesicht war ausdruckslos, doch Obi-Wan bemerkte, wie sich Körper und Blick des Mannes entspannten, als er Raina erkannte. Obi-Wan nahm an, dass es sich um Toma handelte.

„Wir dachten schon, sie hätten dich abgeschossen", sagte der große Mann.

„Sie haben es versucht", gab Raina zurück. „Ich habe mein Schiff verloren. Aber ich lernte neue Freunde kennen." Sie stellte die Gruppe und den Mann einander vor.

Toma sah Obi-Wan forschend an. „Ich freue mich, einen Jedi kennen zu lernen."

„Ihr kanntet Garen Muln."

„Ja, wir …"

In diesem Augenblick begann ein Licht am Kommandoschirm zu blinken. Toma drehte sich um und warf einen Blick auf den Schirm. „Die Gegenoffensive hat begonnen. Das Imperium hat unsere Flotte eingekreist. Wir müssen alle verfügbaren Piloten hochschicken."

„Ich bin bereit", sagte Raina. „Ich brauche nur ein neues Schiff."

Da ergriff Ferus zu Obi-Wans Überraschung das Wort.

„Ich möchte Euch meine Dienste anbieten", sagte er. „Wenn es darum geht, dem Imperium das Leben schwer zu machen, dann bin ich dabei."

„Wir könnten Eure Hilfe gebrauchen", sagte Toma. „Raina, kannst du für unseren Freund ein Schiff besorgen?"

„Ferus ...", begann Obi-Wan, doch er wusste nicht, wie er den Satz vollenden sollte. Er konnte Ferus nicht verbieten zu gehen. Das stand ihm nicht zu. Ferus war nicht sein Padawan. Er würde hier bleiben. Dies war nicht seine Schlacht. Er durfte niemals vergessen, dass seine Pflicht Luke und Leia galt. Er durfte keine unnötigen Risiken eingehen.

„Sei nicht böse, Obi-Wan. Ich richte nur ein wenig Schaden an und komme dann wieder zu dir zurück", sagte Ferus leichthin.

„Ich will auch mitkommen", mischte sich Trever ein.

„Tut mir Leid, Junge", sagte Ferus. „Dieses Mal nicht."

„Ich habe keine Lust mehr, immer zurück gelassen zu werden."

„Ich glaube, dass blinde Passagiere keine Wahl haben", erwiderte Ferus.

Toma wandte sich an Obi-Wan. „Wollt Ihr den Kampf mit mir zusammen beobachten? Ich wüsste Euren Rat zu schätzen. Ich respektiere die Jedi sehr."

Obi-Wan deutete eine Verbeugung an. Er wollte seinen Rat gerne anbieten, doch sein Herz war schwer, denn er wusste, dass dieses Unternehmen scheitern würde. Ferus erkannte in Obi-Wans Augen, was er dachte. Er drehte sich abrupt um und folgte Raina.

Toma gab den Piloten rasche Befehle. Obi-Wan nützte die Gelegenheit und machte sich mit den Positionen auf dem großen, rechteckigen Bildschirm an der Wand vertraut.

„Eure linke Flanke ist zu schwach", sagte er schließlich zu Toma. „In Schlachten wie dieser entscheiden sich viele Commander für ein Zangenmanöver. Da der Gegner aber in der Überzahl ist, solltet Ihr aber durch seine Flotte hindurch fliegen, nicht um sie herum. Das ist zwar gefährlicher, aber auch effektiver."

Toma nickte. Er sprach in seinen Comlink und übersetzte Obi-Wans Anmerkungen in Befehle für die Piloten. Sofort ordneten sich die Punkte auf dem Schirm neu an.

Toma zeigte auf zwei sich bewegende Punkte, von denen jeder mit einem speziellen Zahlencode bezeichnet war. „Das sind Raina und Ferus. Sie haben abgehoben!"

Obi-Wan behielt die beiden Punkte im Auge. Ferus hatte seine Entscheidung getroffen, Obi-Wan jedoch hätte es lieber gesehen, wenn er hier geblieben wäre. Ihm war plötzlich klar geworden, wie sehr er sich auf ihn verließ. Er selbst würde nach Tatooine zurückkehren, doch es war ein tröstlicher Gedanke, dass Ferus draußen in der Galaxis unterwegs war und tat, was er konnte, wo er konnte.

Er hatte keine weiteren Ratschläge für Toma. Für ihn war schon nach dem ersten Blick auf den Schirm klar gewesen, dass dieser Kampf verloren war. Die Acheriner hatten einfach nicht genügend Schiffe und zu wenig Feuerkraft. Die wagemutigen Piloten und ihre Fähigkeiten beeindruckten ihn, doch auf dem großen Display begann ein Punkt nach dem anderen zu erlöschen. Tomas Gesicht wurde bleich.

„Wir verlieren unsere Besten", sagte er.

„Sie können nicht standhalten", sagte Obi-Wan sanft.

„Wir hatten nie zu hoffen gewagt, dass wir sie schlagen würden", sagte Toma. „Wir hofften aber, dass wir sie genügend ärgern würden um sie zu vertreiben."

„Sie lassen sich niemals einfach so vertreiben", antwortete Obi-Wan. „Ihr Griff ist ein Würgegriff. Sie lassen nie los."

„Wenn ich die Piloten zurückhole, ist es vorbei", sagte Toma. „Dann müssen wir Eluthan aufgeben."

„Wenn es getan werden muss, dass solltet Ihr es auch tun", gab Obi-Wan zurück.

Toma sprach wieder in seinen Comlink. „Die Schlacht ist verloren. Kehrt zur Basis zurück. Ihr habt euch gut geschlagen – jeder einzelne von euch."

Er senkte den Kopf. Obi-Wan beobachtete Toma, der mit seiner Entscheidung rang. Doch als er den Kopf wieder hob, war sein Blick klar. Er kontaktierte den imperialen Commander, Admiral Riwwel, wobei er darauf achtete, dass Obi-Wan nicht hinter ihm zu sehen war.

„Ich bin zur Kapitulation bereit", sagte Toma zu Riwwel. „Ich bitte Euch um unbehelligten Rückzug für meine Piloten. Acherin willigt ein, sich dem Imperium anzuschließen."

„Glaubt Ihr wirklich, dass dies akzeptabel ist nach allem, was geschehen ist, mit den hohen Verlusten unserer Streitkräfte?" Der Hohn in Riwwels Stimme war nicht zu überhören. „Ihr müsst für Eure Abtrünnigkeit bezahlen. Ich erkenne Eure Bedingungen für eine Kapitulation nicht an. Ihr werdet Euch nach unseren Regeln ergeben."

„Und die wären?"

„Vernichtung. Eluthan muss mit seiner eigenen Zerstörung bezahlen. Bereitet Euch auf ein Flächenbombardement der Stadt vor. Wir haben bereits Euren planetaren Schild außer Gefecht gesetzt."

Toma wirbelte herum und warf einen Blick auf dem Computer. „Nein! Dies ist unsere älteste Stadt, die von allen Acherinern geehrt wird, die Stätte unserer kostbarsten Schätze!"

„Daran hättet Ihr denken sollen, bevor Ihr die Stadt zu Eurem Hauptquartier gemacht habt."

Der Schirm wurde schwarz.

„Was habe ich getan?", fragte Toma gequält.

„Ihr habt nichts getan", antwortete Obi-Wan. „Sie waren es. Ihr müsst den Piloten sagen, dass sie nicht zurückkehren dürfen. Man wird sie vernichten."

„Sie sind schon fast da ... sie glauben, dass sie ungehinderten Rückzug haben ..." Das war richtig. Die Lichtpunkte kehrten bereits zurück. Und hinter ihnen leuchteten die Markierungen der Imperialen Zerstörer, die ihnen dichtauf folgten. Toma sprach erneut in den Comlink. „Kehrt nicht nach Eluthan zurück! Ich wiederhole, kehrt nicht nach Eluthan zurück! Ausweichen! Sofort!"

Obi-Wan sah, wie die großen Schiffe des Imperiums das Feuer eröffneten, während die Piloten abzudrehen begannen. Und glücklicherweise schafften es alle zu entkommen – dank der hervorragenden Fähigkeiten der Piloten von Acherin. Doch dann bemerkte er erschrocken zwei Punkte, die zwar Ausweichmanöver flogen, aber nicht von ihrem bisherigen Kurs abwichen.

„Ferus und Raina kommen hierher zurück", sagte Obi-Wan.

„Nein", erwiderte Toma ungläubig. „Man wird sie abschießen."

„Los, Trever", befahl Obi-Wan. „Wir müssen zum Landefeld."

Jetzt konnten sie die ersten Explosionen hören. Das Imperium belegte die Stadt mit einem Bombenteppich. Toma drückte auf die Kontrolltasten des Schirms, und sie sahen Bilder der Verwüstung. Die Zerstörer hatten bereits über der Stadt Position bezogen und schossen aus allen Kanonen.

Toma zuckte zusammen, als er sah, wie ein großes, herrschaftliches Gebäude in sich zusammenstürzte. „Bibliotheken, Museen ... unsere Universität. Wie kann eine Invasionsstreitmacht so etwas nur tun? Sie zielen absichtlich darauf! Wieso können sie uns nicht einfach kapitulieren lassen? Dies ist unsere Zivilisation!"

„Es ist Eure, aber nicht die Ihre", sagte Obi-Wan. „Deswegen ist sie ihnen auch gleichgültig. Ihnen geht es nur um Machtdemonstration. Wir müssen gehen, Toma."

Toma brachte es fertig, sich wieder an seine Aufgaben zu erinnern. „Es gibt eine verborgende Landeplattform, auf der mein persönlicher Transporter steht. Dorthin wird sich Raina wenden."

Obi-Wan wandte sich nach einem letzten Blick auf den Schirm zum Gehen und gab Trever ein Zeichen. „Bleib dicht bei mir."

„Dagegen habe ich nichts einzuwenden", gab der Junge zurück.

Das Gebäude erbebte unter dem heftigen Beschuss. Noch hielten die massiven Mauern dem Angriff stand, doch sie bekamen bereits erste Risse, und Sand regnete von der Decke, während sie die Korridore entlang liefen.

Dann vernahmen sie das Getrappel von Stiefeln.

„Die Sturmtruppen sind da", sagte Obi-Wan.

Toma bog in einen anderen Korridor ab. Das Geräusch der Sturmtruppen-Stiefel schien jetzt von überall her zu kommen. Obi-Wan konzentrierte sich darauf und ließ die Macht fließen, bis sie ihm sagen konnte, was er wissen musste.

„Vor uns ist ein Trupp mit zwanzig Soldaten", sagte er zu den anderen, während er sich wieder umwandte. „Hinter uns nur fünf. Hier entlang."

„Nein, das geht nicht", erwiderte Toma. „Der Weg führt in eine Sackgasse. Wir müssen hier weitergehen."

Direkt auf zwanzig Soldaten zu? „Na dann", sagte Obi-Wan. „Man kann nicht alles haben."

Er hob das Lichtschwert und setzte sich in Bewegung. Toma lief mit dem Blaster im Anschlag neben ihm her.

„Wartet!", stieß Trever auf einmal im Flüsterton hervor.

Obi-Wan blieb ungeduldig stehen. Trever hatte einen Wandschrank mit der Aufschrift SPORTAUSRÜSTUNG geöffnet. Schnell holte er eine Kiste mit Laserbällen heraus.

„Lasst mich vorausgehen. Ich verschaffe Euch den Vorsprung, den Ihr braucht."

Obi-Wan zögerte. „Trever, ich weiß nicht so recht …"

„Vertraut mir."

Es blieb keine Zeit für eine Diskussion. Die Sturmtruppen kamen näher.

Obi-Wan stand neben Trever und hielt sich bereit, den Jungen zu beschützen. Als die Schritte kurz vor der nächsten Biegung erklangen, nickte er Trever zu.

Zackig bogen die Sturmtruppen im Gleichschritt um die Ecke. Im selben Augenblick schleuderte Trever mit einer flinken Bewegung aus dem Handgelenk sechs Laserbälle nur wenige Zentimeter über dem Boden in den Korridor hinaus.

Flupp, Flupp, Flupp. Trever warf so schnell, dass man seinen Bewegungen kaum folgen konnte. Noch mehr der Laserbälle schossen den Gang entlang.

Einen Augenblick lang waren die Soldaten verwirrt. Dann versuchten sie, den Laserbällen auszuweichen, doch einer von ihnen bekam einen der Bälle zwischen die Beine und stürzte. Ein anderer fiel auf seinen Kameraden links von ihm. Und es dauerte nicht lange, bis die ganze Truppe vollauf damit beschäftigt war, das Gleichgewicht zu halten und gleichzeitig auf Obi-Wan und die anderen zu schießen. Blastergeschosse flogen durch die Luft und schlugen in Wände und Decke ein.

Obi-Wan sprang mitten zwischen die Soldaten. Während Toma von rechts mit seinem Blaster angriff, begann Obi-Wans Lichtschwert zu tanzen. Innerhalb weniger Sekunden war die gesamte Truppe außer Gefecht gesetzt.

„Danke für den Vorsprung", sagte Toma zu Trever.

Schnell liefen sie weiter. Toma führte sie durch einen schmalen Durchgang zu einem kleinen Hangar, in dem nur ein Schiff stand. Er aktivierte einen kleinen Bildschirm. Der Himmel war voller Imperialer Raumjäger. „Wir befinden uns jetzt in einem unterirdischen Hangar. Ich kann das Schott öffnen, sobald wir Ferus und Raina sehen. Es ist an der Seite des Gebäudes verborgen."

Obi-Wan musterte das Schiff. Es handelte sich um einen ramponierten Raumkreuzer mit einem mattgrauen Anstrich.

„Ich weiß", sagte Toma. „Er sieht nicht besonders aus. Aber das ist auch Sinn der Sache, denn er hat einen getunten Hyperantrieb und so viel Feuerkraft, wie man sich nur wünschen kann."

„Seht!" Trever zeigte auf den Bildschirm.

Zwei Schiffe kamen rotierend und Haken schlagend angeflogen, vom unablässigen Feuer der Imperialen begleitet. Von einem der Schiffe stieg Qualm auf. Obi-Wan wusste nicht, ob es Ferus' oder Rainas Schiff war.

Toma legte einen Schalter um, als die beiden Jäger geradewegs auf die Oberfläche zuflogen. Es sah so aus, als würden sie mitten in der Stadt aufschlagen, doch sie drehten im letzten Augenblick ab. Ein Teil der Hangardecke glitt zur Seite und die beiden Schiffe landeten neben Obi-Wan und den anderen.

Raina öffnete schnell ihre Cockpithaube und sprang heraus, während ihr Schiff bereits in Flammen aufging. Toma und Trever wichen vor der Hitze zurück, während Obi-Wan zu Ferus' Schiff hinüberlief. Warum hatte Ferus seine Haube noch nicht geöffnet?

Er blickte durch die transparente Haube hinunter und sah, dass Ferus fieberhaft mit einem Vibrocutter an dem manuellen Öffnungsmechanismus hantierte. Als er Obi-Wan bemerkte, trat er zurück und Obi-Wan öffnete das verklemmte Cockpit mit seinem Lichtschwert. Ferus sprang heraus.

„Beim letzten Sturzflug haben sämtliche Systeme versagt", erklärte er atemlos. „Selbst die manuellen Kontrollen setzten aus. Danke für die Hilfe."

In diesem Augenblick wurde der Hangar von wild feuernden Sturmtruppen gestürmt. Obi-Wan lenkte das Feuer mit seinem Lichtschwert ab, während sie hastig zu Tomas Schiff hinüber rannten. Raina sprang an Bord und startete den Antrieb. Toma half Trever hinein.

Ferus und Obi-Wan behielten die Sturmtruppen im Auge. Obi-Wan lenkte das Feuer ab und stieß mehrere Soldaten mit Hilfe der Macht von sich. Sie taumelten gegen ihre Formation und brachten viele ihrer Kameraden zu Fall, die durch ihre Rüstung behindert wurden.

Obi-Wan und Ferus nutzten das Chaos, um ihrerseits an Bord des Schiffes zu springen, das sofort abhob und nach draußen schoss. Raina steuerte es durch die rauchende Stadt, wobei sie den Schüssen der Imperialen ständig ausweichen musste.

„Ich kann es einfach nicht glauben", rief sie entsetzt. „Ich kann nicht glauben, dass sie die Stadt zerstören!"

Doch sie hatte keine Zeit zum Nachdenken. Mehrere Raumjäger verfolgten sie, und ihre Kanonen nahmen sie unter heftigen Beschuss.

„Sie haben eine Lenkrakete auf uns abgefeuert!", rief Obi-Wan.

„Ich muss uns durch die stehenden Steine fliegen", sagte Raina.

„Ist das Schiff dafür nicht etwas zu groß?", fragte Ferus besorgt. „Es gibt da kaum Platz zum Manövrieren."

„Ich habe das schon mal im Training getan", versicherte ihm Raina.

„Aber das war mit einem kleinen Raumjäger", gab Toma zu bedenken. „Und das Schiff ist abgestürzt."

„Macht er Witze?", fragte Trever.

Raina schüttelte den Kopf. „Toma macht nie Witze."

„Na toll." Trever schluckte.

Raina flog über die Mauern hinweg, die die Stadt umgaben, und tauchte in die Schlucht mit den Steinensäulen hinab. Sie war so schnell, dass die Lenkrakete hinter ihnen aufheulend in die erste Felssäule einschlug.

Obi-Wan krallte die Finger in die Konsole, als der nächste der riesigen Steine auf sie zukam. Raina kippte das Schiff zur Seite und schoss um den Stein herum.

Das ist beinahe wie Fliegen mit Anakin, dachte Obi-Wan. Für einen kurzen Augenblick machte ihn der Gedanke glücklich. Doch dann fiel ihm der Rest der Geschichte wieder ein, und ein Stich durchfuhr seine Brust. *Anakin.*

Die Raumjäger über ihnen gingen in den Sinkflug und nahmen die Verfolgung auf. Einer davon blieb mit einer Tragfläche an einem Felsen hängen, begann um die eigenen Achse zu wirbeln und explodierte schließlich in einem Feuerball. Der Abstand zwischen den Steinen war so eng, dass ihr Raumschiff nur knapp hindurch passte, selbst wenn Raina es seitlich kippte.

Die meisten der feindlichen Jäger gaben auf und gingen über der Schlucht in Wartestellung, um sie abzufangen, wenn sie wieder auftauchten. Nur ein zu allem entschlossener Pilot blieb ihnen auf den Fersen. Dies war jetzt wie ein Rennen, und Rainas Gesicht verriet Entschlossenheit. Sie flog direkt auf einen schmalen Spalt zwischen zwei Steinen zu.

„Den schafft Ihr niemals!", stieß Obi-Wan hervor. *Ich hasse das Fliegen wirklich*, dachte er.

Raina gab keine Antwort. Es schien, als wollte sie sie alle umbringen. Sie hielt immer noch mit Höchstgeschwindigkeit auf die Öffnung zu, den feindlichen Raumjäger dicht hinter sich.

Im letzten Augenblick tauchte sie nach unten weg und drosselte die Geschwindigkeit extrem. Obi-Wan hätte nicht für möglich gehalten, dass irgendein Schiff ein solches Manöver mitmachen konnte, ohne Schaden zu nehmen, doch dieses tat es. Es kam unter heftigem Gerüttel wenige Meter über dem Boden zum Stillstand. Der feindliche Raumjäger versuchte, die Öffnung seitlich gekippt zu passieren, doch der Pilot hatte sich offensichtlich von Rainas plötzlichem Manöver ablenken lassen. Sein Schiff knallte geradewegs gegen einen der beiden Felsen.

Raina manövrierte das Schiff dicht am Boden durch das restliche Steinfeld. Als sie das Ende der Schlucht erreichten, wurde der Abstand zwischen den Felsen wieder größer.

„Die Raumjäger sind immer noch dort oben", sagte Ferus, der die Augen nicht vom Navigationsschirm nahm.

Obi-Wan warf einen Blick auf Raina. Sie flog jetzt sehr langsam. Weshalb?

Die Sonne versank langsam am Horizont. Mit einem Mal erreichten ihre Strahlen die Steine und tauchten sie in orangefarbenes Feuer.

„Das nennen wir ‚Die Flammen von Eluthan'", sagte Toma.

Im selben Augenblick, in dem die Steine aufleuchteten, versanken die Wände der Schlucht in tiefschwarzen Schatten. Raina legte wieder an Tempo zu und flog durch die Dunkelheit.

„Das Schiff besitzt eine Tarnvorrichtung", erklärte Toma den anderen. „Sie benötigt eine Menge Energie, weswegen wir sie auch nicht lange einsetzen können. Aber bis dahin werden sie Schwierigkeiten haben, uns zu erspähen."

Raina zeigte wirklich erstaunliche Flugmanöver: Sie legte noch mehr Geschwindigkeit zu und folgte dicht den felsigen Konturen der Schlucht.

Trever war beeindruckt. „Wenn Ihr jemals Flugstunden geben wollt, dann lasst es mich wissen", sagte er.

Raina nickte nur als Antwort. Ihr Gesicht war eine Maske der Entschlossenheit. Sie wusste, wie gering ihre Chancen waren, eine Schwadron Imperialer Raumjäger auszutricksen und abzuhängen.

Über ihnen wölbte sich der endlose, dunkelblaue Himmel. Sie hatten jetzt beinahe das Ende der Schlucht erreicht. Raina schoss in den Abendhimmel hinauf und machte sich mit Höchstgeschwindigkeit auf den Weg in die äußere Atmosphäre.

„Wir haben es geschafft!", jubelte Trever.

„Aber wir verlieren die Tarnvorrichtung“, sagte Raina.

„Nur noch ... ein paar ... Sekunden“, sagte Toma, als er den Himmel absuchte.

Doch Obi-Wan starrte auf den Schirm. Und er sah, wie die blinkenden Punkte die Richtung änderten.

„Sie haben uns entdeckt“, sagte er.

KAPITEL SIEBEN

Die Raumjäger holten auf, und der Anführer schoss bereits die erste Rakete ab.

Raina zog das Schiff nach links und brachte sie auf einen Schwindel erregenden Zickzackkurs. Die Rakete zischte rechts an ihnen vorüber.

„Freiwillige für die Gefechtsstationen?", fragte Toma. Er legte einen Schalter um, und unter dem Cockpit öffneten sich die Zugänge zu vier Feuerstationen.

Ferus und Obi-Wan sprangen in die beiden hinteren Stationen und gurteten sich in den Sitzen fest. Sie warteten ruhig ab, bis die Raumjäger in Schussweite waren. Ferus spürte, wie sich die Macht sammelte und wuchs, während sie auf die Raumjäger zu schießen begannen.

Doch ihre Gegner waren gnadenlos, und immer mehr machten sich an die Verfolgung. Der Imperiale Commander wusste offenbar, dass es Toma war, der in dem Schiff entkommen war. Die Raumjäger glitten auf sie zu, gruppierten sich neu und belegten das Schiff mit ihren Geschossen. Sie bekamen erst einen, dann einen zweiten Treffer ab.

„Wir müssen sie loswerden!", rief Ferus.

Toma, der sich über den Navigationscomputer beugte, schüttelte den Kopf. „Wir befinden uns jetzt mitten im Weltraum. Es gibt keine Systeme in der Nähe."

„Übernimm für einen Augenblick“, sagte Obi-Wan zu Ferus, bevor er sich abschnallte und ins Cockpit lief. Ferus beobachtete ihn aus den Augenwinkeln. Was hatte er vor?

„Ich habe eine Idee“, sagte Obi-Wan zu Thoma. Er beugte sich ebenfalls über den Navigationscomputer und nahm einen Langreichweiten-Scan der Umgebung vor. „Auf dem Weg nach Acherin gerieten wir in einen schnellen Sternentunnel, wie er von einem riesigen Energiesturm erzeugt wird.“

„Und warum wollt Ihr dorthin?“

Obi-Wan sah ihn an. „In einem solchen Sturm könnten wir die Raumjäger abhängen. Wir sind schwerer und belastbarer. Wie viel traut Ihr Eurem Schiff zu?“

„Alles“, antwortete Toma. Er warf Raina einen Blick zu. „Und meiner Pilotin noch mehr.“

„Hier ist es.“ Obi-Wan fand, wonach er suchte. „Wenn wir sie uns nur noch ein klein wenig vom Hals halten können, schaffen wir es.“

„Ich gehe auf Höchstgeschwindigkeit“, sagte Raina.

Obi-Wan ging wieder zu seinem Gefechtsstand. Gemeinsam mit Ferus belegte er ihre Verfolger mit einem Dauerfeuer. Raina flog schnell und vollführte eine Reihe von tollkühnen Kurven und Haken.

Das Schiff begann beunruhigend zu vibrieren.

„Wir nähern uns dem Sturm“, rief Toma. Er stieß einen leisen Pfiff aus. „Üble Sache. Ich habe hier Anzeichen von Raumverschiebungen.“

Raumverschiebungen konnten einen Klasse-A-Kreuzer auseinander reißen, wenn der Pilot nicht aufpasste. Beim Anzeichen von Verschiebungen nahmen Raumpiloten lieber hunderttausend Kilometer weite Umwege in Kauf, wenn es nur irgendwie möglich war, sie zu umgehen.

„Wir können den Sturm immer noch umfliegen", schlug Toma vor.

Raina biss die Zähne aufeinander. „Nein. Dies ist die einzige Möglichkeit, sie abzuschütteln. Obi-Wan hat Recht."

Sie flogen direkt in den Sturm hinein. Das Gerüttel des Schiffes steigerte sich zu einem heftigen Beben.

„Das Schiff hält das aus", beschwichtigte Toma einen sichtlich nervösen Trever. „Es besitzt eine doppelte, dreifach vernietete Hülle. Wir haben Ersatz für sämtliche Systeme. Ich habe das Schiff während der Klonkriege selbst umgebaut. Es ist kein normales Raumschiff mehr."

„Das hier ist aber auch kein normaler Sturm", wandte Trever ein, als ein Energieband sie mittschiffs traf.

Trever rutschte über den Cockpitboden und wurde an die Konsole geschleudert. Er griff danach und hielt sich fest.

Ein Energieschock brachte sie vom Kurs ab, und das Schiff geriet außer Kontrolle. Raina folgte der Drehung und ließ das Schiff selbst wieder das Gleichgewicht finden. „Der Kniff bei diesen Energieverschiebungen ist, dass man sich so wenig wie möglich gegen sie stellen darf", sagte sie.

Ferus musste ihre Nervenkraft bewundern. Für einen Piloten war es das Schwierigste überhaupt, das Schiff sich selbst zu überlassen. Raina behielt einfach die Instrumente im Blick und mischte sich nicht ein, bis das Schiff sein Gleichgewicht wiedergefunden hatte. Und es hatte im Augenblick auch keinen Sinn, die Kanonen abzufeuern – das Schiff drehte sich zu stark.

„Die Raumschiffe ziehen sich zurück", rief Ferus. „Sie haben mehr Angst vor dem Sturm als vor ihrem Admiral." *Oder*, dachte er, *sie gehen davon aus, dass wir ohnehin verloren sind.*

Raina übernahm jetzt wieder das Steuer und lenkte das Schiff durch den wütenden Sturm. So flogen sie immer weiter, wurden von den Strömungen umhergeschleudert, die sie in Strudel zogen und wieder ausspuckten wie Wassertropfen. Das Schiff sprang und bebte, und manchmal war der Antrieb kurz vor dem Aussetzen. Ferus begann unruhig zu werden, als er bemerkte, dass Raina besorgt dreinsah.

„Wir sind beinahe durch", rief Toma voller Erleichterung.

Der Flug wurde wieder etwas ruhiger, doch von einem Augenblick zum anderen konnten sie nichts mehr durch die Cockpitscheibe sehen. Es war, als hätte jemand einen Vorhang darüber gezogen. Sie waren in eine solch dichte Partikelwolke geraten, dass der Raum dort draußen nur noch als graue, trübe Masse erkennbar war.

„Nicht einmal die Sensoren können diese Suppe durchdringen", sagte Raina. „Ich bekomme keinerlei Werte angezeigt. Hier muss es irgendein Energiefeld geben …"

In diesem Augenblick spürte Ferus etwas. Eine Warnung.

„Ferus …", sagte Obi-Wan.

„Ich habe es gespürt." Er spähte angestrengt nach vorn.

Und plötzlich war ein Asteroid direkt vor ihnen. Er schien zum Greifen nahe zu sein. Er war ohne jede Vorwarnung aufgetaucht, und sie flogen geradewegs darauf zu.

„Aufpassen!", rief Trever.

Sofort drosselte Raina das Tempo. Sie zog das Schiff im letzten Augenblick hoch, und sie schossen nur wenige Meter über die zernarbte Oberfläche hinweg, während Raina bereits verzweifelt nach einem Landeplatz suchte.

„Da." Obi-Wan zeigte auf eine Stelle nicht weit vor ihnen.

Raina flog über den steinigen Boden und setzte das Schiff schließlich sanft auf einem großen, flachen Felsen ab.

Dann spähte sie durch die Cockpitscheibe nach draußen. „Wo *sind* wir?"

Toma ließ den Navigationscomputer eine Positionsüberprüfung durchführen. „Dieser Asteroid sollte es eigentlich in die Sternenkarten geschafft haben. Er ist groß genug und besitzt eine Atmosphäre. Aber er ist nirgendwo zu finden."

Obi-Wan öffnete die Cockpithaube, zog sich hoch und kletterte hinaus. Er sah nach oben. Der Himmel war nur ein dichter blauer Dunst. Er konnte keinen einzigen Stern sehen.

„Ich glaube, der Asteroid ist im Kraftfeld des Sturmes eingeschlossen", sagte er. „Er kann nicht ausbrechen und wandert daher immer mit dem Sturm mit."

„Schiffe weichen dem Sturm normalerweise aus, deswegen ist der Asteroid auch nicht kartografiert", fügte Ferus hinzu. Er war ebenfalls aus dem Cockpit gestiegen und hatte sich zu Obi-Wan gesellt. „Wir sollten uns ein wenig umsehen."

Sie suchten die Gegend rund um das Schiff an, fanden aber nichts als Krater und Staub.

„Wenigstens sind wir in Sicherheit", sagte Raina. Sie streckte sich. „Und ich könnte eine Ruhepause vertragen."

„Ja, wenn man von den Raumjägern des Imperiums verfolgt und dann von einem galaktischen Sturm pulverisiert wird, dann geht's einem so", sagte Trever. „Ganz zu schweigen davon, dass wir das Mittagessen verpasst haben."

Raina lachte und legte einen Arm um Trever. „Du wächst mir langsam ans Herz, Junge."

„Genau, wie Moos an einen Baum", gab Trever zurück.

Gemeinsam machten sich die beiden daran, eine Unterkunft zu errichten. Toma wandte sich an Obi-Wan.

„Ihr wartet darauf, mit mir reden zu können", sagte er.

„Ja“, gab Obi-Wan zurück. „Erzählt mir von Garen Mulns Tod.“

Toma sah ihn überrascht an.

„Von seinem Tod?“, fragte er. „Aber Garen Muln ist nicht tot. Er lebt.“

KAPITEL ACHT

„Wir waren zusammen, als es geschah", sagte Toma. „In unserem Hauptquartier in Eluthan. Wir verhandelten über die Bedingungen für den Waffenstillstand. Es war nur ein kurzes Treffen, aber wir kamen gut miteinander aus. Wir glaubten, wir wären Feinde, doch dann fanden wir heraus, dass wir eine Menge gemeinsam haben. Dann geschah es."

„Die Klontruppen", sagte Obi-Wan.

„Er war mit mir in der Kommandozentrale", erzählte Toma. „Wir sahen auf den Videoschirmen, wie die Klonkrieger angriffen. Sie hatten offensichtlich den Auftrag erhalten, Garen Muln aufzuspüren und jeden umzubringen, der sich ihnen in den Weg stellte. Er wollte hinausgehen und kämpfen, doch es war zu spät. Ich musste ihn davon überzeugen, bei mir zu bleiben, damit ich ihn verstecken konnte. Er ließ sich tatsächlich überreden. Ich besaß ein geheimes Versteck, das ich mir für den schlimmstmöglichen Fall angelegt hatte, in den vulkanischen Höhlen draußen vor der Stadt. Ich hätte nur niemals damit gerechnet, dass der schlimmste Fall für den Mann eintreten würde, der einst mein Feind gewesen war – und auch nicht, dass ich ihn beschützen würde."

„Haben sie nach ihm gesucht?"

„Wochenlang", antwortete Toma. „Ich wurde von einer speziellen Gruppe namens ‚Die Inquisitoren' kontaktiert."

„Wir haben von ihnen gehört", sagte Ferus trocken.

„Hieß einer von ihnen Malorum?", fragte Obi-Wan.

Toma schüttelte den Kopf. „Nein. Warum?"

Ich schätze, nicht alle Wege führen zu Malorum, dachte Obi-Wan. Doch das machte ihn nicht minder gefährlich.

„Das ist unwichtig", sagte der Jedi. „Bitte fahrt fort."

Dieses Mal nickte Toma. „Irgendwann gaben die Inquisitoren auf. Ich denke, sie vermuteten, dass er vom Planeten geflohen war. Als sich die Lage ein wenig beruhigt hatte, sagte Garen zu mir, dass er gehen müsste. Ich gab ihm ein Schiff."

Obi-Wan konnte nicht glauben, was er da hörte. Er hatte sich an die vielen Verlustmeldungen gewöhnt. Er hatte sich selbst jede Hoffnung verboten, um nicht wieder und wieder der unvermeidlichen Enttäuschung und Trauer ausgesetzt zu sein. Obwohl er wusste, dass außer ihm und Yoda noch andere Jedi überlebt hatten, schrumpfte die Möglichkeit mit jedem Tag mehr, bis sie nur noch ein winziges Staubkorn gegen das Gewicht des gesamten Imperiums war.

Aber jetzt ... spürte er wieder Hoffnung in seinem Herzen aufkeimen, ein Gefühl, dass ihm so fremd geworden war, dass er es wie etwas vollkommen Neues empfand. Sein guter alter Freund Garen. Möglicherweise am Leben. Er fürchtete sich davor, daran zu glauben, wünschte sich aber mit der Kraft der Verzweiflung, dass es stimmte.

„Wisst Ihr, wohin er ging?", fragte er.

„Er wollte sich zu einem Ort namens Ilum durchschlagen", antwortete Toma. „Er sagte mir, ich solle dies nur anderen Jedi sagen und sie würden wissen, weshalb."

Ferus und Obi-Wan wechselten einen Blick. Ilum war der Planet, auf dem die Kristallhöhle lag, in der jeder Jedi-Schüler sein eigenes Lichtschwert herstellen musste. Ilum war den Jedi heilig.

„Ilum", sagte Ferus. „Natürlich." Er klang aufgeregt. „Daran habe ich noch nie gedacht. Andere könnten auch dorthin gegangen sein."

„Wahrscheinlich versteckt er sich jetzt in der Höhle", sagte Obi-Wan. Er wusste, dass es genau das war, was Garen tun würde: Einen sicheren Ort suchen, den die Jedi besser kannten als irgendjemand sonst.

Toma ging zu Raina und Trever hinüber und half ihnen beim Bau einer Unterkunft. Ferus lief aufgeregt hin und her. Die Neuigkeiten wühlten ihn auf.

„Wir müssen nach Ilum", sagte er zu Obi-Wan. „Wer weiß, wie viele Jedi dort sind? Es könnte noch mehr von uns geben, als wir dachten!"

Ferus wusste nicht einmal, was er da gesagt hatte, bis das Wort in der Luft hängen blieb. *Uns*. Und es stimmte. Obwohl er die Jedi verlassen hatte, empfand er sich immer noch als einer von ihnen. Nicht nur als einer *von* ihnen, sondern als jemand, der *zu* ihnen gehörte. Er konnte sich ebenso wenig von der Macht befreien wie von seinen eigenen Gedanken. Sie war ein Teil von ihm. Er konnte sie nicht verleugnen. Diese neue Hoffnung machte die Verbindung noch deutlicher, als hätten die Ereignisse sein Band zur Macht erst richtig ins Rampenlicht gerückt.

Obi-Wan sagte nichts zu Ferus' Wortwahl, doch Ferus sah, dass der Jedi wie immer alles ruhig auf sich wirken ließ.

Du bist nicht hier, um bestraft zu werden, hatte Obi-Wan zu ihm gesagt, als er das letzte Mal vor den Rat der Jedi getreten war, um vom Orden zurückzutreten. *Und am allerwenigsten von dir selbst.*

Ich muss weiterleben, hatte Ferus geantwortet. *Das ist meine Strafe.*

Er wusste, dass Obi-Wan seinen Rücktritt nicht gewollt hatte. Wäre er Obi-Wans Padawan gewesen, dann wäre alles anders verlaufen. *Alles* wäre anders verlaufen.

Doch stattdessen war Obi-Wan mit Anakin zurückgeblieben und Ferus war nichts geblieben. Bevor er den Tempel verlassen hatte, hatte Ferus noch zu Anakin gesagt: *Wenn die Jedi mich jemals brauchen, werde ich da sein.*

Und jetzt war er da, unter den letzten der Jedi.

„Erinnerst du dich an die Höhle?", fragte ihn Obi-Wan.

„Natürlich", antwortete Ferus. Wie oft hatten er und die anderen Padawane – seine Freunde – über die Dinge geredet, die dort geschahen, über die Prüfungen, die zum Bau des eigenen Lichtschwerts führen würden? Seine Meisterin Siri hatte ihn hingebracht, als er dreizehn gewesen war. Sie hatte ihn in der Höhle allein gelassen, damit er gegen seine schlimmsten Ängste kämpfte. Und obwohl es furchtbar gewesen war, hatte er es geschafft, seine innere Ruhe zu bewahren. Er hatte alles überstanden und sein eigenes Schwert hergestellt.

Und dann, nach so kurzer Zeit, wie es ihm jetzt schien, hatte er es wieder hergegeben. Er hatte es losgelassen.

Aber nicht ganz.

„Ich kann ein neues Lichtschwert schmieden", sagte er jetzt, als er darüber nachdachte, wie hilfreich das sein könnte. „Wenn ich die Kristalle bekomme, kann ich es noch einmal schaffen."

Obi-Wan nickte, doch innerlich zögerte er. Ferus war kein Jedi mehr. Seine Beherrschung der Macht kam wieder, doch sie war immer noch lückenhaft. Wenn Padawane in die Höhlen von Ilum gebracht wurden, um die Kristalle zu suchen, befanden sie sich normalerweise auf dem Höhepunkt ihrer Vorbereitung. Wenn Ferus sein Padawan wäre, dann würde er noch damit warten.

„Ich weiß, was Ihr denkt, Obi-Wan", sagte Ferus. „Aber Ihr seid kein Meister und ich bin kein Schüler." Ferus' Gesicht war leicht gerötet. „Ihr scheint noch in alten Mustern zu denken."

„Das sehe ich anders", gab Obi-Wan sanft zurück. „Die Kistallhöhle ist selbst für einen sehr gut vorbereiteten Schüler eine schwierige Prüfung."

„Das weiß ich. Ich habe sie schon erlebt. Ich weiß, dass es Dinge gibt, die ich vergessen habe, aber ich kann nicht warten, bis ich alles wieder gelernt habe. Glaubt Ihr wirklich, dass wir es uns erlauben können zu warten? Vielleicht ist die Vorsicht der Jedi gerade das, was den Weg zu ihrer Zerstörung geebnet hat."

Diese Anschuldigung traf, doch hatte Obi-Wan nicht genau dasselbe gedacht?

Seine eigene Vorsicht hatte den Weg geebnet, dass Anakin Skywalker zu Darth Vader hatte werden können. Er hatte immer ein unbehagliches Gefühl in Bezug auf seinen Padawan gehabt, doch er hätte sich niemals vorstellen können, wie verdorben er wirklich geworden war. Als Padawan hatte Ferus bereits etwas Gefährliches an Anakin bemerkt. Aber Obi-Wan hatte nichts dagegen unternommen.

Und nun musste er aus seinen Fehlern lernen. Es war an der Zeit, etwas zu wagen.

Obi-Wan fühlte sich zerrissen. Er wollte nichts lieber, als seinen alten Freund Garen am Leben zu sehen. Doch er wusste auch, dass seine Aufmerksamkeit eigentlich der wahren Bedrohung gelten musste – Malorum. Auf Bellassa hatten sie erfahren, dass Malorum einen Ermittler nach Polis Massa geschickt hatte. Obi-Wan war sich sicher, dass Lukes und Leias Geburt vollkommen geheim gehalten worden war … aber konnte er wirklich absolut sicher sein?

Malorum unterstand Darth Vader. Stand Vader Padmés Tod argwöhnisch gegenüber? Konnte ihn irgendetwas darauf bringen, dass Padmé vor ihrem Tod noch Luke und Leia das Leben geschenkt hatte?

Obi-Wan musste Antworten auf diese Fragen erhalten. Doch er würde sie nicht in seinem Exil auf Tatooine finden.

Und auch nicht, wie ihm jetzt klar wurde, in den Höhlen von Ilum.

Du musst deinem Gefühl folgen, hatte Qui-Gon gesagt.

Und plötzlich spürte Obi-Wan, dass Qui-Gon bei ihm war. Er war frei von räumlichen Beschränkungen und ausgebildet in den Methoden der Whills; daher konnte Qui-Gon direkt neben ihm stehen, und Obi-Wan würde es nicht bemerken, außer vielleicht durch das Gefühl, das ihn erfüllte.

Wenn Luke sich erhebt, dann muss es etwas geben, dem er beitreten kann, sagte Qui-Gons Stimme in seinem Kopf.

Obi-Wan wandte sich ab und sah in die Ferne, damit Ferus nichts bemerkte.

Ja, gab er zurück. *Das sagtet Ihr bereits. Deswegen brach ich auf, um Ferus zu helfen.*

Wenn Luke sich einst erheben soll, dann muss er vor jenen beschützt werden, die ihm Böses wollen.

Also soll ich nach Polis Massa gehen?

Du solltest deinem Gefühl folgen.

Obi-Wan wusste, was das bedeutete. *Es führt mich dorthin*, sagte er zu seinem Meister.

Also geh.

Obi-Wan spürte, wie Qui-Gon sich schnell wie ein Windhauch von ihm zurückzog. Eben war er noch da gewesen und jetzt schon wieder verschwunden. Doch Obi-Wans Entscheidung stand fest. Er musste darauf vertrauen, dass Ferus nach Garen suchte ... während er selbst nach Polis Massa ging. Er musste sicher gehen, dass Lukes Geheimnis gewahrt wurde. Wenn Luke gefunden würde, dann war Ferus verloren, Garen war verloren – sie alle waren verloren und dazu verdammt, unter dem Imperium zu leben oder zu sterben. Das war, was Qui-Gon ihm sagen wollte.

Ferus war stehen geblieben und sah zu ihm. „Ihr seid nicht einer Meinung mit mir."

„Doch, das bin ich", sagte Obi-Wan. „Du hast Recht. Dies ist der Augenblick für dich, Mut zu beweisen. Das größte Wagnis einzugehen."

Ferus sah ihn erleichtert an. „Und außerdem werdet Ihr mir in den Höhlen ja beistehen."

Obi-Wan sprach langsam, denn er wusste, dass seine Worte Ferus überraschen würden. „Nein, das werde ich nicht. Ich gehe nicht mit dir. Ich muss etwas anderes tun."

„Was könnte wichtiger sein als Euer Freund?", fragte Ferus ungläubig.

Obi-Wan sah Ferus an. Er wusste nicht, was er darauf entgegnen sollte. Was konnte er schon sagen? Ferus wusste nicht, dass Anakin zu Darth Vader geworden war, und er wusste nicht, dass er zwei Kinder gezeugt hatte. Das waren Dinge, die er Ferus nicht sagen konnte, weil er es auf keinen Fall wissen durfte. Es wäre nur eine Last, denn dieses Wissen war für jeden gefährlich, der es besaß.

„Unser aller Schicksal", sagte Obi-Wan schließlich. „Das ist wichtiger."

Ferus war jetzt wütend, das konnte Obi-Wan sehen. Er

spürte die Wut des ehemaligen Padawan ganz deutlich. Er konnte sich Ferus nicht rückhaltlos anvertrauen, und das würde immer zwischen ihnen stehen. Doch das würde er akzeptieren müssen.

„In Ordnung", sagte Ferus steif. „Ich hatte auf Eure Hilfe gehofft, aber ich schaffe es auch allein."

„Ich bringe dich hin", sagte Obi-Wan. „Ich kann dich absetzen und dich wieder abholen. Trever kann so lange Wache halten und mich kontaktieren, wenn etwas schief läuft. Der Ort, an den ich gehe, ist nicht weit von Ilum entfernt und ich hoffe, meine Zeit dort wird nur kurz sein."

Ferus nickte kurz und verärgert. Er stellte Obi-Wan allerdings keine weiteren Fragen mehr. Und das wusste Obi-Wan zu schätzen.

„Ich kann dir dennoch helfen", sagte Obi-Wan. „Du musst nur vorsichtig sein. Wenn es für uns Jedi logisch erscheint, nach Ilum zu gehen, dann ist es für das Imperium auch logisch. Sie werden in irgendeiner Form dort präsent sein. Aber ich kenne einen anderen, geheimen Weg zu den Höhlen."

Die Wut wich aus Ferus' Gesicht. Er hatte sie akzeptiert und losgelassen, wie es die Art eines Jedi war. Er war jetzt wieder voll bei der Sache, auf den nächsten Schritt seiner Mission konzentriert. „Gut."

„Nicht so gut", sagte Obi-Wan. „Der Weg führt geradewegs durch ein Gorgodon-Nest."

KAPITEL NEUN

Sie standen vor Tomas Schiff. Obi-Wan sah sich in der kargen Landschaft um. „Seid Ihr sicher, dass Raina und Ihr hier bleiben wollt?“, fragte er Toma.

„Wir stehen jetzt auf der Fahndungsliste des Imperiums“, erwiderte Raina. „Ich würde sagen, das hier ist der sicherste Ort in der Galaxis für uns. Wir hatten das Schiff mit Nahrungsmitteln und sonstigen Vorräten bestückt, falls wir uns einmal auf eine schnelle Flucht begeben müssten. Also wird es uns hier an nichts fehlen ... vorerst.“

Sie sprach leichthin, doch Obi-Wan wusste, wie viel Tapferkeit es sie kostete, hier zu bleiben. Es bestand die Möglichkeit, dass Ferus und er sie nie wieder finden würden.

Das Schiff war mit einem Funkfeuer ausgestattet, das sie auf dem Asteroiden zurücklassen würden, doch es gab keine Garantie dafür, dass es durch die energetischen Störungen um den Asteroiden empfangen werden konnte. Sie würden es erst testen können, wenn sie die Atmosphäre verlassen hatten, also konnte alles Mögliche geschehen.

„Wir kommen zu Euch zurück“, versicherte Ferus. „Ich finde Euch auf jeden Fall, das ist versprochen. Und wir bringen noch mehr Proviant mit, falls Ihr Euch entscheiden solltet, noch einige Zeit hier zu bleiben.“

Raina sah zu Trever. „Bist du sicher, dass du mitgehen willst?“

„Es ist schwer, all das zurück zu lassen“, sagte Trever und deutete auf die karge Oberfläche des Asteroiden. „Aber: ja.“

Zusammen mit Obi-Wan und Ferus stieg er an Bord. Sie schossen ins All hinaus und wurden sofort wieder von dem heftigen Energiesturm durchgeschüttelt. Ferus befolgte Rainas Tipps und steuerte das Schiff sicher durch die Energieströme. Es schlingerte heftig, doch Ferus hielt durch. Er war entschlossen, es zu schaffen. Tomas Schiff war das stabilste, das er je geflogen hatte.

„Das Funkfeuer wird noch empfangen“, sagte Obi-Wan. „Ich kann ihre Koordinaten feststellen.“

„Gut, dann können wir irgendwann zurückkehren.“

„Aber sicher“, rief Trever, als das Schiff erneut von einer plötzlichen Raumverschiebung getroffen wurde. „Wir müssen nur erst mal hier rauskommen!“

Sie durchquerten den schlimmsten Teil des Sturmes und irgendwann erreichten sie endlich den ruhigen, freien Raum.

Ferus brachte das Schiff in einem Sternenreigen in den Hyperraum. Die Reise nach Ilum würde weniger als einen Tag dauern.

Obi-Wans Entscheidung und ihre Missbilligung durch Ferus stand immer noch zwischen ihnen, und so verbrachten sie den größten Teil der Reise in Schweigen.

Wie konnte es sein, dachte Obi-Wan, dass er sich einer Entscheidung so sicher war, während ihre Folgen ihn verunsicherten?

Er würde Ferus allein in die Höhlen von Ilum schicken, nur mit Trever als Wachtposten. Dort würde sich entscheiden, ob Ferus wirklich wieder ein Jedi werden konnte. Die Zeit der Regeln war vorüber. Es gab keinen Jedi-Rat mehr. Es gab niemanden, der Ferus sagen konnte, er wäre noch nicht bereit.

Obi-Wan musste wieder an seine Unterredung mit Qui-Gon auf Tatooine denken.

Sprich über das, was du von Ferus weißt und nicht über das, was du denkst, hatte Qui-Gon gesagt.

Er war nach Anakin der begabteste Schüler. Seine vielen Talente machen ihn zu einem ernsthaften Gegner für das Imperium.

Und mit einem Lichtschwert und seiner wiedererwachten Beherrschung der Macht würde er noch stärker sein.

Doch allein durch die Höhle zu gehen, Garen zu suchen, die Kristalle zu suchen … daran könnte er zerbrechen. Oder es würde ihn stärker werden lassen.

Sich fallen zu lassen und auf jemandes Kräfte zu vertrauen … das war etwas, das Obi-Wan schon vor langer, langer Zeit gelernt hatte. Anakin hatte es niemals gelernt. Er hatte in seiner Arroganz angenommen, dass er der Einzige war, der die wirklich schwierigen Dinge meistern konnte.

Doch Obi-Wan wusste, dass es Zeiten gab, in denen er einen Schritt zurücktreten und jemand anderem einen Schritt vorwärts gewähren musste. Jetzt war eine solche Zeit gekommen. Selbst wenn Ferus es niemals verstand, es niemals akzeptieren würde.

Selbst wenn Ferus versagte.

Obi-Wan saß am Steuer, als sie wieder in den Normalraum zurückkehrten. Ilum lag vor ihnen.

„Wir müssen uns dem Planeten von der anderen Seite nähern", sagte Obi-Wan. „Wie gut, dass es hier keine Überwachung im Orbit gibt."

„Das brauchen sie nicht", gab Ferus zurück. „Es ist offensichtlich, dass sie die Jedi nicht als Bedrohung einstufen."

„Wir müssen näher herangehen, um Sensorendaten zu erhalten", sagte Obi-Wan. Er senkte das Schiff tiefer auf den Planeten herab. Das Steuer in seinen Händen fühlte sich gut an. Toma hatte nicht übertrieben – dies war wirklich ein außergewöhnliches Schiff.

Er flog dicht über einen Gletschersee hinweg, in dem ein paar Eisberge schwammen. „Ich kann am Ufer dieses Sees landen. Trever kann hier bleiben, während du dich auf den Weg in die Berge machst."

Trever sah sich zweifelnd um. „Wow. Ihr sucht wirklich immer die besten Plätze aus, Obi-Wan. Ich weiß jetzt schon, dass ich hier viel Spaß haben werde."

„Immer noch besser als ein Nest mit Gorgodons", erwiderte Ferus.

„Ist das die einzige Alternative?"

„Du kannst immer noch mit mir kommen, Trever", sagte Obi-Wan. „Ich kann dich irgendwo absetzen, wo du in Sicherheit bist, und dich später wieder abholen."

Trever schüttelte den Kopf, so wie Obi-Wan es erwartet hatte. „Nein danke", sagte er lässig. „Ich gewöhne mich langsam daran, auf Ferus zu warten."

Obi-Wan landete das Schiff. „Der Weg ist nicht weit, aber er führt steil nach oben", sagte er zu Ferus. „Denk immer daran: Du musst an den Visionen vorbei kommen. Lass dich nicht von ihnen aufhalten. Geh immer weiter. Die Kristalle liegen im Zentrum der Höhle. Wenn Garen hier ist, dann wirst du ihn dort finden."

Ferus nickte.

„Möge die Macht mit dir sein."

„Und mit Euch."

Ferus und Trever verließen das Schiff. Obi-Wan hob wieder

ab und blickte nicht zurück. Er wusste, dass ihm der Anblick von Ferus und Trever, die in der Ferne verschwanden, zu sehr weh tun würde. Er spürte, wie die Furcht seine Brust umklammerte und wurde plötzlich von der Angst befallen, die beiden nie mehr wieder zu sehen.

Er brachte das Schiff mit Höchstgeschwindigkeit auf Kurs nach Polis Massa. Eine Vorahnung regte sich in ihm, die ihm sagte, dass er sein Vorhaben erledigen und so schnell wie möglich zurückkehren sollte.

Polis Massa war eine kleine Bergbausiedlung inmitten eines Asteroidenfeldes. Dort gab es ein kleines, aber hervorragendes Med Center, zu dem die Jedi damals mit Padmé Zuflucht genommen hatten. Das war am Ende der furchtbaren Zeit gewesen, als sich die Klonarmee gegen die Jedi gewandt hatte.

Während Obi-Wan über die zerklüftete Landschaft hinweg flog, schnürte sich ihm die Kehle zu. Er setzte Tomas Raumschiff auf der Landebucht ab und bestieg die horizontale Liftröhre zur Oberfläche. Sein Weg führte ihn durch die atmosphärisch angeglichenen Korridore des Planeten zu dem Med Center, das er bereits kannte. Er musste bei jedem Schritt daran denken, wie er Padmé hierher gebracht hatte. Er hatte damals noch nicht gewusst, dass sie im Sterben lag. Er hatte nicht gewusst, wie stark Anakin sie verletzt hatte. Er war voller Angst gewesen, hatte jedoch angenommen, dass Padmé als die starke Frau, die er kannte, überleben würde.

Er bewegte die Hand vor einem Sensoröffner und betrat einen kleinen Empfangsraum. Das Med Center wurde in erster Linie von Droiden betreut. Ein Datenschirm leuchtete auf, und ein Droide erschien.

„Bitte nennt die Art Eures Zustandes."

Die Art meines Zustandes ist ein gebrochenes Herz.

„Ich bin hier, um Dr. Naturian zu treffen. Bitte sagt ihm, ein alter Freund sei hier."

„Bitte wartet."

Der Schirm erlosch. Obi-Wan ging in dem kleinen Raum auf und ab. Erinnerungen überfluteten das Zimmer und ließen es noch beengter erscheinen. Er dachte an seine Hilflosigkeit, als er Padmé hier hereingetragen hatte, und er spürte dieselbe Trauer wie damals, als er zusehen musste, wie die Lebendige Macht ihren Körper verließ.

Die Droiden hatten letztendlich nie verstanden, warum sie sie nicht hatten retten können. Er schon. Er hatte gewusst, dass sich Padmé über die Endlichkeit ihrer Kräfte im Klaren war. Sie hatte nur noch sehr wenig übrig gehabt, und diesen Rest hatte sie ihren Kindern mitgeben wollen.

Sie hatte noch durchgehalten, bis sie auf der Welt waren und sich versichert, dass sie gesund waren. Dann – aber erst dann – hatte sie sich ihrem zerbrochenen Herzen ergeben.

Er würde jetzt alles für sie tun. Er würde bis zum letzten Atemzug kämpfen, um ihre Kinder zu beschützen. Eines Tages würden sie von der unendlichen Tapferkeit ihrer Mutter erfahren.

Obi-Wan und Yoda hatten den Schock über Padmés Tod noch nicht verdaut, als ihnen klar geworden war, dass es für die Sicherheit ihrer Kinder am besten wäre, jegliche Aufzeichnung über ihre Geburt auszuradieren. Die Medi-Droiden waren einer Speicherlöschung unterzogen und die Computerdaten ebenfalls bereinigt worden. Doch auf Polis Massa gab es einen humanoiden Arzt. Dieser Mann hatte sich Padmés Fall angenommen und war jetzt der Schlüssel zum Erfolg der Geheimhaltung. Dr. Pearce Naturian hatte seinerzeit ohne Zögern eingewilligt, alles zu tun, damit die Geburt von Padmés Zwillingen ein Geheimnis bleiben würde. Pearce Naturian war schon immer ein treuer Verfechter der Sache der Republik gewesen und er war eine absolut zuverlässige Person. Er hatte Yoda im Lauf der Jahre immer wieder Gefallen erwiesen und die Jedi in verschiedenen Fällen mit medizinischen Informationen versorgt. Er hatte das Leben vieler Jedi gerettet. Und jetzt würde er ihnen zweifellos auch behilflich sein.

Obi-Wan hatte sich noch keinen Plan zurecht gelegt. Er hoffte auf die Möglichkeit, dass er die medizinischen Aufzeichnungen durchsehen und sich versichern könnte, dass Padmés Daten wie vereinbart gelöscht worden waren. Das würde der erste Schritt sein.

Pearce Naturian trat ein. Er sah abgemagert und besorgt aus. Als er Obi-Wan erblickte, huschte ein erfreuter Ausdruck über sein Gesicht, der aber schnell wieder einer düsteren Miene wich. „Ich denke, ich weiß, weshalb Ihr hier seid. Folgt mir."

Bevor Obi-Wan etwas antworten konnte, führte Pearce ihn durch die innere Tür in den Hauptkorridor des Gebäudes. „Wir müssen vorsichtig sein", sagte er leise. „Er ist im Aufzeichnungsbüro."

„Wer?"

„Sancor. Ist das nicht der Grund Eurer Anwesenheit?"

„Wer ist Sancor?"

„Ein Inquisitor."

„Das hatte ich befürchtet. Ich wusste nicht, dass er hier ist."

Pearce nahm ihn in ein kleines Büro mit. „Zuerst kam ein Ermittler. Er nannte seinen Namen nicht, doch er nahm alle unsere Aufzeichnungen an sich und brachte sie zu Malorum. Das war vor ungefähr einem Monat. Und jetzt schickten sie diesen hier. Er ist ein Experte für Aufzeichnungssicherheit. Er hat bereits eine umfangreiche Untersuchung der Speicherbänke der Medi-Droiden vorgenommen, selbst von denen, die zum besagten Zeitpunkt gar nicht hier waren."

„Weiß Malorum etwas? Habt Ihr den Eindruck, dass er die Wahrheit vermutet?"

Pearce schüttelte den Kopf. „Ich glaube nicht, dass sie etwas wissen, aber was sie vermuten, ist eine andere Sache. Ich weiß nur, dass sie sehr entschlossen sind. Er hat mich jetzt um die Aufzeichnungen der Lagerhaltung gebeten."

„Was will er denn damit?", fragte Obi-Wan.

„Er wird den Verbrauch an Versorgungsgütern und das Müllaufkommen zur Zeit von Senatorin Amidalas Anwesenheit überprüfen. Dann sieht er, ob sich diese Daten mit den Behandlungsaufzeichnungen in der Datenbank decken."

Obi-Wan erschrak. „Könnte er so etwas über die Geburten herausfinden?"

Pearces Miene verfinsterte sich. „Es wäre möglich. Wir nehmen an Neugeborenen verschiedene Tests vor. Natürlich haben wir sämtliche Aufzeichnungen und die Speicher der Droiden gelöscht, aber nicht die Daten der gesamten Lagerhaltung. Wenn uns die Vorräte ausgehen, bestellen wir Ersatz. Die Babys wurden hier natürlich immer wieder untersucht und versorgt, also haben wir auch Vorräte verbraucht – und wenn er diesen Verbrauch mit der Anzahl der anwesenden Patienten abgleicht, könnte er Verdacht schöpfen. Ich wollte gerade Osh Scal holen. Er ist unser hiesiger Versorgungsleiter. Der Inquisitor will ihn befragen, und mir bleibt keine andere Wahl, als zu gehorchen. Ich kann nur hoffen, dass er nichts herausfindet."

Obi-Wan überlegte schnell. „Hat er Osh Scal schon gesehen?"

„Nein, er war die ganze Zeit im Aufzeichnungsbüro."

„Könnt Ihr von hier aus auf die Daten zugreifen?"

„Natürlich. Ich besitze Zugang zu allen Aufzeichnungen." Schnell rief Pearce die Daten über die Versorgungsgüter auf. „Seht Ihr? Das sind hunderte von Posten, die durchgegangen werden müssen. Aber er scheint hartnäckig zu sein. Und glaubt nur nicht, dass ich von hier aus etwas löschen könnte. Er würde es herausfinden."

„Ich möchte nicht, dass Ihr etwas löscht. Aber was ist, wenn Ihr etwas hinzufügt? Könnte er das nachvollziehen?"

„Nein."

„Also gut." Obi-Wan setzte sich schnell an die Konsole. „Nehmen wir mal an, Ihr hättet zur selben Zeit wie Padmé einen Patienten hier gehabt. Jemand, der in einer Schlacht schwer verwundet wurde. Könnt Ihr die Waren eingeben, die Ihr im Fall von Komplikationen bräuchtet? Medikamente? Spezielle medizinische Geräte?"

„Natürlich. Aber ich verstehe nicht ..."

„Vielleicht können wir ihn ablenken, indem wir ihm einen größeren Fisch zu fangen geben."

Pearces verwirrte Miene hellte sich auf. „Wenn er also glaubt, jemandem auf der Spur zu sein, den das Imperium sucht ..."

„Genau."

„Aber wer könnte das sein?"

„Das ist unwichtig. Wir brauchen keinen Namen. Wir benötigen lediglich ein Profil. Es gibt eine Menge Feinde des Imperiums, die nach dem Ende der Klonkriege untertauchten, und einer von ihnen könnte problemlos hierher geflüchtet sein. Malorum wird versuchen herauszufinden, wer es ist. Die Spur wird allerdings ins Nichts führen. Wir müssen nur die Saat ausstreuen."

Pearce wandte sich wieder der Konsole zu. „Das ist brillant – hoffe ich." Er tippte eine Reihe von Materialien ein, wobei er durch eine ewig lange Liste scrollte. „Hier. Ich habe es so vergraben, dass er einige Zeit brauchen wird, um es zu finden. Aber sollten wir nicht Osh Scal über diese Sache informieren? Er könnte bemerken, dass sich die Liste verändert hat. Er ist sehr genau in solchen Dingen."

„Nein. Sancor hat ihn noch nie gesehen. Und deshalb werde ich an seiner Stelle gehen."

Pearce kopierte die geänderten Dateien auf eine Disk und überreichte sie Obi-Wan.

„Obi-Wan, mein Freund, Ihr müsst vorsichtig sein. Der Inquisitor ist sehr gerissen." Pearce fuhr sich mit den Händen über die Wangen und stieß müde den Atem aus. „Ich dachte, wir hätten an alles gedacht. Ich habe alles doppelt und dreifach überprüft. Die Speicherlöschungen sind hieb- und stichfest. Es gibt keinerlei Aufzeichnung von der Geburt. Keine Aufzeichnungen von Eurer oder Yodas Anwesenheit. Aber ich hätte mir niemals vorgestellt, dass sie so tief graben würden."

„Sie tun es nur, weil ihnen Informationen fehlen – nicht, weil sie welche haben", sagte Obi-Wan. „Lasst uns gehen. Vielleicht kann ich etwas tun."

Pearce deutete ein Lächeln an. „Wenn Ihr ihn dorthin zurück schicken könntet, wo er herkam, wäre das großartig. Doch wenn er herausfindet, dass wir diese Dateien geändert haben, wird man uns beide exekutieren."

KAPITEL ZEHN

„Und du lässt mich wirklich hier zurück?", fragte Trever ungläubig.

Ferus überprüfte seine Ausrüstung. „Ich muss. Nur jemand, der mit der Macht umgehen kann, schafft es bis zur Höhle."

„Sagt wer?"

Ferus seufzte. „Es wird mir meine Aufgabe nur erschweren, wenn du mit dabei bist, Trever. Die Visionen werden dich verwirren und ängstigen."

Trever schob das Unterkinn vor. „Ich fürchte mich nicht vor Dingen, die nicht existieren."

„Sie existieren aber. Vertraue mir. Ich weiß nicht einmal, ob *ich* es schaffe. Und ich werde dich auch nicht in ein Nest voller Gorgodons mitschleppen. Wenn alles gut geht, dauert es nicht lange. Wenn es schief geht … dann warte hier auf Obi-Wan. Und versteck dich!"

„Hör auf, mir Befehle zu geben! Ich bin kein Kind mehr!"

„Doch, du *bist* ein Kind, Trever", erwiderte Ferus. „Du hast eine Menge erlebt und mitgemacht, aber du bist dennoch ein Kind. Und ich werde dich beschützen, wenn es sein muss. Punkt. Jetzt warte hier. Wenn ich Glück habe, komme ich mit Garen Muln und einem Lichtschwert zurück."

„Und wenn du Pech hast, wird ein Gorgodon auf dir herumkauen und dich wieder ausspucken, und ich kann die Reste zusammenfegen", stieß Trever wütend hervor.

„Entzückend", sagte Ferus. „Ich wünsche dir ebenfalls viel Glück."

Er drehte sich um und war gerade ein paar Schritte gegangen, als ihm Trever nachrief.

„Ich rate dir, es zu schaffen und wiederzukommen!"

Ferus lächelte und ging weiter. Obi-Wan hatte ihm den Weg zum Gorgodon-Nest und zur Rückseite der Höhlen erklärt. Er hatte ihm ein paar Ratschläge gegeben, wie er mit einem Gorgodon zu kämpfen hatte, falls er einen reizen sollte.

„Auf ihre Schwänze Acht geben", murmelte Ferus. „Und auf ihre Zähne. Und ihren Speichel. Und auf ihre Arme, wenn sie dich zu Tode quetschen."

Ilum war ein Eisplanet, und der Schnee war überzogen von einer Schicht Dauerfrost und beinahe so glatt wie Glas. Die Luft war so kalt, dass man bei jedem Atemzug das Gefühl hatte, sie würde die Lungen gefrieren lassen. Ferus kam nur langsam voran und musste sein Seilkatapult einsetzen, um sich an den steilen Wänden hochziehen zu können.

Es war eine anstrengende Kletterpartie, und Ferus versuchte seine Ungeduld zu zügeln, obwohl er es kaum erwarten konnte, den Gipfel zu erreichen. Er wusste auch, dass er seine ganze Kraft brauchen würde, wenn er den Gorgodons gegenüber stand. Und er wusste, dass sie tagsüber schliefen, also konnte er den Weg durch ihr Nest vielleicht schaffen, ohne sie zu wecken.

Während des Kletterns überkam in ein unwirkliches Gefühl: Was machte er eigentlich hier? Das Wiedersehen mit Obi-Wan hatte ihn auf einen Weg gebracht, den er nicht erwartet hatte. Er hatte seine Wahlheimat und seinen Partner Roan zurückgelassen, um sich auf die Suche nach überlebenden Jedi zu machen. Dabei war er selbst gar kein Jedi mehr!

Ferus war sich nicht mehr sicher, was er überhaupt war. Er war nun ein seltsames Geschöpf, halb Jedi, halb Mensch. Eine Kreatur aus dem Raumzirkus, das von Kindern angegafft und ausgelacht wurde, während sie warteten, dass er sich in eine von beiden Personen verwandelte.

Konzentriere dich, Ferus, ermahnte er sich selbst streng.

Ferus schoss sein Seilkatapult ab und ließ sich die restlichen hundert Meter bis zum nächsten Abschnitt der Bergwand hochziehen. Dicke, übereinanderliegende Eisschichten bedeckten den Berg. Obi-Wan hatte ihm erklärt, dass es schwer sein würde, die genaue Lage des Gorgodon-Nests festzustellen. Er würde die Macht benutzen müssen.

Ferus schloss für einen Augenblick die Augen. Manchmal kostete es ihn Mühe, seine Gedanken zu befreien und nach der Macht zu greifen. Aber die Benutzung der Macht musste mühelos geschehen – er konnte es nicht einfach nur *ausprobieren*. Er musste nur in diesem Augenblick existieren und nicht auf etwas hoffen, was kommen würde. Er spürte die Vibrationen des Eises, der Felsen, der Luftmoleküle, seines eigenen Körpers. Sie alle existierten zusammen in einem grenzenlosen energetischen Summen, und daraus erhob sich, was ihn mit allem in der Galaxis verband: die Macht.

Er spürte, wie sie sich sammelte, und öffnete die Augen. Jetzt erkannte er, dass das, was er für einen Eisvorhang gehalten hatte, in Wirklichkeit eine künstlich konstruierte Wand war. Die Gorgodons hatten die senkrechten Eisplatten verschoben, als wären sie Stahlglas, und damit die steile Bergwand vor ihrem Nest imitiert, um es zu verbergen

Als er das erkannt hatte, war der Rest leicht. Ferus sah den

Unterschied in den bläulichen Schattierungen des Eises. Es gab eine Öffnung in der Wand, die selbst bei genauem Hinsehen unmöglich zu erkennen war. Er ging darauf zu.

Er wusste auch ohne die Warnung der Macht, dass die Kreaturen ganz in der Nähe waren. Er spürte sie. Als er durch die Öffnung getreten war, blieb er überrascht stehen. Es dauerte einen Augenblick, bis er die Formen einordnen konnte, die er da sah. Die Gorgodons hatten das Eis und die Felsen benutzt, um Behausungen zu bauen, die aussahen wie die Rücken der Kreaturen selbst. Sie waren an die fünfzig Meter hoch und lehnten aneinander wie eine kleine Hügelkette. Die Konstruktion wurde von ihrem klebrigen, bräunlichen Speichel zusammengehalten, den die Gorgodons wie Mörtel benutzten. Die Masse war elastisch und hing ebenfalls vor den Öffnungen herab, was an elegante Vorhänge erinnerte, die leicht in der Brise hin und her wehten.

Ferus wusste, dass die Gorgodons einen ausgezeichneten Geruchssinn besaßen. Doch keiner von ihnen rührte sich, als er diejenigen zählte, die er entdecken konnte. Zwei Gorgodons schliefen draußen neben dem Bau. Ein kleinerer Gorgodon lag halb drinnen und halb draußen. Wie viele sich im Unterschlupf aufhielten, wusste er nicht.

Ihm blieb nichts anderes übrig, als mitten durch das Nest zu gehen. Der Eingang zur Jedi-Höhle lag vor ihm, ein kleiner Schlitz in der Wand, durch den kein Gorgodon passte. Wenn er es durch diese Öffnung schaffte, würde er vor ihnen sicher sein.

Ferus machte sich auf den Weg durch das Nest. Ein Gorgodon streckte sich und wälzte sich in seine Richtung, sodass er ausweichen musste. Unglücklicherweise verfing er sich dadurch in einem der übel riechenden Speicheltropfen, die über der Öffnung des Baus herunterhingen. Ferus kämpfte lautlos, um freizukommen. Es war, als klebte er im dicken Saft eines Baumes fest.

Der Gorgodon öffnete halb ein Auge. Es war gelb, und Ferus sah seine eigene Spiegelung in der riesigen dunklen Pupille.

Er wirkte winzig darin. Und, wie er annahm, auch sehr lecker.

Der Gorgodon riss das Maul auf und brüllte. Seine drei Reihen gelber Zähne waren noch leicht gerötet von seinem letzten Opfer. Ferus' Blut war bereits kalt gewesen, doch jetzt verwandelte es sich zu Eis. Die anderen Gorgodons wachten nun ebenfalls auf, und unversehens wurde die Luft von ihren Schreien erfüllt.

Es gab Augenblicke, in denen man kämpfen musste und solche, in denen man davonlaufen musste. Ferus lief davon.

Der Schwanz schien aus dem Nichts zu kommen und traf ihn mit einem heftigen Schlag in den Rücken. Er wurde hoch in die Luft geschleudert, geradewegs auf einen anderen Gorgodon zu, dessen geöffnetes Maul nur darauf wartete, ihn aufzufangen – und ihn in zwei Hälften zu knacken.

Wenn Ferus die Macht jemals gebraucht hatte, dann in diesem Augenblick. Er streckte die Hand aus, bekam aber nichts zu fassen – keine Strömung, die ihm helfen konnte. Er wusste, dass er sich zu sehr auf das aufgerissene Maul konzentrierte, das ihn erwartete. Der jetzige Augenblick war eigentlich nicht allzu furchtbar, noch flog er nur durch die Luft. Es war der nächste Moment, der problematisch war. Denn gleich würden ihn die Zahnreihen in Stücke reißen.

Ferus griff anstatt nach der Macht im Flug verzweifelt nach den Streifen aus elastischem Speichel, die über das Nest herabhingen – und bekam einen davon zu fassen.

Nun musste er nur noch seinen Schwung bremsen. Er zog an der dicken, gummiartigen Substanz, schnellte in die andere Richtung zurück und prallte gegen einen Felsen. Doch das war immer noch besser, als in den Kiefern des Gorgodons zu landen.

Der Gorgodon stieß einen wütenden Schrei aus, als er sah, dass ihm seine Mahlzeit auswich. Er verfolgte Ferus, doch der hatte sich bereits wieder in Bewegung gesetzt und behielt die tödlichen Schwänze im Auge. Die Haut der Gorgodons war so dick, dass Blasterschüsse ihnen nichts anhaben konnte – sie zwickten sie nur. Also ließ Ferus seinen Blaster stecken. Er musste den verwundbaren Fleck an ihrem Hals erreichen, um sie töten zu können, und es war ihm nicht klar, wie er das schaffen sollte. Abgesehen davon war *er* der Eindringling. Er hatte ihr Nest betreten und war eigentlich der Meinung, dass sie allen Grund hatten, verärgert zu sein.

Aber mussten sie gleich so *böse* werden?

Er benutzte ein anderes Gummiseil, um sich über den Rücken eines Gorgodons zu schwingen. Eine Pfote von der Größe eines Gravschlittens versuchte ihn niederzuschlagen, doch plötzlich war die Macht mit ihm und er flog über sie hinweg. Endlich spürte er die Macht und nahm sie zu Hilfe, um seinen Sprung über die letzte Gorgodon-Behausung hinweg zu verlängern.

Er hatte beinahe den Höhleneingang erreicht, als er spürte, wie er angehoben wurde. Seine erste Reaktion war Überraschung. *Ich bin wieder in der Luft*, dachte er, *obwohl ich nicht gesprungen bin.*

Dann schlug der Schmerz zu. Die linke Seite seines Körpers brannte wie Feuer. Er erkannte, dass er von einer Gorgodon-Klaue getroffen worden war. Und nicht nur das, sondern der Hieb war auch absolut perfekt gezielt gewesen. Er wurde zur anderen Pfote hinübergeschleudert, die wartend erhoben war. Ferus erkannte sofort, dass die Kreatur ihn von einer Pfote in die andere werfen wollte, bis er bewusstlos sein würde, und ihn dann in ihr Maul werfen und zubeißen wollte.

Das entsprach nicht seinen Vorstellungen von einem angenehmen Abend. Oder von einem würdigen Abgang.

Ferus vollführte mitten in der Luft einen Salto. Der Schmerz war vergessen, als sein Überlebensdrang die Oberhand gewann. Er war sich der Klarheit der kalten Luft bewusst, der kristallenen Schönheit des Eises, des Gestanks der Gorgodons, der übel in seine Nasenlöchern biss.

Seine Stiefel trafen auf der großen Pfote des Gorgodons auf. Er federte in den Knien und wirbelte davon, indem er den Körper der Kreatur wie ein Trampolin benutzte. Mit Hilfe der Macht wurde Ferus über den Kopf des Gorgodons hinweg getragen. Er landete auf dem Fell, das so voller Eis war, das es glatt wie ein verschneiter Berghang war. Ferus rutschte den Rücken der Kreatur hinab, zog sein Vibro-Messer aus der Tunika und versammelte all seine Kraft, um es mit einer schnellen Körperdrehung in der weichen Stelle hinter der Schädelbasis der Kreatur zu versenken.

Das Gekreisch des verwundeten Gorgodons gellte durch das Nest, und Ferus wurde wie ein welkes Blatt abgeschüttelt. Erneut flog Ferus durch die Luft, doch er landete sicher auf dem Boden. Er rannte auf den Höhleneingang zu, während sich die Kreatur auf dem Boden rollte und versuchte, die Vibro-Klinge abzustreifen.

Ferus schlüpfte durch die Öffnung und wurde sofort von Dunkelheit umfangen. Er hatte es geschafft. Die Gorgodons lagen jetzt hinter ihm. Doch er wusste, dass das Schlimmste ihm noch bevorstand.

KAPITEL ELF

Trever hatte sich in eine Thermodecke gewickelt und lehnte mit dem Rücken an einem eisbedeckten Felsen. Sein Atem gefror in der Luft, und er blies ein paar Wolken hinaus und sah zu, wie der Dunst sich auflöste. Er tat es noch einmal. Dann kniff er ein Auge zusammen und versuchte herauszufinden, wo das Eis aufhörte und der gefrorene See begann.

Wie aufregend.

Ferus hatte ihn wieder allein gelassen. Gerade, als die Sache nach etwas Aktion ausgesehen hatte, wurde er einfach geparkt wie ein Trainingsgleiter. Das hatte er nicht erwartet. Als er sich an Bord des Kreuzers geschlichen hatte, wollte er lediglich seiner Heimatwelt und dem Imperium entkommen und war nun auf die Jedi getroffen. Okay, er hatte ein wenig von der Galaxis gesehen, aber mit dem Helden einer Widerstandsbewegung und einem Jedi herumzuhängen, war nicht unbedingt ein lohnender Zeitvertreib. Für Trever waren Abenteuer immer verbunden mit irgendeinem mittelfristigen Gewinn. Wozu war die Gefahr sonst gut?

Wer hätte denn ahnen können, dass sich Ferus als so … edelmütig herausstellen würde?

Er mochte Ferus dennoch, aber er würde sicher nicht alt mit ihm werden.

Trever schob sich eine Proteintablette in den Mund. Vielleicht sollte er sich von diesen Jungs trennen und sich irgendwo einen netten Planeten suchen, irgendwo im Outer Rim, wo der Zugriff des Imperiums nicht so fest war. Ein anständiger Ort, der nach ein wenig Schwarzmarktbewegung schrie, wo er in Frieden kaufen und verkaufen konnte. Ein Ort, an dem ein harmloser Dieb wie er auf ehrliche Weise seinen Lebensunterhalt bestreiten konnte, ohne gleich den Stiefel des Imperiums im Gesicht zu spüren.

Was war das? Krachendes Eis oder ein Tritt?

Trever hielt im Kauen inne. Es war sicher nicht der Wind, der irgendwelche Blätter auf dieser gefrorenen Einöde von Planet zum Rascheln gebracht hatte. Nein, es war definitiv das, wofür er es gehalten hatte – Schritte.

Er rollte sich enger in die gut getarnte Thermodecke und rutschte hinter den Felsen. Direkt vor ihn schlängelte sich ein enger Weg den Abhang entlang. Und eine Sekunde später sah er zwei Soldaten der Sturmtruppen in einer Art Schneeausrüstung auf sich zukommen.

Er erkannte sofort, dass sie nichts Bestimmtes suchten. Es waren einfach nur zwei Soldaten, die in ihrem zugewiesenen Gebiet auf Streife gingen und damit eine langweilige Arbeit erledigten.

Doch sie befanden sich nicht in der Nähe einer Basis. Und das bedeutete, dass sie irgendwo in der Nähe ein Fahrzeug abgestellt hatten. Eine sehr interessante Situation.

Trever schlüpfte geräuschlos aus der Thermodecke. Er wartete, bis die Soldaten verschwunden waren, und stieg dann den Abhang hinunter. Er stapfte durch den Schnee und nahm exakt den Weg, auf dem die beiden gekommen waren.

Er dauerte nicht lange, bis er ihren Transporter gefunden hatte. Trever stieß einen anerkennenden Pfiff aus. *Klasse.* Es war ein kleiner Raumkreuzer. Und er war zweifelsohne gut ausgestattet. Er konnte etwas Anständiges zum Essen gebrauchen, vielleicht ein paar Werkzeuge oder einen leicht tragbaren Hilfs-Booster – solche Dinge eben, deren Verlust niemand auffallen würde.

Die Rampe war noch abgesenkt. Wenn das keine höfliche Einladung war … Trever stieg die Rampe empor und schlüpfte in das Schiff.

Zuerst räumte er die Kombüse aus und verschlang das Essen, während er den Rest des Schiffes durchsuchte. Er steckte einen nagelneuen Fusionsschneider in die Tasche – man konnte ja nie wissen, wann man so etwas brauchen konnte – sowie ein Elektro-Fernglas. Für den Fusionsschneider nahm er noch eine Handvoll Brennstäbe mit, nur für den Fall der Fälle.

Er überlegte sich kurz, ob er einen Tracomp-Sensoren mitnehmen sollte, kam aber zu dem Schluss, dass die Soldaten sein Fehlen bemerken würden. Er wollte keine Spuren hinterlassen. Doch dann schob er noch eine Handvoll Alpha-Plus-Ladungen ein, die er in einer Werkzeugkiste fand. Es handelte sich um sehr wirksame Sprengladungen, die normalerweise beim Bergbau eingesetzt wurden. Die Sturmtruppen benutzten sie zweifellos dazu, um hinderliche Felsen wegzusprengen.

Trever nahm an, dass es hier wenigstens ein paar Credits geben musste, oder sonst irgendwelche Zahlungsmittel. Doch er fand keinen einzigen Credit. Seine Taschen waren aber ohnehin schon voll, und es war an der Zeit, zu gehen.

Da hörte er das Knistern eines Senders. Die Soldaten kamen zurück. Trever sah hinaus. Noch waren sie nicht in Sicht.

Er wollte gerade die Rampe hinunterlaufen, als er aus dem Augenwinkel sah, wie ein Transporter zur Landung ansetzte.

Wenn er jetzt die ging, würde man ihn sehen. Trever verfluchte sein Pech und blieb am oberen Ende der Rampe stehen.

Die Soldaten kamen gerade an, als das andere Schiff landete. Das kuppelförmige Cockpit öffnete sich, und Trever hörte den Offizier darin sagen: „Irgendetwas Außergewöhnliches?"

„Nichts zu berichten", antwortete einer der beiden Streifengänger.

„Kehrt zur Basis zurück. Angriffsszenario Sieben ist angeordnet."

„Wieder eine Übung?"

„Negativ. Ein Schiff wurde aufgespürt. Abtaster fanden eine Lebensform in der Nähe der Höhle. Seid ihr sicher, dass euch nichts Besonderes aufgefallen ist?"

„Ja, völlig sicher."

In diesem Augenblick fiel einer der Brennstäbe aus Trevers Tasche heraus. Er landete mit einem metallischen *Pling* und rollte die Landerampe hinunter.

Er hatte schon *geahnt*, dass es sich nicht auszahlte, so gierig zu sein.

Für den Bruchteil einer Sekunde rührte sich niemand. Dann wandten sich die Sturmtruppen um und suchten die Gegend ab. Die Sensoren an ihren Helmen blinkten rot auf, als sie ihn entdeckten.

Sie rannten mit den Blastern im Anschlag in Trevers Richtung.

Eilig schloss er die Rampe und lief ins Cockpit. Einst hatte er einen Wettbewerb für das Kurzschließen von Fahrzeugen unter den jüngsten Dieben von Bellassa gewonnen. Jetzt halbierte er seine Rekordzeit nochmals.

Zeit für eine kleine Spritztour!

KAPITEL ZWÖLF

Sancor war ein kleiner Humanoide, der in seiner dunklen Robe zu versinken schien. Er hatte lange Finger mit drei Gelenken, die sich mit Leichtigkeit über die Tastatur bewegten, während die Informationen auf dem Datenschirm vorbeiflogen.

„Das ist Osh Scal, unser Verantwortlicher für medizinische Versorgungsgüter", sagte Pearce mit einer Geste in Obi-Wans Richtung, der sich die für seine erfundene Position passende Kleidung angezogen hatte.

„Endlich." Sancor winkte Obi-Wan heran, ohne sich zu ihm umzudrehen oder ihn anzusehen. „Ich warte schon seit fünfzehn Minuten."

„Ich hatte gerade Pause", antwortete Obi-Wan freundlich. „Wie kann ich Euch behilflich sein?"

Sancor schnippte mit seinen langen, biegsamen Fingern und streckte die Hand aus. „Die Aufzeichnungen Eurer Vorräte in dem Zeitraum, den ich Dr. Naturian angab. Bleibt hier, während ich sie durchgehe. Ich werde Fragen haben."

„Ich werde versuchen, sie zu beantworten." Obi-Wan überreichte Sancor die Disk, die er von Naturian bekommen hatte.

Sancor schob sie in den Leseschlitz. Informationen tauchten auf dem Datenschirm auf – Zahlen, Buchstaben und Codes.

Obi-Wan beugte sich vor, während Sancor durch die Daten scrollte.

„Wenn Ihr mir sagt, wonach Ihr sucht, kann ich Euch vielleicht besser helfen", schlug Obi-Wan vor.

„Ich habe Euch nichts gefragt", schnauzte Sancor barsch. Seine kleinen schwarzen Augen glitten über die Materiallisten. „Dr. Naturian, ich kann mich nicht erinnern, Euch um Eure Anwesenheit gebeten zu haben. Ihr habt doch sicherlich noch andere Pflichten. Vielleicht einen Patienten, den Ihr retten müsst."

„Stimmt. Ich gehe dann besser." Mit einem letzten Blick zu Obi-Wan verließ er den Raum.

„Hier." Sancors dürrer Finger blieb knapp vor dem Schirm in der Luft hängen. „Ein Scanner für Biodaten. Ihr habt hier mehrere Ersatzgeräte bestellt."

„Ja. Das ist ein Gerät, das wir regelmäßig benutzen."

„Aber diese hier werden speziell bei Neugeborenen eingesetzt, um sie auf potenzielle Probleme zu untersuchen."

„Nein, nicht ausschließlich."

„Es waren keine Neugeborenen zum fraglichen Zeitpunkt hier."

„Das weiß ich nicht. Ich habe die Aufzeichnungen nicht mit Patientendaten abgeglichen."

„Aber ich." Sancor scrollte weiter. Irgendwann hielt er plötzlich inne. „Was ist ..." Er verstummte. Obi-Wan beobachtete sein Gesicht. Er hatte die Posten gefunden, die Pearce eingegeben hatte. Sancor leckte sich die Lippen, während er die Daten studierte. Obi-Wan konnte sehen, dass er seine Aufregung zu verbergen versuchte. „Ihr hattet während der fraglichen Zeit nur wenige Patienten in Eurem Med Center. Nur einer war schwer verwundet. Diese Aufzeichnungen beweisen allerdings, dass außerdem eine schwere Krankheit behandelt wurde. Eure Daten zeigen das aber nicht."

Obi-Wan zuckte mit den Schultern. „Aufzeichnungen können ungenau sein."

Sancor sah ihn eisig an. „Merkwürdig, dass Ihr Eure eigenen Fähigkeiten in Fragen stellt. Diese Aufzeichnungen sind absolut makellos. Und die Medi-Droiden sind darauf programmiert, sämtliche Vorgänge einzutragen. Die Daten müssten eigentlich zueinander passen."

„Ich bin kein Arzt", sagte Obi-Wan. „Ich bin nur ein Techniker. Vielleicht solltet Ihr besser mit Dr. Naturian reden."

„Wenn ich mit Dr. Naturian reden möchte, dann rufe ich ihn. Wer hatte außer Euch zu dieser Zeit noch Zugang zu Euren Bestellungen?"

„Nur ich nehme die Bestellungen vor."

„Überprüft irgendjemand Eure Bestellungen oder sieht sie jemand, bevor Ihr sie abschickt?"

„Nein."

Sancor starrte Obi-Wan an. Seine Miene zeigte ihm unmissverständlich, dass er ihm nicht glaubte. Die langen Finger tippten wieder auf die Tastatur. „Lasst uns einen Blick auf die Mitarbeiterliste werfen."

Ein Name nach dem anderen mit dem zugehörigen Foto tauchte auf. Obi-Wan wurde plötzlich unwohl.

„Ich kann Euch sicherlich helfen", sagte er. „Ich muss mich nur mit ein paar Details vertraut machen."

„Ihr müsst Euch doch an etwas erinnern, das so kurz nach dem Ende der Klonkriege geschah."

„Es war eine chaotische Zeit."

„Im Gegenteil. In diesem Quadranten lief alles etwas langsamer. Polis Massa war nur ein Anhängsel der Republik, auf dem archäologische Ausgrabungen stattfanden. Das Chaos war anderswo." Sancor drehte sich zu Obi-Wan und musterte ihn mit wackelnden Antennen.

Hinter Sancors Rücken erschien der Name Osh Scal auf dem Bildschirm, zusammen mit dem Bild eines Mannes, der völlig anders aussah als Obi-Wan. Sancor musste sich nur umdrehen, und er würde die Wahrheit sehen: dass Obi-Wan ein Betrüger war.

Obi-Wan griff nach der Macht.

„Ihr habt genug gesehen und ich kann gehen", sagte er.

Doch Sancor schüttelte den Kopf. „Ich habe mit Sicherheit noch nicht genug gesehen."

Sancors Geist war zu stark, um beeinflusst werden zu können. Doch Obi-Wan musste den Inquisitor irgendwie daran hindern, sich umzudrehen.

Er stand abrupt auf. „Ich kann von einem anderen Arbeitsplatz aus viel schneller auf die Daten zugreifen."

„Dann tut es."

Beinahe hätte es geklappt. Doch in diesem Augenblick streckte Pearce Naturian den Kopf herein. „Seid Ihr schon fertig?"

Sancor wandte den Kopf in Pearces Richtung. Sein Blick fiel auf den Bildschirm, und er sah den Namen und das Bild.

Als er sich wieder zu Obi-Wan umdrehte, hatte er einen Blaster in der Hand.

„Ich nehme an, Ihr beiden erzählt mir jetzt, was hier los ist", sagte er lächelnd und zeigte seine kleinen, spitzigen Zähne. „Ich war mir nicht sicher, ob Ihr etwas zu verbergen hattet, aber jetzt weiß ich es genau."

Obi-Wan spürte, wie sich die Dunkle Seite der Macht aufbäumte, bevor es geschah. Er aktivierte sein Lichtschwert, als

Sancor bereits auf Pearce schoss. Obi-Wan konnte das Feuer ablenken, und Pearce sprang zurück. Blastergeschosse schlugen in der Wand ein. Obi-Wan sprang vor, sein Lichtschwert aktiviert und kampfbereit erhoben. Er konnte noch die Überraschung in Sancors Gesicht sehen, bevor sich der Inquisitor umdrehte und an Pearce vorbei hinaus in den Korridor lief.

„Er läuft zum Haupthangar", rief Pearce. „Wir dürfen ihn nicht entkommen lassen. Er hat die Disk!"

Obi-Wan lief los. Sancor warf die Ärmel seines Gewands nach hinten, und Obi-Wan sah eine Handgelenksrakete aufblitzen.

„Runter!", rief er Pearce zu und ging selbst in Deckung.

Die Rakete explodierte und ließ Splitter aus der Decke auf sie herabregnen. Obi-Wan rollte sich seitlich ab und rannte weiter.

Sancor ließ der Raketenexplosion einen wahren Blasterhagel folgen. Obi-Wan wirbelte sein Lichtschwert umher und lenkte so die Schüsse ab.

Sancor entkam durch eine Tür, gefolgt von Obi-Wan, der sich in einem dunklen, ovalen Raum wiederfand. Es dauerte einen Augenblick, bis er sich orientiert hatte, doch dann erkannte er, dass er sich auf einer Beobachtungsplattform hoch über einem der neuen Operationssäle befand. Die Plattform ragte über den Hauptkorridor hinaus und war mit Sitzplätzen für Beobachter sowie Videoschirmen und Computerkonsolen ausgestattet.

Die leeren Sitze wirkten geisterhaft in dem Dämmerlicht. Obi-Wan konnte Sancor nicht sehen, doch er spürte dessen Gegenwart. Er versuchte gar nicht erst, seine Augen zu bemühen. Statt dessen ließ er die Macht fließen und horchte.

Dort – in einer Ecke der Plattform. Dort verbarg sich Sancor. Und wartete.

Obi-Wan hörte das Zischen der Handgelenksrakete, noch bevor sie abgefeuert war. Er sprang zur Seite, und sie schoss an ihm vorüber und sprengte ein Loch von der Größe einer Tür in die Wand. Doch Sancor hatte die Sprengkraft der Rakete unter- und die Stabilität der Plattform überschätzt. Die Konstruktion geriet auf ihren Stützstreben ins Wanken.

Obi-Wan hechtete auf das Loch in der Wand zu. Er sprang mit einem Salto hindurch und landete im Korridor, als sich die Plattform bereits von der Wand zu lösen begann.

Sancor schrie auf und klammerte sich an eine Konsole. Er versuchte verzweifelt, zum Korridor zu gelangen, als der Boden unter seinen Füßen wegkippte.

Die Plattform brach langsam von der Wand weg. Sancor verlor den Halt und stürzte in die Tiefe.

Obi-Wan trat auf den Steg hinaus, der jetzt mitten in der Luft endete und warf einen Blick hinunter. Sancor war tief unten auf einem Tablett voller spitzer chirurgischer Instrumente gelandet.

Es war vorüber. Sancor stellte keine Bedrohung mehr dar.

Obi-Wan wandte sich ab. Sancors Tod verbesserte die Situation nicht. Denn Malorum würde sich fragen, weshalb er nicht zurückkehrte.

Entweder war Padmés Geheimnis jetzt in Sicherheit, oder Obi-Wan hatte es mehr gefährdet denn je.

KAPITEL DREIZEHN

Die Dunkelheit in der Höhle begann sich am Rand aufzuhellen. Ferus' Augen gewöhnten sich an das fehlende Licht. Die Wände der Höhle leuchteten ein wenig durch die Kristalle, die in ihrer felsigen Oberfläche steckten. Wandmalereien erzählten Geschichten von Jedi aus tausenden von Jahren. Und Jedi oder nicht, Ferus war ein Teil dieser Tradition.

Die Kristallhöhle. Sie sich hatten als Padawane flüsternd darüber unterhalten und sich danach gesehnt, sie zu sehen. Er erinnerte sich an seine Reise mit Siri hierher, als er sein Lichtschwert geschmiedet hatte. Die Visionen hatten ihn gequält, und er hatte sich schließlich zu einer Kugel zusammengerollt, um ihnen zu entgehen. Sie hatten ihn beschuldigt, dass er auf der Flucht vor seinem eigentlichen, wahren Wesen war und dass er der Lebendigen Macht auswich, weil er vor sich selbst Angst hatte. Sie hatten ihm vorgeworfen, er würde seine Hilfsbereitschaft nur vortäuschen. Und sie hatten behauptet, dass es ihm zuviel Genugtuung bereitete, der beste Schüler zu sein.

Sie hatten ihm eine Vision seiner selbst in einer zerrissenen Jedi-Tunika gezeigt, das Lichtschwert zerschlagen. Er hatte geahnt, was sie ihm zeigten: Er würde niemals ein Jedi sein. Damals hatte er es als Warnung verstanden, dass er die Prüfungen nicht bestehen würde. Jetzt wusste er, dass sich die Vision bewahrheitet hatte. Er war kein Jedi-Ritter geworden.

Damals hatte es nur einen gegeben, der ihn übertreffen konnte: Anakin Skywalker. Die Visionen hatten ihm gesagt, er ließe sich von Eifersucht blenden, die ihn daran hinderte, Anakins Freund zu werden. Er hatte eine Gestalt in dunklem Gewand gesehen, die ihn geängstigt hatte.

Ich warte auf dich, Ferus, hatte die Vision in einer seltsamen, körperlosen Stimme gesagt. *Ich existiere in deiner Zukunft.* Vor dieser Gestalt hatte er sich mehr gefürchtet als vor allem anderen.

Jetzt war ihm klar, was er damals gesehen hatte. Es war eine denkbare Zukunft gewesen, Einblicke in seine geheimsten Ängste. Er hatte erst seinen Frieden gefunden, als er die Jedi verlassen hatte. Die Freiheit, nur er selbst zu sein. Roan hatte ihm den Weg gewiesen. Er hatte ihm beigebracht, nichts darauf zu geben, was andere dachten, sondern auf deren Gefühle zu achten. Das war eine Betrachtungsweise, die er im Tempel nicht erlernt hatte. Er war zu sehr damit beschäftigt gewesen, perfekt zu sein.

Er wusste jetzt, dass er nicht eifersüchtig auf Anakin gewesen war, sondern dass er Angst vor ihm gehabt hatte. Aber warum? Die Antwort auf diese Frage fehlte ihm noch.

Und was machte es schon für einen Unterschied? Anakin war tot. So wie alle anderen.

Ferus war gereift. Und er war kein Jedi mehr. Welche Visionen konnten ihm jetzt noch erscheinen, die ihm Angst machten? Er hatte einen Krieg mitgemacht. Er war bis ins Mark erschreckt worden, aber er hatte nie aufgegeben.

Er kannte sich nun. Er kannte seine Grenzen und seine Möglichkeiten. Die Höhle konnte ihm keine Angst mehr einjagen.

„Glaubst du?"

Ein schimmerndes Bild erschien vor ihm. Ferus stockte der Atem an. Es war Siri. Seine Meisterin. Seine gute Freundin.

„Ich erkläre dir jetzt mal was", sagte Siri. Das Bild war unscharf und flackerte, aber die Stimme in seinem Kopf war unverkennbar Siris – direkt und ein wenig spöttisch. „Du hast dich kein bisschen verändert. Du solltest dich mal hören. Du redest dir immer noch ein, dass du unantastbar bist, dass du der *Beste* bist. Ist es denn so wichtig, der Beste zu sein, Ferus?"

Er schüttelte den Kopf. Es war nicht das, was er dachte.

Oder doch?

„Hast du uns deswegen verlassen? Weil du doch nicht der Beste warst und das auch ganz genau wusstest?"

„Nein", sagte Ferus. „Das war nicht der Grund dafür."

Siri verschränkte die Arme und lehnte sich zurück, obwohl da nichts war, an das sie sich hätte lehnen können. So stand sie eigenartig an die Luft gelehnt da und kreuzte die gestiefelten Füße. „Du brauchst keine Angst davor zu haben, was *wir* sind. Du musst dich vor dem fürchten, was *du* bist."

„Ich fürchte mich nicht", erwiderte Ferus laut, obwohl er wusste, dass Siri nur eine Vision war. Es kam ihm ziemlich dumm vor, mit einer Vision zu diskutieren, doch es führte kein Weg daran vorbei. „Ich kenne mich jetzt. Damals kannte ich mich noch nicht."

Siris Gelächter brachte ihm den Schmerz über ihren Verlust wieder in Erinnerung. Aber ihr Spott war jetzt nicht mehr durch Zuneigung gemildert, wie es früher der Fall gewesen war. Der Spott hatte etwas Verletzendes an sich. „Nun, du solltest dich aber fürchten. Du machst dir immer noch etwas vor!" Sie beugte sich plötzlich zu ihm. „Willst du etwa die Jedi ganz alleine retten? Als Wiedergutmachung dafür, dass du uns verlassen hast?"

„Nein, das ist nicht der Grund!", gab Ferus zurück. „Ich will nur helfen und ich will gegen das Imperium kämpfen!"

„Nein, du willst nur deine Entscheidung rückgängig machen", sagte Siri. „Du willst wieder ein Jedi werden. Aber dann habe ich Holonet-Neuigkeiten für dich: Das geht nicht! Du wirst niemals wieder ein Jedi sein! All deine jämmerlichen Versuche, die Macht zu benutzen – wie lachhaft! Was habe ich dir immer gesagt? Deine Pläne sind mit Verantwortung verbunden. Das hast du vergessen. Schon wieder!"

Siri begann zu lachen. Ihre Züge lösten sich plötzlich in einzelne Fragmente aus Licht auf. Dann setzte sich ihr Gesicht auf eigenartige Weise wieder zusammen, als passten die Teile nicht mehr richtig zusammen. Sie sah jetzt aus wie ein gesichtsloses Monster, ein Abbild der Dunklen Seite der Macht, das ihm erschien. Wie hatte er das nur vergessen können? Die Art, wie die Bilder sich veränderten, bis man nicht mehr wusste, wer ein Jedi war und wer der Dunklen Seite der Macht angehörte?

Oder war es nur eine Projektion seiner eigenen Gedanken, was er sah? Erschufen seine Ängste diese Vision?

Hier stand er Ängsten gegenüber, die er bisher nicht einmal gekannt hatte.

Plötzlich wünschte sich Ferus, dass er sich für alles andere entschieden hätte – selbst, sich dem Imperator zu stellen – anstatt in diese Höhle zu gehen.

Er hatte es für Garen getan, für einen Jedi, dem er nicht einmal nahe stand. Für jemanden, an den er sich nicht einmal richtig erinnern konnte. Ein blitzendes Lächeln, ein ungezwungener Umgang mit der Lebendigen Macht, ein erstaunlicher Pilot. Obi-Wans Freund.

Das war genug. Das Gefühl, das ihn beim Gedanken an Garen überkam, lehrte ihn etwas. Er musste immer noch ein Jedi sein. Etwas in ihm schwang immer noch im Einklang mit der Macht, wenn er die Verbindung spürte. Garens Leben war sein Leben. So einfach war das. Was er in seiner Kindheit erlernt hatte, steckte ihm immer noch in den Knochen.

Damit ging er weiter, immer tiefer in die Höhle hinein. Die Wände wurden hier unregelmäßiger – was an den Kristallen im Fels lag. Ferus wusste, dass es nutzlos wäre, sich die Kristalle genau anzusehen und den schönsten zu finden. Er musste zulassen, dass die Kristalle *ihn* riefen. Wenn die Macht stark in ihm war, würden die Kristalle, die er benötigte, ihn aus den tausenden von herumliegenden Steinen heraus rufen. Warte ab. *Die Richtigen werden erscheinen.*

Dieser Ort schüchterte ihn ein. Auf einmal überkam ihn die eiskalte Erkenntnis, wo er sich tatsächlich befand. Ob es ihm gefiel oder nicht – er war wieder auf dem Weg der Jedi.

„Unglaublich."

Anakin Skywalker. Einen Moment lang dachte Ferus, er wäre es wirklich. Er kam ihm so körperlich vor, so real. Doch dann erkannte er, dass Anakin jünger war, vielleicht sechzehn. So alt war er gewesen, als Ferus die Jedi verlassen hatte.

„Es passt zu dir", sagte Anakin, „dass du denkst, du wärst der einzige, der etwas unternehmen könnte. Du und dein riesengroßes Ego! Kein Wunder, dass dich nie jemand mochte."

Ferus wartete ab. Er wusste, dass dies nur ein Trugbild war, gegen das er nicht kämpfen und mit dem er nicht streiten konnte. Und er hatte sich schon vor langer Zeit mit dem abgefunden, was Anakin von ihm dachte. Er erfuhr hier nichts, was er nicht schon einmal gehört hatte.

„Deine Eifersucht hat deine Zukunft zerstört", fuhr Anakin

fort. „Du hast versucht, meine zu zerstören. Und als das nicht funktionierte, hast du den Orden verlassen."

„Du wusstest, dass Trus Lichtschwert defekt war", erwiderte Ferus. Er konnte nicht anders. Die Worte hatten ihm so viele Jahre lang im Hals gesteckt. Ferus und Anakin hatten ihren Freund Tru in Gefahr gebracht. Und obwohl Ferus es nicht absichtlich getan hatte, hatte er die Schuld auf sich genommen. „Du warst eifersüchtig auf unsere Freundschaft und deswegen hast du geschwiegen. Du hofftest, dass wir Schwierigkeiten mit dem Rat bekämen. Und so kam es auch. Du wusstest, dass wir die Wahrheit über dich nicht erzählen würden. Und genau so war es. Du hast geschwiegen und deinen Platz unter den Jedi behalten, während du mich einfach gehen ließest."

Anakin zuckte mit den Schultern. „Ist das deine Version?"

„Es ist die Wahrheit. Und erstaunlicherweise ist es das Beste, was mir jemals hätte passieren können. Ich habe mich selbst gefunden."

„Natürlich", sagte Anakin. „Das habe ich schon verstanden. Ich habe mich aber auch gefunden."

Die Kristalle strahlten plötzlich weniger hell. Ferus konnte die Höhlenwände nicht mehr erkennen. Ein Windstoß fuhr durch die Höhle.

Wind?, dachte Ferus. *Wo kommt der Wind her?* Und er spürte die eisige Präsenz von Angst.

Du glaubst, du weißt, was Angst ist?

Da erhob sich ein Flüstern.

Das Böse war in der Höhle. Er erkannte es an der eiskalten Hand, die sein Herz umklammerte und daran, wie die Kraft aus seinen Beinen wich.

Hatte er sich einen Fehltritt geleistet? Hatte die Dunkle Seite der Macht die Höhle übernommen?

Aus der Dunkelheit löste sich ein Schatten. Es war ein Ding und keine Person. Ein Schatten voll grausamem Schmerz. Dann änderte der Schatten die Form und Ferus erkannte nun eine humanoide Gestalt. Er sah einen dunklen Helm und einen Umhang.

Rasselndes Atmen erfüllte die Höhle. Ein kaltes, künstliches Geräusch. Ferus hörte, wie ein- und wieder ausgeatmet wurde. Es war, als atmete diese Kreatur die Dunkelheit ein und aus.

Darth Vader.

KAPITEL VIERZEHN

Natürlich hatte Ferus schon von ihm gehört. Der Statthalter des Imperators, der mit eiserner Faust durchgriff. Und jetzt wusste Ferus außerdem, dass er ein Sith war.

Die tiefe Stimme ließ ihm einen Schauer den Rücken hinunterrieseln.

„Es ist unser Schicksal, dass wir uns hier begegnen. Und es ist meine Aufgabe, dir die Wahrheit zu erzählen, vor der du dich versteckst. Du bist kein Jedi. Du willst dir einreden, dass du einer bist, aber das hast du ja schon immer getan. Aber du kannst genau so gut aufgeben. Weil du versagen wirst. Und du wirst alle mit dir reißen. Sieh her."

Ferus sah die Vision in aller Deutlichkeit. Garen, ein anderer Jedi, den er nicht einordnen konnte, und seltsamerweise Raina. Und auch Roan war da. Sie sahen zu einem Feuerball am Himmel hoch. Ferus musste zusehen, wie der Feuerball sie verschluckte.

Er wollte schreien, konnte aber nicht.

„Deine Pläne sind mit Verantwortung verbunden", sagte Darth Vader. „Aber daran denkst du nie, ist es nicht so? Du denkst nur an deinen eigenen Ruhm."

Ferus spürte, wie sich trotz seiner Angst der Widerspruchsgeist in ihm regte, und hielt ihn fest. Die Macht war hier, er wusste es. Er war im Augenblick nur nicht in der Lage, sie zu fassen zu bekommen. Doch allein das Wissen um ihre Existenz in dieser Höhle machte ihm Hoffnung.

Und damit kam auch der Mut zurück.

Ferus hatte es beinahe vergessen: Die Macht war überall, auch dort, wo das Böse atmete.

„Dies sind Dinge, die möglicherweise geschehen können", antwortete er. „Ich kann meinen eigenen Weg gehen."

„Du hast die Wahrheit *nie* gesehen."

„Wenn das deine Wahrheit ist, dann lass mir meine Illusionen."

Ferus trat direkt auf Darth Vader zu. Er hatte Angst, doch er nahm sie an und ging weiter. Wenn das sein Ende sein sollte, dann würde er es akzeptieren.

Als er den dunklen Mantel berührte, fühlte er sich, als hätte er sich verbrannt. Aus seiner Kehle drang ein Schrei und er wurde durch die Luft geschleudert. Er schlug hart auf dem Boden auf und stöhnte.

Doch die Dunkle Seite der Macht zog sich zurück. Er spürte, wie sie in einen Strudel gesogen wurde.

Er war wieder allein.

Da bemerkte er durch den Schleier seiner Schmerzen eine Dreiergruppe aus blassblauen Kristallen, die wie Sterne leuchteten. Er rappelte sich mühsam auf und ging zu den Kristallen hinüber. Als er seine Hand auf sie legte, spürte er, dass sie warm waren. Sie fielen einfach in seine Hände.

Er schob sie in die Tasche seiner Tunika. Nun musste er nur noch irgendwie einen Handgriff herstellen. Er wusste nicht, wie er das ohne die Möglichkeiten, die der Tempel bot, bewerkstelligen sollte – den Zugang zum Planungsarchiv, zu Spezialwerkzeugen und Energiezellen. Doch die Kristalle waren der wichtigste Teil eines Lichtschwerts. Er würde schon noch eine Lösung finden, wie er den Rest hinbekam.

Doch die Visionen waren anscheinend noch nicht fertig mit ihm. Wieder tauchte eine auf. Es war ein schwächlicher alter Jedi, der mit geschlossenen Augen und zerlumpter Tunika zusammengesunken an der Höhlenwand lehnte. Es schien, als wäre seine schwache Gestalt das Sinnbild für den Niedergang aller Jedi.

Ferus trat entschlossen auf die Vision zu. Er würde sich auch diesem Trugbild stellen. Der Klang seiner Schritte hallte von den Höhlenwänden wider. Die Vision hob den Kopf.

„Wer bist du?", fragte sie.

Das Trugbild war echt. Es war ein Mann.

Ferus ging langsam vor ihm in die Hocke. „Garen?"

„Wer will das wissen?", fragte der Mann mit rissigen Lippen.

„Ich bin Ferus Olin."

„Ich kenne … diesen Namen. Siris Schüler."

„Ja. Wir sind uns schon einmal begegnet. Ich bin ein Freund von Obi-Wan Kenobi."

„Obi-Wan! Er lebt?"

„Ja, so ist es. Er ist zu eigensinnig, um zu sterben."

Garen ließ sich gegen die Felswand sinken und lächelte. „Ja. Jetzt weiß ich sicher, dass du es bist, Ferus."

„Er sandte mich hier her, um Euch zu suchen. Er kommt mit einem Schiff zurück."

„Das ist großartig", sagte Garen. „Obi-Wan kommt mich retten. Hört das denn nie auf?"

„Jeder muss für sein Überleben einen Preis zahlen", sagte Ferus grinsend.

„Wir haben nicht geglaubt, dass noch ein anderer Jedi überlebt hat."

„Wir?“

„Fy-Tor-Ana und ich. Sie kam ebenfalls hierher, doch sie ging zurück nach Coruscant um nachzusehen, was mit dem Tempel geschehen war. Sie wollte zu mir zurückkommen, aber sie … kam nie zurück.“

Da ertönte plötzlich ein schmerzerfülltes Geheul. Und dann wurde die Luft von grauenhaften Schreien erfüllt.

„Sind das auch Visionen?“, fragte Ferus.

Garen richtete sich mühsam auf. „Nein.“

„Die Gorgodons“, sagte Ferus. „Aber wie können sie … ich bin gleich wieder da.“

„Ich gehe nirgendwo hin.“

Ferus lief durch die Höhle zurück zum Durchgang in das Nest der Gorgodons. Er spähte durch die Öffnung.

Sturmtruppen zerstörten mit Flechette-Werfern und Flammenwerfern systematisch das Nest der Gorgodons. Die Kreaturen kämpften verzweifelt, doch Ferus war klar, dass sie nicht mehr weit von einer Niederlage entfernt waren. Sie kämpften um ihre Behausungen, doch die Sturmtruppen warfen Splittergranaten gegen die felsigen Wände, und ein Regen aus Trümmern ging vor dem verborgenen Eingang nieder. Plötzlich landete ein großer Felsblock genau vor Ferus und blockierte ihm die Sicht. Eine Stabwolke drang durch den schmalen Spalt in die Höhle hinein. Ferus zog sich hustend zurück.

Sie wussten, dass er hier war. Und sie schnitten ihm den Rückweg ab. Jetzt würde er durch die vordere Höhlenöffnung gehen müssen.

Schnell lief er zu Garen zurück. „Wir müssen durch den Vordereingang verschwinden. Ich bin mir sicher, dass sie dort auf uns warten.“ Ferus hantierte an seinem Gürtel und holte eine

Wasserration und eine Proteinpille hervor. „Könnt Ihr das schlucken?"

Doch Garen würdigte die Nahrungsmittel kaum eines Blickes. Er sah einfach nur zu Ferus hoch, und der erkannte die Resignation in Garens Blick.

„Du musst gehen. Ich kam hierher, um eins mit der Macht zu werden um bei den Visionen meiner Vorfahren zu sein. Die Lebendige Macht ist nur noch schwach in mir." Er mühte sich ab, sein Lichtschwert von seinem Gürtel zu lösen. Dann gab er es Ferus. „Es braucht neue Kristalle. Ich sah, wie du die deinen fandest – die blauen. Füge sie in dieses Schwert ein. Es gehört jetzt dir."

„Das kann ich nicht annehmen", widersprach Ferus.

„Du musst", erwiderte Garen. „Ich werde es niemals wieder benutzen. Es würde mich mit Stolz erfüllen, es einem anderen Jedi zu geben."

„Aber ich bin kein Jedi. Nicht mehr."

„Ich spüre die Macht in dir", sagte Garen. „Das ist genug."

Ferus nahm das Lichtschwert ehrfürchtig entgegen. Es war erstaunlich, wie perfekt ausbalanciert sich der Griff in seiner Hand anfühlte. Obwohl er zerkratzt und ramponiert und auf einer Seite eingedellt war, lag er in seiner Handfläche, als hätte er ihn selbst dafür gemacht. Er öffnete die Klappe am Griffende und schob die Kristalle hinein. Als er das Lichtschwert aktivierte, erwachte die Klinge summend und eisblau zum Leben.

„Setze es gut ein", sagte Garen.

„Das werde ich. Ich werde uns hier herausbringen." Ferus beugte sich hinab und sah Garen tief in die Augen. „Die Lebendige Macht mag vielleicht schwach sein, aber sie ist noch in Euch. Es wäre nicht richtig, Euch hier zurückzulassen, ohne eine Rettung wenigstens zu versuchen. Es wäre gegen den Jedi-Kodex." Er hielt ihm das Wasser und die Tablette hin. Es dauerte lange, doch schließlich nickte Garen.

Ferus half ihm auf die Beine. Gemeinsam machten sie sich auf den Weg zum Vordereingang der Höhle. Ferus wusste nicht, wie er gleichzeitig kämpfen und Garen beschützen sollte, doch er wusste, dass es getan werden musste.

Er fragte sich, wo Trever war. Dann fragte er sich, wo Obi-Wan war. Er fragte sich, wie er sich eigentlich in diese Lage gebracht hatte. Er fragte sich, weshalb er sich nicht einfach einen bequemen Planeten für sein Exil suchen und das Imperium ignorieren konnte. Er fragte sich, ob die Visionen nicht Recht hatten, und er diese Aufgabe nicht ausschließlich annahm, um zu beweisen, dass er doch ein Jedi war.

Als sie an der Höhlenöffnung angelangt waren, lagerte Ferus Garen an der Höhlenwand hinter einem großen Felsen. „Bleibt hier, während ich die Lage erkunde."

Vorsichtig schlich er zum Ausgang. Und wie er befürchtet hatte, stand dort draußen eine Schwadron Sturmtruppen in Kampfformation. Er zählte fünfzehn Soldaten. Das war keine unmögliche Zahl für einen Jedi – für einen Jedi allerdings, der seit langem kein Lichtschwert mehr benutzt hatte, konnte es ein Problem werden.

Er beobachtete sie eine Zeit lang und versuchte herauszubekommen, was sie vorhatten.

Es wurde im schnell klar.

Hinter dem Trupp stellte sich ein mobiler Merr-Sonn-Granatwerfer in Position. Er war in der Lage, pro Sekunde bis zu einhundert Granaten abzufeuern, die durch ein Rohr nachgeladen werden konnten. Er wurde von zwei Soldaten auf einer Repulsorlift-Plattform bedient, die blitzschnell beschleunigen und bis zu dreißig Meter hoch in die Luft steigen konnte. Kurz: Die Maschine war höchst wendig und eine tödliche Waffe.

Garen hatte irgendwie die Kraft gefunden, sich neben Ferus zu schleppen. Er stieß einen leisen Pfiff aus. „Das sind keine guten Neuigkeiten."

„Sie meinen es ernst", sagte Ferus.

„Wie gut bist du denn mit dem Lichtschwert?"

„Ich bin ehrlich gesagt etwas eingerostet."

„Ich wünschte, ich hätte das nicht gehört."

„Besitzt Ihr noch andere Waffen?"

„Nein."

„Nehmt meine Blasterpistole."

„Wie lautet dein Plan?", fragte Garen.

„Muss ich einen Plan haben?"

„Nun", erwiderte Garen, „ich fände es nicht schlecht. Lass uns nachdenken, was unsere Tempel-Ausbildung dazu meint."

„Eine Fragerunde? Jetzt?" Vielleicht fehlten ihm die Jedi doch nicht so sehr ...

„Wenn du einer überlegenen Streitmacht gegenüber stehst, welche Strategien stehen dir zur Verfügung?"

„Zum einen der Rückzug", antwortete Ferus, den Blick auf die Sturmtruppen geheftet. „Das ist immer ein Favorit."

„In dieser Situation unmöglich, wie ich fürchte. Lass uns Nummer zwei betrachten."

„Den Vorteil des Feindes zu deinem eigenen Vorteil machen." Ferus waren die Worte ganz einfach eingefallen. Er musste daran denken, wie er im Tempel im Unterricht gesessen und Kampfszenarien studiert hatte. Man war der Meinung gewesen, dass die Jedi, obwohl sie Hüter des Friedens waren, auch Kenntnise in militärischer Strategie besitzen sollten. Als Offizier in den Klonkriegen hatte ihm das eine Menge genutzt. „Wir müssen den Granatwerfer kapern“, sagte er langsam. „Aber wie?“

„Ich kam vor vielen Jahren in diese Höhle, um meine Kristalle zu suchen“, sagte Garen. „Ich beschloss, draußen zu warten, bis ich bereit war, bis die Macht um mich stark genug war. Nun, das habe ich mir jedenfalls eingeredet. In Wirklichkeit war ich starr vor Angst. Ich saß also sehr lange einfach so da und betrachtete die Höhlenöffnung. Und dann sah ich etwas – einen Vogel. Es war ein winzig kleiner Schneefedervogel, der sein Nest über dem Höhleneingang gebaut hatte. Und da wurde mir klar, dass ich die Höhle immer falsch gesehen hatte. Sie sieht aus, als wäre sie aus dem Berghang geschlagen, dabei liegt an ihrer Oberseite ein kleiner Überhang.“

„Ich verstehe nicht“, sagte Ferus. „Und ich erinnere Euch ungern daran, aber dort unten warten eine Schwadron Sturmtruppen und mehrere hundert Granaten.“

„Der Überhang ist breit genug für ein Schneefedernest, und er ist breit genug, damit ein Mann darauf sitzen kann.“

„Sitzen? Ich will nicht dort oben sitzen! Ich wäre eine einzige, große Zielscheibe!“

„Du kommst hinauf, indem du hinter den Felsen draußen beim Eingang nach oben kletterst“, fuhr Garen ungerührt fort. „Steig an der Seitenwand der Höhle hoch und schwing dich auf den Überhang. Wenn du schnell bist, sieht man dich vielleicht nicht.“

„*Vielleicht* nicht?“

„Sie werden nicht *über* die Höhle sehen, sondern innen nach Bewegung schauen. Dann springst du über die ersten Reihen der Sturmtruppen hinweg und landest in der Nähe des Granatwerfers. Wenn sie dich sehen, werde ich versuchen, sie abzulenken.“

Ferus sah Garen zweifelnd an. Er sah so zerbrechlich aus wie der Schneefedervogel, von dem er erzählt hatte. Dies war der verrückteste Plan, von dem er jemals gehört hatte.

Doch er hatte keinen besseren.

Und die Zeit lief ihnen davon.

„Sie werden bald vorrücken", sagte Garen mit einem Blick auf den Feind. „Kümmere dich nicht um sie. Du hast es auf den Granatwerfer abgesehen. Ich werde hier bleiben und sie in Empfang nehmen."

Ferus sah Garen ungläubig an. „Allein?"

„Ich werde nicht allein sein", gab Garen zurück. „Die Visionen werden mir helfen. Jetzt geh schon! Und möge die Macht mit dir sein."

War das der richtige Plan oder war er einfach nur daran gewohnt, auf Jedi-Meister zu hören? Ferus hielt sich dicht an der Höhlenwand, während er sich in Richtung Ausgang schob. Er presste sich dagegen, bis er in ihrem Schatten verschwand. Dann kletterte er so unauffällig wie möglich auf einen der Felsblöcke am Höhlenausgang. Er richtete sich auf, fand sein Gleichgewicht und tastete auf der Suche nach einem sicheren Griff oben auf dem Rand der Höhle herum. Er musste es blind tun, denn er konnte nicht hinausschauen. Er musste darauf vertrauen, dass er auf den Überhang passte, wenn er sich erst einmal hinaus und hinauf geschwungen hatte.

Er warf einen Blick auf die Sturmtruppen, die dort draußen lauerten. Alle starrten mit erhobenen Blastergewehren in seine Richtung und warteten zweifelsohne auf Anweisungen über ihre Kopfhörer. Hinter ihnen schwebte der mobile Granatwerfer. Er sah die Soldaten auf der vorderen Plattform, deren Hände schussbereit auf der Steuerung lagen.

Jetzt oder nie.

Er schwang sich nach draußen, vollführte einen Halbsalto, verfehlte die Höhlenwand nur um Haaresbreite und landete auf dem schmalen Überhang. Er rollte sich so weit er konnte nach hinten und verbarg sich im Schatten. Sein Herz klopfte wie wild, während er abwartete und sich fragte, ob er gleich von einer Granate in den Himmel geschleudert wurde.

Doch nichts dergleichen geschah. Sie hatten ihn nicht gesehen. So weit, so gut.

Ferus spürte, wie sich die Macht um ihn sammelte. Garen! Garen hatte nach der Macht gegriffen und ließ sie stärker werden.

Ferus sprang in einem mächtigen Satz über die Reihen der Sturmtruppen hinweg. Sie hatten ihn nicht gesehen, doch die Soldaten auf dem mobilen Granatwerfer schon. Sofort erwachte er um sich schießend zum Leben. Die Granaten flogen geradewegs auf ihn zu. Garens Lichtschwert fühlte sich wie angewachsen in seiner Hand an, und die blaue Klinge leuchtete. Er lenkte die Granaten ab und schlug sie in Richtung der Sturmtruppen unter ihm zurück.

Es war ein unglaubliches Gefühl, wieder ein Lichtschwert in den Händen zu halten. Seine Kenntnisse kamen wieder zu ihm zurück, und dabei musste er sich nicht einmal darum bemühen. Sie waren in jeder seiner Bewegungen, in jedem präzisen Winkel seines Angriffs.

Er landete auf der mobilen Plattform und stieß den vorderen Soldaten mit der gleichen Bewegung über den Rand hinab. Er setzte sich in den Steuersitz, änderte die Fahrtrichtung abrupt und gab Gas. Der Soldat auf der Rückseite stürzte ebenfalls von der Plattform.

Das Bataillon lief vor ihm auseinander, als er sie mit einer Granatsalve eindeckte. Nun konnte er mit dem Granatwerfer in die Höhle fahren und Garen holen.

Doch in diesem Augenblick neigte sich das Fahrzeug kurz nach rechts. Einer der Soldaten war wieder an Bord gesprungen. Ferus spürte die Hitze eines Blastergeschosses an seinem Ohr. Er duckte sich und versuchte gleichzeitig, sein Lichtschwert zu schwingen. Es war ein schwieriger Zug, den er in seiner Jugend mühelos hinbekommen hätte. Doch jetzt waren seine Lichtschwertkünste etwas eingerostet und er war nicht voll im Gleichgewicht. Ferus musste zu seinem Schrecken feststellen, dass er im nächsten Augenblick von dem Granatwerfer fallen würde, als der Soldat seinen Blaster erhob und feuerte.

Also bin ich wohl doch nicht wieder ganz so weit, wie ich dachte.

Er spürte die sengende Hitze in seiner Schulter, während er schon von der Plattform geschleudert wurde und hart auf dem Boden aufschlug.

So ist das also. Ein Gorgodon benutzt mich als Sandsack und eine böse Vision schleudert mich umher wie einen Laserball. Und jetzt hat man mich auch noch mit einem Blaster angeschossen. Kein guter Tag.

Er sah, wie der Granatwerfer mitten in der Luft stoppte und sich auf der Stelle drehte. Dann raste er auf Ferus zu.

Wut überkam ihn. Wut auf sich selbst. Er hatte es vermasselt. Hier würde alles für ihn zu Ende gehen, draußen vor den Höhlen von Ilum. Der heiligste Ort der Jedi – hier würden seine Überreste liegen. Die Macht verlangsamte die Zeit für Ferus, und er konnte sein Lichtschwert wieder aktivieren. Er wusste, dass er dem Dauerfeuer, dem er gleich ausgesetzt werden würde, nicht ausweichen konnte, aber er wollte wenigstens kämpfend eins mit der Macht werden.

Da sah er aus dem Augenwinkel ein Blinken, ein schwaches

Aufblitzen. Etwas fiel vom Himmel. Und im nächsten Moment warf ihn eine Explosion aus Licht wieder zu Boden.

Es war eine Alpha-Plus-Ladung. Ein kleiner Sprengsatz, der genau auf den mobilen Granatwerfer abgefeuert worden war. Dann noch einer und noch einer.

Die Granaten explodierten in einem gewaltigen Feuerball. Ferus robbte den Abhang hinunter, um nur schnell der furchtbaren Hitze zu entkommen. Schließlich schlug er mit dem Kopf auf einem Felsen auf und blieb liegen.

Er sah, wie Trever aus einem Raumjäger Sprengsätze auf die Bodentruppen unter sich abwarf. Er wurde von einem zweiten, größeren Schiff verfolgt. Die Sturmtruppen liefen in alle Richtungen davon.

Ferus wehrte sich nicht gegen die Schmerzen, die er empfand. Er akzeptierte sie und konzentrierte sich auf die nächste Aufgabe. In der Deckung von Trevers Angriff lief er zur Höhle zurück. Seine Augen begannen vom Rauch zu tränen und seine Schulter fühlte sich an, als würde sie in Flammen stehen.

Er fand Garen in der Nähe des Höhleneingangs. Er lag regungslos am Boden, den Blaster fest in der Hand.

Das Schiff landete genau vor dem Höhleneingang. Ferus hob Garen auf und lief auf die geöffnete Rampe zu. Der Jedi war leicht wie ein Vogel. Die Sturmtruppen deckten ihn mit Blastersalven ein, doch Trever schaffte es, ein paar weitere Sprengsätze hinter die Felsen zu werfen und so brach das Feuer schnell ab.

Ferus rannte mit Garen die Rampe hoch. Dort sank er auf die Knie.

Als das Verfolgerschiff tiefer sank, drückte Trever das Steuer in einem senkrechten Steigflug nach oben. Der Antrieb lief mit Maximalleistung. Sie konnten vielleicht nicht von diesem Planeten fliehen, aber sie konnten den feindlichen Transporter abhängen.

„Ich weiß einen Ort, an dem wir uns verstecken können", sagte Garen. „Obi-Wan wird uns dort finden."

KAPITEL FÜNFZEHN

Der Notruf erreichte Obi-Wan, als er gerade von Polis Massa aufbrach. Er wusste genau, in welcher Höhle sie sich verstecken und auf ihn warten würden: Es war eine Höhle ohne Kristalle, die die Jedi oft als verborgenen Landehafen benutzt hatten.

Während des gesamten Fluges konnte Obi-Wan nur an zwei Dinge denken: *Garen lebt* und *Malorum muss aufgehalten werden.* Als er schließlich die Höhle auf Ilum erreichte, brachten Ferus und Trever Garen sofort an Bord. Obi-Wans erster Impuls war, sofort nach seinem alten Freund zu sehen, doch er wusste, dass eine schnelle Flucht wichtiger war. Erst nachdem sie weit im Weltraum waren und Ferus das Steuer übernahm, betrat Obi-Wan die Kabine, in der sein Freund lag.

Und war er zuvor nur dankbar gewesen, zu wissen, dass sein Freund noch lebte, so brach ihm bei dessen Anblick beinahe das Herz.

Er hätte ihn nicht mehr erkannt. Garen lag mit geschlossenen Augen da, die Haut so bleich und zerbrechlich wie Schnee. Obi-Wan hatte das Gefühl, er könnte sich in Dunst auflösen, wenn er ihn nur anblies. Garen war immer robust und lebhaft gewesen. Sein Körper hatte voller Energie gesteckt, und seine humorvollen Augen sprühten vor Leben.

Obi-Wan näherte sich ihm leise. Garen rührte sich nicht. Obi-Wan sah die feinen blauen Äderchen in seinen Augenlidern, die dunklen Ringe unter seinen Augen. Seine Wangen waren eingefallen und sein Haar ausgedünnt. Seine einst so muskulöse Brust sah aus, als wäre sie eingedrückt.

Garen öffnete die Augen so langsam, als wäre es das Schwerste, was er jemals hatte tun müssen. Er richtete seinen Blick auf Obi-Wan.

„Kann ich irgendetwas für dich tun?", fragte Obi-Wan.

Garens Stimme war nur ein Flüstern. „Bring mir bloß keinen Spiegel. Ich sehe an deinem Blick, wie schlimm es ist."

„Du lebst", sagte Obi-Wan. „Dafür bin ich dankbar."

„Dessen bin ich mir selbst nicht so sicher. Aber danke dafür, dass du mich gefunden hast."

Jedes Wort schien Garen enorme Anstrengung zu kosten. Was konnte Obi-Wan jetzt für ihn tun? Wie konnte er für ihn sorgen? Er konnte ihn nicht mit nach Mos Eisley nehmen. Es würde zu viel Aufmerksamkeit erregen, und abgesehen davon gab es auf Tatooine wohl kaum ausreichend Möglichkeiten zur Versorgung. Garen brauchte Ruhe und dauernde Beobachtung.

Obi-Wans alter Freund verlor bereits wieder das Bewusstsein.

„Wir können uns später unterhalten", sagte Obi-Wan. Er legte seinem Freund eine Hand auf die Schulter. Er spürte fast nur Knochen. Seine Emotionen drohten ihn zu überwältigen: Die Liebe zu seinem Freund, die Hilflosigkeit, die er empfand, die Erinnerungen an den, der Garen einst gewesen war. Der Verlust von allem, was sie besessen hatten.

Er riss sich wieder zusammen, ging zurück ins Cockpit und setzte sich in den Sitz neben Ferus. Trever war das Opfer seiner Erschöpfung geworden und war im Essbereich der Kombüse eingeschlafen.

„Danke, dass du Garen gerettet hast", sagte Obi-Wan.

„Dies ist erst der Anfang", sagte Ferus. „D'harhan sagte, es gäbe Jedi-Gefangene auf Coruscant. Garen berichtete mir, dass er in der Höhle eine Jedi getroffen hätte, die sich auf den Weg nach Coruscant gemacht hatte. Es könnte dieselbe Jedi sein. Sie könnte am Leben und inhaftiert sein."

„Coruscant ist groß. Diese Jedi könnte überall sein."

„Ein Jedi kann niemals wirklich versteckt werden. Wir können sie finden. Wir können sie alle finden."

„Und was dann?"

„Dann bringen wir sie an eine geheime Basis."

Obi-Wan schüttelte den Kopf. „Du wirst sie nur in noch größere Gefahr bringen, Ferus. Unsere größten Chancen haben wir im Augenblick, wenn wir verstreut bleiben. Zu viel konzentrierte Macht an einem Ort könnte die Sith aufmerksam machen."

„Ich glaube kaum, dass eine Handvoll Jedi etwas auslösen würden", sagte Ferus. „Abgesehen davon wären wir sehr gut versteckt."

„Wie willst du einen solchen Ort finden?"

„Ich habe ihn schon gefunden. Und Ihr auch."

Obi-Wan dachte einen Augenblick lang nach. „Der Asteroid."

„Er ist nicht in den Raumkarten erfasst und befindet sich ständig in Bewegung."

„Ein Felsklotz ohne Unterkunft mitten in einem Energiesturm."

„Seht Ihr, was ich meine? Geradezu ideal." Ferus klang entschlossen. „Ich habe bereits Kontakt mit Roan aufgenommen, meinen Freund von daheim. Ich weiß, dass es riskant war, eine Übertragung zu versuchen, aber er ist die einzige Person, der ich vertrauen kann, die sich nicht auf dem Asteroiden oder an Bord dieses Schiffes befindet. Wir haben schon vor Jahren ein Code-System für die Kommunikation entwickelt und eine Reihe von geheimen Treffpunkten vereinbart. Er bringt uns Vorräte und kehrt dann nach Ussa zurück. Ich gab ihm eine detaillierte Liste der medizinischen Versorgungsgüter, die wir für Garen benötigen, und noch ein paar anderen Dingen. Wir müssen autark sein."

Obi-Wan hörte die Begeisterung in Ferus' Stimme, doch er konnte sich ihr nicht anschließen. Aber jetzt war nicht die richtige Zeit für eine Diskussion. Es war an der Zeit, sich auszuruhen und einen Plan zu schmieden.

„Weck mich auf, wenn wir beim Raumhafen ankommen", sagte er.

Trever spähte durch die Cockpitscheibe hinaus auf den Raumhafen von Nixor. Es war ein kleiner Hafen im Orbit des gleichnamigen Systems, ein einziges überfülltes, desorganisiertes Chaos. Die Nixorer, die mit dem restlichen System auf Kriegsfuß standen, weigerten sich, den Hafen auf den neuesten Stand zu bringen oder auch nur die notwendigsten Reparaturen vorzunehmen. Piloten versuchten wenn irgend möglich, den Raumhafen zu meiden, doch aufgrund seiner Lage im Mid Rim war er immer voll besetzt. Dies war ein Ort, an dem man sich leicht verstecken konnte.

„Du suchst dir wirklich immer ziemlich üble Gegenden der Galaxis für deine Treffen aus", bemerkte Trever.

„Genau darum geht es. Manchmal liegt das beste Versteck mitten in einer Menschenmenge." Ferus senkte die Rampe ab und ging hinaus. Er blickte suchend über die Menge hinweg und entdeckte ihn beinahe sofort. Roan war dünner geworden und schien sich immer noch nicht ganz von den Verletzungen erholt zu haben, die er sich während seines Aufenthalts in einem Imperialen Gefängnis zugezogen hatte. Doch sein Lächeln war noch dasselbe geblieben.

Langsam gingen sie aufeinander zu.

„Du siehst aus wie ein Durko, der einen schlechten Tag hatte", sagte Roan.

Ferus wusste, dass das stimmte. Er hatte auf dem Schiff Bacta auf seine Wunden gestrichen, aber die Kombination aus einem Blastertreffer und Prügel durch den Gorgodon hatte Spuren hinterlassen – zum Beispiel einen lieblichen grünen Fleck an der Schläfe, ganz in der Nähe seiner silbernen Haarsträhne.

„Danke", gab er zurück. „Du siehst aber auch nicht grade wie der Hauptgewinn aus."

Roan trat auf Ferus zu und ergriff ihn bei den Oberarmen. Das war ihre spezielle Begrüßung nach einer langen Abwesenheit. Als Roan Ferus berührte, zog er eine Grimasse.

„Was ist denn?"

„Nur eine Blasterwunde. Nichts, worüber man sich Sorgen machen müsste."

„Kannst du nicht einfach entkommen und dich verstecken, so wie alle anderen auch? Musst du denn die Schwierigkeiten geradezu suchen?" Roans Tonfall war unbeschwert, doch sein Blick zeigte echte Besorgnis.

„Na ja, du kennst ja die Imperialen. Sie sind nun mal solche fröhlichen Zeitgenossen. Ich kann ihnen einfach nicht fernbleiben."

Roans Lächeln war gequält. „Ich schätze, du *musst* das einfach tun."

„So ist es. Ich wünschte ..."

„... es wäre anders. Ich weiß."

„Dort draußen gibt es noch überlebende Jedi“, sagte Ferus. „Ich will sie finden und in Sicherheit bringen.“

Roan nickte langsam. „Ich dachte, du hättest den Jedi-Orden verlassen.“

„Das habe ich auch.“

„Wirklich? Sieht mir aber nicht danach aus.“

„Sie brauchen mich jetzt. Ein paar von ihnen sind noch am Leben. Sie verstecken sich. Wenn es einen Ort gibt, zu dem sie fliehen können, ein Ort, an dem sie in Sicherheit sind, würde es ihnen eine Chance verschaffen, wieder zu kämpfen. Also werde ich eine Geheimbasis errichten.“

„Aha. Das erklärt das Gewächshaus“, sagte Roan.

„Konntest du eines beschaffen?“

„Ich habe ein vormontiertes Gewächshaus, Nahrungsmittel, Samen, Pflanzen, Wasseraufbereitungssysteme und ein komplettes kleines Med Center. Alles, was du haben wolltest. Plus zusätzlichen Treibstoff, ein paar Datapads und noch ein paar Sachen mehr. Deine Vioflöte, damit du die anderen abends foltern kannst, wie du es mit mir getan hast.“

Ferus lachte, doch er wurde auch sehr traurig. Sein altes Leben war wirklich vorbei. Für immer verschwunden.

„Du bringst dich in große Gefahr“, warnte Roan. „Aber ich schätze, das ist dir klar. Na ja, mach dir keine Sorgen, Partner. Wir können uns ja von Zeit zu Zeit sehen. Ich habe auch in Ussa zu tun. Das Imperium hat die Widerstandsbewegung zerschlagen, aber wir warten unseren Moment ab. Du tust das Richtige.“

„Ich weiß nicht, ob das stimmt“, sagte Ferus. „Ich weiß nur, dass ich es tun *muss*.“

„Manchmal“, sagte Roan. „Ist das alles, was man wissen muss.“

KAPITEL SECHZEHN

Das Funkfeuer funktionierte tadellos, doch sie mussten noch durch den Energiesturm hindurch, um zum Asteroiden zu gelangen. Ferus hatte sich bereits an die Raumverschiebungen und an die plötzlichen Gravitationsstrudel gewöhnt, die das Schiff außer Kontrolle bringen konnten. Dennoch atmeten alle erleichtert auf, als der Asteroid in Sicht kam.

Toma und Raina mussten sie kommen gesehen haben, denn sie standen schon wartend da, als Ferus das Schiff landete. Er senkte die Rampe ab und die drei stiegen aus.

„Wir sind sehr froh, Euch zu sehen", sagte Toma.

„Uns ging schon langsam der Gesprächsstoff aus", fügte Raina hinzu. Sie versuchte, scherzhaft zu klingen, doch ihr Gesicht wirkte angestrengt. Sie hatte sicher befürchtet, dass die anderen nicht zurückkehren würden.

„Wir haben Vorräte mitgebracht", sagte Ferus. „Und einen verwundeten Kameraden."

„Ich werde mich um ihn kümmern", sagte Raina. „Vor dem Ausbruch der Klonkriege konnte ich eine medizinische Ausbildung abschließen." Schnell betrat sie das Schiff über die Rampe.

Ferus wandte sich wieder an Toma. „Wir werden hier eine Basis einrichten. Wir hoffen, dass noch mehr Jedi kommen. Ich habe genügend Vorräte mitgebracht, um uns Unabhängigkeit zu garantieren. Ich brauche nur Leute, die alles betreuen, während ich weg bin. Ich hatte gehofft, dass ich Raina und Euch dazu überreden konnte. Mir ist schon klar, dass das keine sonderlich attraktive Arbeit ist, aber …"

„Ich kann nicht für Raina sprechen", sagte Toma, „aber ich kann mir keinen besseren Job vorstellen."

Sie luden die Vorräte aus. Obi-Wan, Ferus und Toma bauten die vormontierten Behausungen auf, die in Einzelteilen in Durastahlkisten verpackt waren. Die Plastoid-Gebäude waren stabil und dafür konstruiert, auch Hitze und Kälte zu überstehen.

Als sie damit fertig waren, erlaubten sie sich eine Pause und betrachteten den Himmel. Da sich der Asteroid andauernd in Bewegung befand und keine Sonne besaß, gab es auch keinen Unterschied zwischen Tag und Nacht. Dennoch hatten sie das Gefühl, dass ein Tag vergangen und es Zeit für etwas Schlaf war.

Obi-Wan sah nach Garen. Raina hatte eine kleine Klinik in einer der Unterkünfte eingerichtet. Garen schlief.

„Es wird eine Weile dauern, bis er sich wieder erholt hat", flüsterte Raina. „Wir können hier all das für ihn tun, was er auch in einer erstklassigen Einrichtung bekommen würde. Was er braucht, ist Ruhe, Nahrung und eine grundlegende medizinische Versorgung. Ich werde ihn wieder gesund pflegen, Obi-Wan." Sie betrachtete Garen sorgenvoll. „Ich erinnere mich, wie er in den Klonkriegen aussah. Er hat sich sehr verändert."

Obi-Wan legte ihr eine Hand auf die Schulter. „Vielen Dank, dass Ihr Euch um ihn kümmert."

Obi-Wan verließ die Krankenstation durch die niedrige Tür. Ferus stand draußen und sah in den dunstigen blauen Himmel.

„Wie geht es Garen?"

„Er schläft. Raina weiß nicht, wie lange es dauern wird, bis er wieder gesund ist. Aber es geht ihm hier gut."

„Jetzt, wo er versorgt ist, sollten wir nach Coruscant aufbrechen", sagte Ferus. „Wir haben keine Zeit zu verlieren."

Der Augenblick, in dem er Ferus enttäuschen würde, war da. „Ich komme nicht mit dir, Ferus."

Doch Ferus sah nicht überrascht, sondern traurig aus. „Ich denke, ich wusste es schon. Ich hatte nur gehofft, Ihr würdet Euch anders entscheiden."

„Ich habe dir so viel Hilfe gegeben, wie ich konnte."

„Aber was ist mit Garen? Er ist Euer Freund!"

„Ich lasse ihn hier an einem Ort, an dem man ihn gesund pflegen kann."

„Ja, er braucht Pflege. Genau das meine ich. Wir fanden Garen und wissen nun, dass es noch einen anderen Jedi gibt, der unsere Hilfe braucht." Ferus schüttelte den Kopf. „Ich verstehe nicht, wie Ihr Euch dieser Tatsache verschließen könnt."

„Und ich kann es dir nicht erklären." *Es gibt ein paar Dinge, die du einfach nicht wissen darfst.*

Ferus schnaubte. „Schon wieder Eure geheime Mission."

„Es tut mir Leid, dass ich dir nichts darüber sagen kann. Wenn du wieder einmal meine Hilfe brauchst, werde ich dasein. Aber ich kann nicht diese Basis für dich errichten. Ich kann nicht mit dir durch die Galaxis reisen. Ich habe meinen Platz in diesem Kampf bereits gefunden."

Er konnte die Ungeduld in Ferus' Gesicht sehen. „Und deshalb lasst Ihr die zurück, die Euch brauchen? So wie Euren besten Freund?"

„Sie haben dich. Das ist deine Mission, Ferus. Du hast sie dir erwählt."

Ferus wandte sich wütend ab.

Obi-Wan war im Widerstreit mit seinen Gefühlen. Er wusste, dass Ferus auf gewisse Weise Recht hatte. Ein Teil von ihm zweifelte selbst daran, ob er Garen hier zurücklassen konnte, und er sorgte sich um diese schwache Truppe. Toma und Raina waren mutig und einfallsreich, doch auch sie hatten ihre Grenzen. Trever war klug und erfindungsreich, aber er war noch ein Junge. Garen war krank und gebrechlich. Und Ferus befand sich erst am Anfang eines langen Weges. Er hatte sich zu viel aufgebürdet, weil er annahm, dass er bereits wieder derselbe mächtige Jedi wäre, wie er es einst gewesen war.

Und er, Obi-Wan, ließ sie alle hier auf sich selbst gestellt zurück.

Doch er tat das Richtige. Das wusste er. Aber er konnte nicht so tun, als wäre es leicht, einfach weiterzuziehen, ohne Bedauern – dazu war er nicht imstande.

Dein Entschluss kann dich nicht vor Reue bewahren.

Das war eine Erinnerung, die so klar wie eine Glocke in Obi-Wans Gedanken klang. Er und Qui-Gon hatten sich nach einer Mission wie so oft unterhalten. Er konnte sich jetzt nicht mehr daran erinnern, was er damals bereut hatte oder was er seinen Meister gefragt hatte. Doch er erinnerte sich an einen gleißenden Sonnenuntergang und an die ersten Spuren des Nachthimmels darüber. Und er konnte sich genau an Qui-Gons Antwort erinnern.

Ein lebendes Wesen zu sein bedeutet, mit Reue zu leben. Wer behauptet, nichts zu bereuen, ist ein Lügner oder ein Narr. Nimm deine Reue so an, wie du deine Fehler annimmst. Und dann geh weiter.

Obi-Wan betrachtete Ferus und spürte den Schmerz in dessen Herzen. Ferus war so tapfer, und es lag noch ein schwerer

Weg vor ihm. Und trotzdem musste er ihn verlassen. Dieses Gefühl, dass sein Herz brechen konnte, diese Verwirrung, die er spürte ... das waren Dinge, die er schon lange nicht mehr empfunden und die er nie wieder zu empfinden gehofft hatte. Und doch stand er hier mit einem Herz voller Gefühle.

Und dann verstand er, so wie er seine Mission verstand, weshalb Qui-Gon ihm gesagt hatte, er wäre noch nicht reif für die Ausbildung der Whills.

Wenn du weißt, weshalb du noch nicht bereit bist, wirst du bereit sein, hatte Qui-Gon zu ihm gesagt.

Jetzt wusste er es. Er war bereit, zurückzukehren.

„Ich muss dich um zwei Gefallen bitten", sagte Obi-Wan zu Ferus. „Der eine betrifft Garen."

„Ich werde mich darum kümmern, dass er versorgt wird", erwiderte Ferus steif. „Ihr brauchtet mich nicht erst darum zu bitten. Ich würde ihn niemals zurück lassen."

„Danke. Und jetzt der zweite Gefallen. Ich fürchte, dass Malorum auf Polis Massa herumschnüffelt. Es ist das Beste, wenn du den Grund nicht kennst. Ich konnte die Untersuchungen bis jetzt verhindern, aber ich habe keine Ahnung, was Malorum bereits weiß und was er als Nächstes vorhat. Die Antworten auf diese Fragen können jeden Jedi in Gefahr bringen – und die aufkeimende Widerstandsbewegung."

„Ich werde ihn für Euch aufspüren", versprach Ferus. „Aber es wird vielleicht eine Weile dauern."

„Gib dein Bestes", sagte Obi-Wan. „Wenn er weitere Nachforschungen anstellt, muss ich es wissen. Und du solltest mich auf deinem Weg nach Coruscant auf Tatooine absetzen. Es ist Zeit, dass ich zurückkehre."

„Ihr behandelt mich wie einen Schüler", gab Ferus zurück.

„Ihr wollt mir nicht sagen, was Ihr tut und Ihr erteilt mir Befehle."

„Es mag dir so erscheinen", sagte Obi-Wan. „Aber ich sehe dich nicht als Schüler."

„Als was seht Ihr mich dann?", fragte Ferus gereizt.

„Als Jedi", gab Obi-Wan zurück. „Als einen der letzten."

Ferus' aufgewühlter Blick klärte sich. Er holte tief Atem und beruhigte sich wieder.

„Es ist so lange her, dass ich ein Jedi war", sagte er. „Die alten Lehren stecken mir noch in Fleisch und Blut, aber ich habe Schwierigkeiten, sie wieder zu entdecken. Es geht ums Annehmen, richtig? Anzunehmen ohne zu urteilen. Das ist es, was mir fehlt."

„Es ist auf jeden Fall etwas, nach dem es sich zu streben lohnt."

Ferus wandte sich ihm zu. Obi-Wan erkannte, dass Ferus ihn nicht verstand und ihm noch nicht verzieh. Doch er hatte den ersten Schritt auf dem alten Weg getan. „Dann werde ich es versuchen."

KAPITEL SIEBZEHN

Sie landeten Tomas Schiff draußen vor der Siedlung von Mos Eisley. Obi-Wan hüllte sich in seinen Mantel. Der Wind blies heftig, und der Sand flog in Böen umher. Gut. Während eines Sandsturms ging niemand gerne hinaus. Er würde seine Behausung unbeobachtet erreichen.

„Auf Wiedersehen, Trever", sagte Obi-Wan. „Wir hatten eine interessante gemeinsame Reise. Möge die Macht mit dir sein."

„Euch das gleiche, Wan."

Trever ging wieder in das Schiff hinein, während Obi-Wan allein mit Ferus auf der Rampe zurückblieb. Sandpartikel stachen ihnen in ihre Gesichtshaut.

„Ein entzückender Ort", bemerkte Ferus. „Man sieht gleich, weshalb Ihr so daran hängt."

„Ist dein Asteroid vielleicht ein üppiger Garten?"

„Er wird es noch werden."

Obi-Wan zögerte. Ein Teil von ihm wollte bei Ferus bleiben, wollte an dieser einen lebenden Verbindung mit seiner Vergangenheit festhalten. Doch er wusste, was er zu tun hatte und er musste es allein tun.

„Ich bin froh, dass sich unsere Wege wieder gekreuzt haben", sagte er.

„Ihr wart freundlich zu mir, als ich noch ein Padawan war",

gab Ferus zurück. „Ich bewunderte Euch mehr als jeden anderen Jedi ... Euch und Siri. Ich schätze, ich muss Euch auch jetzt vertrauen. Das ist allerdings nicht einfach."

„Qui-Gon würde sagen: Wenn es um die Lebendige Macht geht, dann ist Vertrauen die einzige Währung", sagte Obi-Wan.

Ferus nickte. „Ihr sagtet, Ihr würdet mir helfen, wenn ich Euch brauchte. Ich verspreche Euch dasselbe. Möge die Macht mit Euch sein, Obi-Wan Kenobi."

„Möge die Macht mit dir sein", antwortete Obi-Wan. „Spür sie auf und schare sie um dich. Bring sie in Sicherheit."

Ferus legte die Hand auf sein neues Lichtschwert und ging die Rampe hoch. Obi-Wan zog sich in den Schutz eines Felsüberhangs zurück und sah zu, wie Ferus vor dem Start eine letzte Überprüfung des Schiffes vornahm.

Da erklang eine Stimme in seinem Kopf.

„Ich sagte niemals, dass Vertrauen die Währung der Lebendigen Macht wäre." Dieses Mal klang Qui-Gon belustigt.

Obi-Wan lächelte. „Nicht?"

„Ich glaube nicht, dass ich so etwas Bombastisches sagen würde. Es klingt eher nach dir."

Obi-Wan lehnte sich an die Felswand. „Es ist gut, wieder hier zu sein."

„Du hast dich verändert. Das spüre ich."

„Ich weiß jetzt, weshalb ich noch nicht für die Ausbildung bereit war", sagte Obi-Wan. „Ich hatte meine Verbindung zur Lebendigen Macht verloren. Ihr habt mich gelehrt, mein Leben hat mich gelehrt, Siri hat mich gelehrt ... wie ich mich mit der Lebendigen Macht verbinden konnte. Doch dann wandte sich Anakin der Dunklen Seite zu und ich verlor jede Perspektive."

„Du empfandest nur Wut und Schuld und wandtest sie gegen dich selbst."

„Es gab vieles, für das man mir die Schuld geben konnte."

„Vielleicht."

„Ich sah aber keinen Ausweg aus dieser Situation."

„Du hast dir die gesamte Verantwortung für das Geschehene aufgebürdet. Du dachtest immer wieder und wieder über deine Fehler nach. Eins musst du wissen, Obi-Wan: Anakin hat sich selbst dafür entschieden, zur Dunklen Seite überzutreten. Er hatte keinen Kummer, der ihn soweit brachte. Du hast ihn auch nicht dazu getrieben. Er selbst traf die Entscheidung."

„Aber es gab so viele Hinweise, die ich hätte erkennen müssen. So Vieles, in dem ich ihn hätte verbessern müssen."

„Ja. Aber du musst deine Reue ebenso annehmen, wie du deine Fehler annimmst. Und dann weitergehen."

„Das hat mir jemand vor sehr langer Zeit beigebracht."

Das Lächeln war wieder in Qui-Gons Stimme zurückgekehrt. „Welch ein Jammer, dass du nicht auf mich gehört hast."

Obi-Wan spürte, wie eine Last von ihm genommen wurde. Qui-Gon hatte Recht. Schuldgefühle hatten ihn gelähmt, und jetzt waren sie verschwunden.

Er hatte gelernt, sich selbst zu verzeihen. Er hatte gelernt, sich wieder dem Schmerz zu öffnen.

Er war nicht mehr derselbe, der er war, als er das erste Mal ins Exil nach Tatooine gegangen war. Er hatte mehr verbannen wollen als sich selbst – er hatte auch sein Herz verbannen wollen.

Nun, er würde hier leben und über Luke wachen, doch er würde nicht aufhören zu leben.

Und er würde damit beginnen, sich seine Fehler zu vergeben. Er wusste jetzt, dass er nur ein Teil eines großen Kampfes war. Die Galaxis ging nicht mit seinem Versagen unter. Und sie hing nicht von seinem Erfolg ab.

Die Macht des Imperiums war gewaltig. Furcht einflößend. Doch Luke und Leia lebten. Ferus lebte und Garen und vielleicht noch andere Jedi. Eines Tages würde sich eine Rebellion erheben.

Obi-Wan sah zu, wie das graue Schiff abhob und langsam verschwand. Ferus war die Zukunft. Ferus würde den Kampf aufnehmen, den Obi-Wan nicht ausfechten konnte.

Obi-Wan machte sich im Geiste bereit. Er spürte Qui-Gons Gegenwart, beständig und sicher.

„Ich bin bereit anzufangen", sagte er.

KAPITEL ACHTZEHN

Ferus flog das Schiff in eine dicht beflogene Express-Raumfahrtstraße, die zur Oberfläche von Coruscant führte. Trever hatte noch nie so viel Luftverkehr gesehen. Die Raumfahrtstraßen waren voller Flieger, die sich um die beste Position bemühten.

„So was hast du noch nie gesehen, oder?", fragte Ferus.

„Nein."

„Hier gibt es praktisch alles, was du willst", sagte Ferus und deutete auf das Häusermeer unter ihnen. Trever war beeindruckt. Er hatte noch nie so viele Lichter gesehen, und hinter jedem Licht steckte ein Geschäft, eine Wohnung, ein Heim. „Und ich habe hier ein paar gute Kontakte. Es wäre ein Ort, an dem du neue Wurzeln schlagen könntest."

Trevers Magen zog sich schmerzhaft zusammen. Er hatte gedacht, Ferus und er wären Partner. Natürlich hatte er sich überlegt, ihn auf Ilum zurückzulassen, aber er hatte es nicht getan. Und jetzt nutzte Ferus die erste Gelegenheit, um ihn loszuwerden.

Ferus sah den Ausdruck auf Trevers Gesicht. „Was ist denn?"

Trevers Züge verhärteten sich. „Du willst hier deinen Raummüll abladen, wie?"

„Nein", erwiderte Ferus. „Aber ich habe jetzt ein neues Ziel.

Es ist gefährlich. Ich weiß nicht, wohin ich gehen und wie ich leben werde. Ich kann dich da nicht mit hineinziehen."

„Du ziehst mich in nichts hinein."

„Und du kannst mir nicht erzählen, dass du nicht schon darüber nachgedacht hast, mich zu verlassen", sagte Ferus. „Es gibt leichtere Arten, zu leben."

„Ja, okay, ich habe es mir durch den Kopf gehen lassen", gab Trever zu. „Und ich könnte nicht behaupten, dass mich diese Sache mit der Jedi-Basis sonderlich begeistert. Aber ich weiß auch nicht, ich fühle irgendwie, dass ich zu dir gehöre. Das ist die furchtbare Neumondwahrheit."

Ferus lachte. „Na, dann: danke. Wofür auch immer."

Trever reckte sich und legte die Beine auf die Steuerkonsole. „Wenn es dir also nichts ausmacht, gehe ich vorläufig nirgendwohin."

Ferus wusste, dass er nicht auffallen durfte. Deshalb wollte er am überfülltesten Raumdock anlegen und sich in die dichteste Menge mischen.

Doch er konnte nicht anders, als am Jedi-Tempel vorbeizufliegen. Er musste ihn sehen.

Das Gebäude ragte vor ihnen auf. Zuerst wirkte es wie eine Fata Morgana, unwirklich wie ein Hologramm. Denn das hier konnte nicht wahr sein.

Die Türme – eingestürzt. Das Dach – verbrannt.

Der Tempel war zerstört. Die wunderschönen Räume, die Säle, die Gärten, die Brunnen.

Alles dahin.

Ferus begann zu zittern. Seine Hände am Steuer bebten. Selbst Trever neben ihm war verstummt. Hatte er den Verlust der Jedi vor diesem Anblick wirklich jemals voll erfasst? Es schien nicht so. Doch jetzt erfüllte er ihn voll und ganz. Er erstickte beinahe an seiner Wut, an seinem Schmerz. An seinem Kummer.

Auf Coruscant würden sie sich jede einzelne Sekunde ihres Aufenthalts in Gefahr befinden. Er wusste auch nicht, wo er mit der Suche nach den gefangenen Jedi beginnen sollte. Er wusste nicht, wer von seinen alten Kontaktleuten tot war. Einige könnten nun als Spione für das Imperium arbeiten. Es war, als befände er sich in einer fremden Galaxis und wusste nicht, ob er das geeignete Schiff besaß, um durch sie hindurch zu fliegen.

Doch beim Anblick des verwüsteten Tempels war er sich seines Weges sicherer denn je.

Wieso gerade er? Die Visionen hatten behauptet, er wäre arrogant. Doch Ferus wusste, dass die Antwort ganz einfach war: Er war der einzige, der es tun konnte. Er würde die letzten Jedi finden und nach Hause führen.

Glossar

Abyssiner
Eine einäugige, teils humanoide, teils reptiloide Spezies unbekannter Herkunft.

Acherin
Ein Planet, um den während der ➢Klonkriege eine der letzten Schlachten tobte. ➢Garen Muln war einer der Kommandanten in dieser Schlacht.

Adem Antin
Der Sohn von ➢Amie Antin.

Adi Gallia
Eine ➢Jedi-Meisterin, die für ihr imposantes Auftreten bekannt war und nicht nur aufgrund ihrer Körpergröße eine starke Autorität ausstrahlte. Sie wurde zusammen mit den meisten anderen Jedi am Ende der ➢Klonkriege von ➢Palpatines Schergen umgebracht.

Alderaan
Eine angesehene Mitgliedswelt der ehemaligen ➢Galaktischen Republik. Alderaan gehört zu den so genannten ➢Kernwelten und ist die Heimat von Senator ➢Bail Organa, der zusammen mit seiner Frau, der Königin von Alderaan, die kleine ➢Leia aufzieht.

Ali Alann
Ein ➢Jedi-Ritter, der im ➢Jedi-Tempel für technische Dinge zuständig war. Er wurde zusammen mit den meisten anderen Jedi am Ende der ➢Klonkriege von ➢Palpatines Schergen umgebracht.

Alpha-Plus-Ladung
Bezeichung für eine bestimmte Sprengstoffladung, die überall in der ➢Galaxis als Sprengmittel im Erzabbau genutzt wird.

Amie Antin
Eine Ärztin, die auf dem Planeten ➢Bellassa ein kleines ➢Med-Center führt.

Anakin Skywalker
Ein ehemaliger Sklavenjunge, der bis zu seinem neunten Lebensjahr bei einem Schrotthändler auf ➢Tatooine arbeiten musste.
Dann wurde er vom ➢Jedi-Ritter ➢Qui-Gon Jinn entdeckt und von ihm dem ➢Rat der Jedi für eine Ausbildung zum Jedi empfohlen. Der Rat war darüber von Anfang an geteilter Meinung, da Anakin gemäß des Jedi-Kodex' eigentlich schon zu alt war, um noch mit der Ausbildung zu beginnen, und auch eine Menge Aggressivität in ihm zu stecken schien, was die Gefahr einer Verführung zur Dunklen Seite der ➢Macht in sich barg.
Da Qui-Gon Jinn kurz nach Anakins Entdeckung getötet wurde, übernahm dessen ehemaliger ➢Padawan ➢Obi-Wan Kenobi mit Zustimmung des Rates die Ausbildung Anakins.
Anakin zeigte allerdings schon früh in seiner Entwicklung beängstigende Wesenszüge: Obwohl er im Umgang mit der Macht einzigartig talentiert war, schien ihm die Ausgeglichenheit zu fehlen, die die Jedi auszeichnet. Während der gemeinsamen Jahre mit Obi-Wan, die von vielen erfolgreichen Missionen geprägt waren, kam es immer wieder zu Fehltritten Anakins, die für einen Jedi unvorstellbar waren und die mehrere Leben kosteten – und fast jedes Mal schwieg Anakin über seine Verfehlungen. Anakins größte Übertretung des Jedi-Kodex' war wohl seine Ehe mit ➢Padmé Amidala, die er sogar vor seinem Freund und Meister Obi-Wan geheim hielt.
Während all der Jahre nutzte überdies Kanzler ➢Palpatine jede Gelegenheit, Anakins Zweifel bezüglich seines Jedi-Daseins zu schüren. Als am Ende der ➢Klonkriege der Tag gekommen war, an dem Palpatine seine wahre ➢Sith-Identität preisgab, konnte er Anakin auf die Dunkle Seite der Macht ziehen und zu seinem wichtigsten Werkzeug beim Sturz der Jedi machen. Anakin wurde schließlich in einem Zweikampf mit Obi-Wan so schwer verletzt, dass Palpatine ihn nur durch technische Hilfsmittel wie eine Atemmaske und mechanische Körperteile retten konnte.
Unter seinem neuen Namen ➢Darth Vader ist der jetzige Sith-Lord zu einem gefürchteten Schreckensinstrument des Imperators Palpatine geworden. Er lebt nun in dem Glauben, von den Jedi verraten worden zu sein und seine Frau in Rage getötet zu haben. Von der Geburt seiner Kinder ➢Luke und ➢Leia, denen Padmé vor ihrem Tod noch das

Leben schenkte, erfuhr Anakin nie etwas.

Anturus-System
Ein unbedeutendes Planetensystem im ➢Galaktischen Kern.

Arno
Eine Gebirgsregion auf dem Planeten ➢Bellassa.

Aurebesh
Name des intergalaktischen Standard-Alphabets, das die meisten Bewohner der ➢Galaxis lesen können.

Bacta
Eine dicke, gelatineartige, durchsichtige Flüssigkeit, die zur Wundheilung benutzt wird. Bacta kann selbst die schlimmsten Verletzungen ohne zurückbleibende Narben heilen.

Bail Organa
Bail Organa vertritt ➢Alderaan als Senator in dem vom ➢Imperium kontrollierten ➢Galaktischen Senat. Bail Organa war schon immer ein Freund der ➢Jedi, ließ sich nie von ➢Palpatines Hetzkampagnen blenden und versucht, auch unter dem Imperium noch für die alten Werte zu kämpfen. Gemeinsam mit seiner Frau zieht er die kleine ➢Leia auf.

Bant Eerin
Die beste Freundin von ➢Obi-Wan, als die beiden noch ➢Jedi-Padawane waren. Sie wurde zusammen mit den meisten anderen Jedi am Ende der ➢Klonkriege von ➢Palpatines Schergen umgebracht.

Bantha
Elefantenähnliche Lasttiere mit zottigem Fell und großen, widderartigen Hörnern vom Planeten ➢Tatooine. Sie können bis zu einem Monat ohne Wasser auskommen.

Barriss Offee
Der ➢Padawan von ➢Luminara Unduli. Er wurde zusammen mit den meisten anderen Jedi am Ende der ➢Klonkriege von ➢Palpatines Schergen umgebracht.

Bellassa
Ein vor dem Ausbruch der ➢Klonkriege blühender Planet, der sich mit Truppen am Kampf gegen die ➢Separatisten beteiligte und jetzt vom ➢Imperium besetzt ist. Bellassa war die Wahlheimat von ➢Ferus Olin nach dessen Weggang vom ➢Jedi-Orden.

Ben Kenobi
So nennt sich ➢Obi-Wan Kenobi, seitdem er ins Exil gegangen ist.

Beru Lars
Die Frau von ➢Owen Lars. Gemeinsam mit ihrem Mann zieht sie auf ➢Tatooine ➢Luke Skywalker auf.

Betäubungshandschellen
Eine elektronische Handfessel, bei der mittels eines eingebauten Peilsenders die Position des Trägers überwacht werden kann. Wenn der Träger einen vorprogrammierten Bereich verlässt, wird ihm von den Handschellen automatisch ein betäubender Energieschock versetzt.

Blaster
Die meistgebrauchte Waffe in der ➢Galaxis. Es existieren viele Varianten von Pistolen und Gewehren. Blaster emittieren Strahlen aus Laserenergie.

Blaustein-See
Einer der sieben Seen, um welche die Stadt ➢Ussa auf ➢Bellassa gebaut wurde.

Boba Fett
Boba Fett hat keine richtigen Eltern; er ist ein ➢Klon des Kopfgeldjägers ➢Jango Fett, als dessen Sohn er auf dem Planeten ➢Kamino aufwuchs. Seit dem Tod seines Vaters ist Boba auf sich allein gestellt, doch er konnte sich trotz seines Alters – Boba ist erst fünfzehn Jahre alt – einen guten Ruf als Kopfgeldjäger erarbeiten.

Bothaner
Die Bewohner des Planeten Bothawui. Sie gelten in der ➢Galaxis als die besten Spione und Ermittler.

C16-Granate
Eine in der ➢Galaxis oft benutzte Handgranate mit einstellbarer Sprengwirkung.

CAV
Kurzform für Compact Assault Vehicle. Ein kleines, ➢Repulsorgetriebenes Fahrzeug, das oft vom ➢Imperium für Aufklärungseinsätze oder Angriffsflüge genutzt wird.

Cantina
Eine berüchtigte Spelunke in der Raumhafensiedlung ➢Mos Eisley auf ➢Tatooine. Hier treffen sich Piloten bei ihren Zwischenlandungen, um neue Geschäfte abzuschließen, die jüngsten Neuigkeiten auszutauschen oder einfach nur, um sich zu betrinken.

Chaughaine
Ein hochwertiges Gewebe, aus dem überall in der ➢Galaxis kostspielige Kleider hergestellt werden.

Chrono
Ein tragbares Zeitmessgerät.

Comlink
Ein handgehaltenes Kommunikationsgerät, mit dem man Gespräche, Bilder und wissenschaftliche Daten übertragen kann.

Comm Unit
Allgemeiner Begriff für eine schiffsgestützte Kommunikationseinheit. Der Begriff Comm Unit wird gelegentlich auch für den transportablen ➢Comlink verwendet.

Corellia
Ein Planet mit riesigen Raumschiffwerften, die für ihre qualitätvolle Arbeit bekannt sind.

Coruscant
Der Planet Coruscant liegt im ➢Galaktischen Kern und markiert die Koordinaten Null-Null-Null im Navigations-Koordinatensystem. Coruscant ist der Regierungssitz von Imperator ➢Palpatine. Vor dessen Machtübernahme war Coruscant das Zentrum der ➢Galaktischen Republik und Heimat des jetzt zerstörten ➢Jedi-Tempels. Coruscant ist eine einzige riesige Stadt; jeder Quadratmeter des Planeten ist bebaut.

Credits
Galaktisches Zahlungsmittel, das in allen Systemen, die dem ➢Imperium angehören, akzeptiert wird. Auch auf anderen Welten werden Credits teilweise angenommen, da sie für ihre Stabilität bekannt sind. Die Credits werden meist bargeldlos übermittelt, es gibt aber auch fälschungssichere Kunststoffkarten.

Count Dooku
Ein ehemaliger ➢Jedi-Ritter, der Imperator ➢Palpatine bei seinem Ränkespiel half und den Klonkrieg vorbereitete, indem er unter anderem die so genannten ➢Separatisten anführte. Dookus zweite Identität war die des ➢Sith-Lords Tyranus. Er wurde kurz vor Ende der ➢Klonkriege von ➢Anakin Skywalker getötet.

Count Tyranus
➢Count Dooku.

Cyborg
Oberbegriff für eine Kombination aus lebendem Wesen und Maschine.

D'harhan
Ein ➢Cyborg, der sich als Kopfgeldjäger verdingt. D'harhan besitzt anstelle eines Kopfes eine große Laserkanone.

Dagobah
Ein abgelegener, unwirtlicher Sumpfplanet, auf den sich ➢Yoda nach der Vernichtung des ➢Jedi-Ordens ins Exil zurückgezogen hat.

Darra Thel-Thanis
Eine ➢Jedi-Ritterin, die zur gleichen Zeit ihre Ausbildung machte wie ➢Anakin Skywalker. Sie starb während einer Mission auf dem Planeten ➢Korriban.

Darth Vader
Ein ➢Sith-Lord, der vor seinem Übertritt zur Dunklen Seite der ➢Macht der ➢Jedi-Ritter ➢Anakin Skywalker war. Darth Vader erlitt kurz nach seinem Verrat an den Jedi bei einem Zweikampf mit seinem ehemaligen ➢Meister Obi-Wan so schwere Verbrennungen, dass er seitdem auf mechanische Körperteile und eine Furcht erregende schwarze Atemmaske angewiesen ist. Der Dunkle Lord ist jetzt die rechte Hand des Imperators ➢Palpatine bei dessen Schreckensherrschaft über die ➢Galaxis.

Datapad
Mobiler Datenspeicher in handlicher Form. Das Datapad ist eine Art Personalcomputer und verfügt über enorme Speicherkapazitäten. Es ist mit einem Monitor und einer Tastatur ausgestattet und kann überall mit hin genommen werden. Datapads werden u. a. als elektronische Notizbücher, Terminplaner, Datensammlungen etc. verwendet.

Dona
Eine ➢Bellassanerin, die einst bei der Aufdeckung eines Schwindels mit Medikamenten half.

Dormas Café
Ein kleines Restaurant in der Stadt ➢Ussa auf ➢Bellassa.

DP-x Explorer
Ein schnittiger und recht teurer Raumkreuzer aus den Werften von ➢Raed-7.

Droiden
Roboter, die für nahezu jede nur vorstellbare Aufgabe in der ➢Galaxis eingesetzt werden. Form und Funktion der Droiden variieren stark.

Durabeton
Ein sehr hartes, aber relativ leichtes Baumaterial, das meist im Häuserbau eingesetzt wird.

Duraplastoid
Ein thermo-geformtes, widerstandsfähiges Kunststoffmaterial, aus dem oft Panzerungen hergestellt werden.

Durastahl
Ein sehr hartes und ultraleichtes Metall, das höchsten mechanischen Beanspruchungen und Temperaturschwankungen standhält. Es wird sehr oft im Raumschiff- und Häuserbau eingesetzt.

Durko
Ein kleines, vierbeiniges Nagetier, das überall in der ➢Galaxis vorkommt.

Eidechsenaffe
➢Kowakianischer Eidechsenaffe.

Elektro-Fernglas
Tragbares Sichtgerät, mit dem man unter fast allen Lichtverhältnissen weit entfernte Objekte beobachten kann. Ein eingespiegeltes Display zeigt Entfernung zum Objekt, Höhe über Normalnull, Azimut usw. an. Die Elektro-Ferngläser sind auf Grund ihrer computergestützten Optik sehr flexible Instrumente.

Elektro-Jabber
Ein handliches Gerät, mit dem sich Elektroschocks verschiedener Intensität austeilen lassen. Der Elektro-Jabber wirkt nur bei Berührung und wird gern von Wachen und Folterknechten benutzt. Er ist auch als Elektro-Schocker bekannt.

Elektro-Pike
Eine Lanze, mit der sich Elektroschocks verschiedener Intensität austeilen lassen. Die Elektro-Pike wirkt nur bei Berührung und wird unter anderem von der so genannten Roten Garde des Imperators ➢Palpatine getragen.

Elf
Eine Gruppe von Widerständlern, die auf dem Planeten ➢Bellassa das ➢Imperium bekämpft.

Eluthan
Die Hauptstadt des Planeten ➢Acherin.

Eopies
Vierbeinige, etwa pferdegroße Tiere mit kurzen Rüsselschnauzen, die auf ➢Tatooine leben und als Transport- und Reittiere domestiziert sind.

Ferus Olin
Ein ehemaliger ➢Jedi-Padawan, der als überdurchschnittlich talentiert galt und der den Jedi-Orden nach einer Mission auf dem Planeten ➢Korriban verließ. Seine Meisterin war ➢Siri Tachi. Ferus und ➢Anakin Skywalker hatten kein gutes Verhältnis zueinander, was auf gemeinsamen Missionen immer wieder zu Reibungen führte. Doch Ferus hatte einen Grund für sein Mis-

strauen: Er hegte schon immer den Verdacht, dass die Dunkle Seite der ➢Macht in Anakin sehr stark war. Nach seinem Austritt aus dem Jedi-Orden gründete Ferus auf dem Planeten ➢Bellassa eine Firma mit seinem Partner ➢Roan Lands.

Feuchtfarmer
Sie haben ihren Namen von den Farmen, die sie auf dem öden Wüstenplaneten ➢Tatooine betreiben: Der Luft wird mit Hilfe von Kondensatoren Wasser entzogen, womit dann unterirdische Pflanzungen bewässert werden.

Firespray
Ein recht auffälliger Schiffstyp, dessen äußere Form an einen Tierschädel erinnert. Firesprays sind gefürchtete Kampfjäger. ➢Boba Fetts Schiff gehört zur Firespray-Klasse.

Flechette-Werfer
Eine besonders heimtückische Handfeuerwaffe, mit der man breit gestreute Pfeilsalven verschießen kann. Die kleinen Pfeile können entweder ein Lähmungsmittel oder Gift enthalten oder gar explosiv sein.

Fusionsschneider
Ein Schneidegerät, das mittels eines ultraheißen, auf Kernfusion basierenden Plasmastrahls beinahe jede denkbare Materie zerteilen kann.

Fy-Tor-Ana
Eine ➢Jedi-Ritterin, die für ihre extrem schnellen Reflexe, ihre Beweglichkeit und ihre Anmut bekannt war. Sie galt als Meisterin des Lichtschwerts und war eine von ➢Obi-Wan Kenobis Lehrerinnen in der Kunst der Bewegung.

Galaktische Republik
Die Galaktische Republik bestand aus tausenden von Mitgliedsplaneten, die im ➢Galaktischen Senat durch Abgeordnete vertreten waren. Die Galaktische Republik wurde von Imperator ➢Palpatine nach einem Jahre dauernden Ränkespiel und einem erbitterten Krieg gestürzt.

Galaktischer Kern
Der Galaktische Kern bildet die Region der dicht bevölkerten Welten um den Galaktischen Tiefkern, in dem sich wiederum eine große Menge Antimaterie und ein schwarzes Loch befinden. ➢Coruscant liegt im Galaktischen Kern.

Galaktischer Senat
Der Galaktische Senat tagt in einem riesigen, amphitheater-

ähnlichen Gebäude auf ➢Coruscant, wo tausende von Senatoren aus allen Welten des ➢Imperiums den Sitzungen beiwohnen – die seit der Machtergreifung von Imperator ➢Palpatine allerdings nur noch sinnlose Diskussionsforen für dessen Anordnungen sind.

Galaxis
Eine Ballung von Milliarden von Sternen. Galaxien sind in Galaxienhaufen, diese wiederum in so genannten Superhaufen organisiert. Die Entfernungen zwischen den einzelnen Galaxien sind jedoch derart groß, dass sie bislang nicht überwunden werden konnten.

Garen Muln
➢Obi-Wans bester Freund. Die beiden wurden gemeinsam im ➢Jedi-Tempel ausgebildet. Garen galt als einer der besten männlichen Piloten unter den Jedi-Rittern, bevor er am Ende der Klonkriege zusammen mit den meisten anderen Jedi von ➢Palpatines Schergen während eines Einsatzes auf dem Planeten ➢Acherin umgebracht wurde.

Geonosis
Ein wüstenhafter Planet, auf dem es zum Ausbruch der ➢Klonkriege kam, als die ➢Separatisten den ersten großen Schlag gegen die ➢Jedi-Ritter führten.

Gleiter
Ein ➢Repulsor-getriebenes Fahrzeug zur Fortbewegung über Land. Es gibt allerlei Ausführungen und Größen, die sich im Allgemeinen ca. 0,5–1 m über dem Boden schwebend und recht schnell bewegen können.

Gorgodon
Eine große, massige, nicht-intelligente Spezies vom Planeten ➢Ilum. Die Tiere ernähren sich normalerweise von Moos und Sträuchern. Trotz ihrer Größe sind Gorgodons geschickte Kletterer an den vereisten Felswänden ihres Heimatplaneten. Außerdem sind sie aufgrund ihrer schnellen und schlagkräftigen Schwänze gefürchtete Gegner in einem Kampf.

Granta Omega
Ein mysteriöser, sehr wohlhabender Mann, der aus zunächst unerfindlichen Gründen etwas gegen die ➢Jedi zu haben schien und sich mit den Lehren der ➢Sith beschäftigte. Erst später stellte sich heraus, dass er der Sohn von ➢Qui-Gons erstem ➢Padawan war und Rache für den Tod seines Vaters suchte. Alle Versuche der Jedi, Omega zu fas-

sen, blieben erfolglos, bis er schließlich auf dem Planeten ➢Korriban zu Fall gebracht werden konnte.

Gravschlitten
Eine ➢Repulsor-getriebene, einfache Schwebeplattform für bis zu drei Personen, die recht spartanisch ausgestattet ist. Es findet sich außer den Steuerinstrumenten kaum mehr als ein Windschutz für die Fahrgäste.

Hologramm
Ein bewegtes dreidimensionales Bild, das an einen anderen Ort zum Zweck der interaktiven audiovisuellen Kommunikation übertragen werden kann. Am Empfangsort erscheint das Hologramm als geisterhafte Projektion im Raum. Je nach Ausführung des Holoprojektors kann das Hologramm in der Größe variieren. Es gibt auch Bildschirme für Hologramme (Holoschirme) und holografische Festbilder (Holobilder).

HoloNet
Ein öffentlich zugängliches Nachrichten- und Informationsnetz, dessen Inhalte beim Empfänger holografisch dargestellt werden.

Hyperantrieb
Der Hyperantrieb beschleunigt ein Raumschiff auf Überlichtgeschwindigkeit und damit in den ➢Hyperraum.

Hyperraum
Der Hyperraum ist das physikalische Medium, in dem sich ein Raumschiff während eines überlichtschnellen Fluges aufhält.

ID-Karte
Ein Dokument, in dem die Identität eines Wesen festgeschrieben ist – nichts anderes als ein Personenausweis.

Ilum
Ein eiskalter und rauer Planet, auf dem dauernde Gewitter herrschen. Ein Höhlensystem in den Bergen von Ilum ist auf geheimnisvolle Weise mit der Geschichte der ➢Jedi verknüpft. Jeder ➢Jedi-Padawan muss am Ende seiner Ausbildung in dieser so genannten ➢Kristallhöhle sein eigenes ➢Lichtschwert anfertigen.

Imperium
Das Imperium wurde vom ehemaligen Obersten Kanzler ➢Palpatine errichtet, nachdem er die ➢Galaktische Republik gestürzt hatte.

Inquisitoren
Hochrangige Sicherheitsoffiziere, welche die Interessen des

➢Imperiums auf den besetzten Welten wahren – wobei sie für ihre besondere Ruchlosigkeit bekannt sind.

ISB
Kurzform für Imperiales Sicherheitsbüro, den Geheimdienst des ➢Imperiums.

Jango Fett
Er galt als der beste Kopfgeldjäger in der ➢Galaxis. Jango Fett wurde vor Jahren von ➢Count Tyranus angeheuert, um als genetisches Vorbild für eine Armee von ➢Klonen zu dienen, die auf dem Planeten ➢Kamino entstehen sollte. Jango willigte ein, wobei zu seiner Bezahlung ein spezieller Klon für ihn allein gehörte, der später sein »Sohn« ➢Boba werden sollte. Jango Fett wurde auf dem Planeten ➢Geonosis im Zweikampf mit einem ➢Jedi getötet.

Jawas
Nomadenvolk vom Planeten ➢Tatooine. Die Jawas sind etwa einen Meter groß und tragen braune Kutten, durch die man nur ihre leuchtenden Augen glimmen sieht. Ihre Stämme ziehen umher und sammeln, stehlen oder kaufen Schrott auf, den sie teils repariert wieder verkaufen.

Jedi-Meister
Sie sind die ➢Jedi-Ritter, die den höchsten Ausbildungsstand erreicht haben und selbst junge ➢Jedi-Padawane ausbildeten.

Jedi-Padawan
Ein junger Jedi-Anwärter, der von einem ➢Jedi-Meister als dessen persönlicher Schüler angenommen wurde. Ein Jedi-Schüler, der bis zu seinem dreizehnten Geburtstag von keinem Jedi-Meister als Padawan angenommen wurde, konnte nicht mehr zum ➢Jedi-Ritter ausgebildet werden.

Jedi-Ritter
Bis zu ihrer fast vollständigen Auslöschung durch das ➢Imperium am Ende der ➢Klonkriege waren die Jedi Hüter von Frieden und Gerechtigkeit in der ➢Galaxis. Jedi-Ritter zeichnen sich durch eine besonders gute Beherrschung der ➢Macht aus und haben sich vor Jahrtausenden zu einem Orden zusammengeschlossen, der nun nicht mehr existiert. Die einzigen Jedi, von denen bekannt ist, dass sie überlebt haben, sind ➢Obi-Wan Kenobi und ➢Yoda, die nunmehr geduldig im Exil darauf warten, dass ➢Anakin Skywalkers Nachkommen ➢Luke und ➢Leia vielleicht eines Tages zu Jedi ausgebildet werden können.

Jedi-Tempel
Der riesige Jedi-Tempel war Sitz des ➢Rates der Jedi auf ➢Coruscant.

Jetpack
Eine Art Raketenrucksack und Teil der ➢Mandalorianischen Kampfrüstung von ➢Boba Fett. Jetpacks gibt es in den verschiedensten Bauarten.

Jocasta Nu
Eine ➢Jedi-Ritterin, die als Archivarin im ➢Jedi-Tempel tätig war. Die gestrenge ältere Jedi-Ritterin wurde zusammen mit den meisten anderen Jedi am Ende der ➢Klonkriege von ➢Palpatines Schergen umgebracht.

Jundland-Wüste
Eine große, unwirtliche Wüste auf dem Planeten ➢Tatooine.

Kamino
Ein sehr abgelegener Planet, dessen Oberfläche praktisch vollständig von einem riesigen Meer bedeckt ist, und auf dem es ununterbrochen regnet. Kamino ist die Heimat einer Rasse von ➢Klonspezialisten und der Entstehungsort der gewaltigen Klonarmee des ➢Imperiums.

Kelvarek-Raketensystem
Ein Waffensystem an der ➢Mandalorianischen Kampfrüstung von ➢Boba Fett.

Kernwelten
So werden die Planeten bezeichnet, die sich im ➢Galaktischen Kern befinden.

Ki-Adi Mundi
Ein Mitglied des ➢Rates der Jedi. Sein Gehirn funktionierte – anders als bei den meisten Humanoiden – binär, daher konnte er eine Vielzahl von Informationen sehr schnell einordnen. Er wurde zusammen mit den meisten anderen Jedi am Ende der ➢Klonkriege von ➢Palpatines Schergen umgebracht.

Kit Fisto
Er war einer der wenigen ➢Jedi-Ritter, welche die Schlacht von ➢Geonosis überlebten. Dennoch wurde er am Ende der ➢Klonkriege zusammen mit den meisten anderen Jedi von ➢Palpatines Schergen umgebracht.

Klon
Die genetische Kopie eines Lebewesens. Eine einzige Zelle eines Wesens reicht, um auf künstlichem Weg eine exakte Kopie dieses Wesens herstellen zu können. Mit Hilfe von wachstumsbeschleunigenden Maßnahmen können Klone sehr schnell heran-

wachsen – schneller als die Träger ihrer Wirtszelle. Die Imperialen ➢Sturmtruppen sind Klone.

Klonkriege
So wurde der Jahre dauernde Krieg zwischen der ➢Galaktischen Republik und den ➢Separatisten genannt, der auf Seiten der Republik zu einem großen Teil von einer Armee von ➢Klonen gekämpft wurde. Dass der Krieg nur ein Teil des umfassenden Komplotts von ➢Palpatine zur Übernahme der Macht war, stellte sich erst heraus, als alles zu spät war: Die Klone stellten sich auf Befehl von Palpatine gegen die ➢Jedi-Ritter und brachten sie fast alle innerhalb weniger Stunden um. So konnte Palpatine die Macht über die geschwächte Republik an sich reißen.

Korriban
Ein abgelegener, öder Planet, der die Wiege der ➢Sith war, und auf dem heute noch viele Sith begraben liegen. Außer einem kleinen Raumhafen existiert auf Korriban nicht sonderlich viel.

Kowakianischer Eidechsenaffe
Seltene Tiere vom Planeten Kowak, die als so dumm gelten, dass die Bezeichnung überall in der ➢Galaxis als Beleidigung verwendet wird – völlig zu Unrecht, denn die zierlichen Tiere sind halbintelligent. Eidechsenaffen imitieren gern Leute, mit denen sie zu tun haben.

KPR-Perimeter-Droiden
Ein bestimmter Typ von universell einsetzbaren ➢Droiden.

Laserball
Ein Mannschaftsspiel, dessen Ziel darin besteht, einen von ➢Repulsoren getriebenen Ball mittels Laserstrahlen ins gegnerische Tor zu bekommen.

Ledris
Ein sehr robustes Material, aus dem allerhand Kleidungsstücke hergestellt werden.

Leia Organa
Die Tochter von ➢Anakin Skywalker und ➢Padmé Amidala, deren wahre Identität geheim gehalten wird. Sie wächst unter dem Namen Leia Organa offiziell als Tochter von ➢Bail Organa und dessen Frau auf dem Planeten ➢Alderaan auf, unbemerkt von ➢Palpatine und ➢Darth Vader. Leia und ihr Zwillingsbruder ➢Luke gelten als letzte Hoffnung für einen zukünftigen Wiederaufbau des ➢Jedi-Ordens.

Lichtschwert
Die Waffe eines ➢Jedi-Ritters. Die Klinge besteht aus purer Energie. Jedi-Ritter lernten im Laufe ihrer Ausbildung, diese Schwerter mit speziellen Kristallen eigenhändig herzustellen. Einst gab es verschiedene Lichtschwert-Versionen mit feststehender Amplitude und Klingenlänge sowie schwache Trainings-Lichtschwerter und solche, bei denen sich diese Parameter mittels eines Drehschalters verändern lassen. Lichtschwerter werden bisweilen auch als Laserschwerter bezeichnet. Es dürften nur noch wenige Exemplare existieren.

Loquasin
Ein Nervengift, das vom ➢Imperium beim Verhör von Gefangenen eingesetzt wird.

Loran
Ein Mitglied der ➢Elf.

Luftgleiter
➢Gleiter.

Luke Skywalker
Der Sohn von ➢Anakin Skywalker und ➢Padmé Amidala, dessen wahre Identität geheim gehalten wird. Er wächst beim Stiefbruder seiner Vaters, ➢Owen Lars und dessen Frau ➢Beru auf ➢Tatooine auf, unbemerkt von ➢Palpatine und ➢Darth Vader. Luke und seine Zwillingsschwester ➢Leia gelten als letzte Hoffnung für einen zukünftigen Wiederaufbau des ➢Jedi-Ordens.

Luminara Unduli
Eine ➢Jedi-Meisterin, die während der ➢Klonkriege oft auf abgelegenen Welten Missionen ausführte. Sie starb zusammen mit den meisten anderen Jedi am Ende der Klonkriege.

Mace Windu
Der ➢Jedi-Ritter Mace Windu war eines der obersten Mitglieder im ➢Rat der Jedi. Er war für seine strenge, aber weise Art bekannt und wurde am Ende der ➢Klonkriege in einem Zweikampf mit Imperator ➢Palpatine getötet.

Macht
Die Macht ist ein gleichermaßen mystisches wie natürliches Phänomen: ein Energiefeld, das die ➢Galaxis durchdringt und alles miteinander verbindet. Die Macht wird von allen Lebewesen erzeugt. Wie alle Energieformen kann die Macht manipuliert werden. Vor allem die ➢Jedi-Ritter beherrschen diese Kunst. Ein Jedi-Ritter, der die Macht beherrscht, hat besondere Fähig-

keiten: Er kann beispielsweise entfernte Orte sehen oder Gegenstände und die Gedanken anderer bis zu einem gewissen Maß kontrollieren. Die Macht hat zwei Seiten: Die lichte Seite der Macht schenkt Frieden und innere Ruhe; die Dunkle Seite der Macht erfüllt mit Furcht, Zorn und Aggression. Wer sich als Jedi diesen negativen Gefühlen allzu leicht hingibt, steht in Gefahr, der Dunklen Seite der Macht zu verfallen.

Malorum
Ein besonders düsterer ➢Inquisitor des ➢Imperiums, der auf dem besetzten Planeten ➢Bellassa die Interessen von Imperator ➢Palpatine vertritt.

Mandalorianer
Ein geheimnisvolles Volk, dessen Geschichte mindestens 4000 Jahre zurückreicht. Zu jener Zeit kämpften die Mandalorianer gegen die ➢Jedi. Von den Mandalorianern, die für ihre charakteristischen, sehr guten Kampfrüstungen bekannt sind, leben nur noch wenige.

Mandalorianische Kampfrüstung
Eine Kampfrüstung, die von den ➢Mandalorianern hergestellt wurde und die auch ➢Boba Fett trägt. In diese Rüstung sind einige Waffensysteme eingebaut, zum Beispiel ausklappbare stählerne Klauen, ein Fangseil, zwei ➢Blasterpistolen und noch allerhand andere seltene Waffen.

Mangoriza
Ein Nervengift, das vom ➢Imperium beim Verhör von Gefangenen eingesetzt wird.

Mariana
Eine Schneiderin, die auf dem Planeten ➢Bellassa ein kleines Geschäft betreibt.

Med Center
Kurzform für Medizinisches Center: Krankenhaus.

Medi-Kokon
Eine gas- und flüssigkeitsdichte Kammer, in der Kranke oder Verletzte intensiv mit Medikamenten wie z. B. ➢Bacta behandelt werden können.

Merr-Sonn
Einer der drei größten Waffenhersteller der ➢Galaxis.

Mos Eisley
Ein Raumhafen mit zugehöriger Siedlung auf dem Planeten ➢Tatooine.

Mustafar
Der Vulkanplanet, auf dem der schicksalshafte letzte Zweikampf zwischen ➢Anakin Skywalker und ➢Obi-Wan Kenobi stattfand.

Mutonium
Ein wertvolles, energiereiches Erz, das einst auch auf ➢Bellassa abgebaut wurde.

Naboo
Der grüne Heimatplanet von ➢Padmé Amidala, auf dem vor vielen Jahren indirekt die Machtergreifung des ➢Imperiums begann: Durch eine inszenierte Belagerung von Naboo erreichte der damalige Senator ➢Palpatine seine Ernennung zum Obersten Kanzler der ➢Galaktischen Republik.

Nixor
Ein System im ➢Mid Rim, dessen gleichnamiger Raumhafen aufgrund der günstigen Lage an einigen wichtigen Raumrouten immer stark besucht ist – trotz seines schlechten technischen Zustandes.

Obi-Wan Kenobi
Obi-Wan ist ein ➢Jedi-Ritter, der ein Vermächtnis seines während der Schlacht von ➢Naboo getöteten Meisters ➢Qui-Gon Jinn erfüllte: den talentierten ➢Anakin Skywalker trotz der Zweifel des ➢Rates der Jedi zum Jedi-Ritter auszubilden. Obi-Wan übernahm diese Aufgabe mit gemischten Gefühlen, denn er war sich nie sicher, ob er ihr gewachsen war. Erst sehr viel später musste Obi-Wan erkennen, dass er seinem Instinkt hätte folgen sollen, als sein Schüler am Ende der ➢Klonkriege zur Dunklen Seite der ➢Macht übertrat und unter seiner neuen Identität ➢Darth Vader zur rechten Hand des Imperators ➢Palpatine wurde. Obi-Wan, neben ➢Yoda der letzte überlebende Jedi, lebt im geheimen Exil auf dem Planeten ➢Tatooine, wo er sich darum kümmert, dass der kleine ➢Luke Skywalker sicher und unbemerkt aufwachsen kann.

Orden der Whills
Ein mysteriöser alter Orden, der wohl als Vorgänger der Jedi bezeichnet werden kann, über den aber sehr wenig bekannt ist. Die Whills entdeckten das Geheimnis, eins mit der Macht zu werden, ohne das eigene Bewusstsein für immer aufgeben zu müssen. Diese Fähigkeit gestattet »verstorbenen« Jedi die Kommunikation mit der materiellen Welt.

Outer Rim
Der Outer Rim ist die Randzone der ➢Galaxis und wird auch oft als »Äußerer Rand« bezeichnet. Der Outer Rim gilt im Allgemeinen als uninteressante Region.

Owen Lars
Der Stiefbruder von ➢Anakin Skywalker. Er besitzt auf ➢Tatooine eine ➢Feuchtfarm und zieht zusammen mit seiner Frau ➢Beru den kleinen ➢Luke Skywalker auf.

Padawan
➢Jedi-Padawan.

Padmé Amidala
Die ehemalige Königin von ➢Naboo und spätere Senatorin ihres Heimatplaneten im ➢Galaktischen Senat. Padmé und ➢Anakin Skywalker verliebten sich vor Ausbruch der ➢Klonkriege ineinander und heirateten heimlich. Gegen Ende des Krieges wurde Padmé schwanger, doch sie verstarb auf ➢Polis Massa bei der Geburt ihrer Zwillinge ➢Luke und ➢Leia, nachdem Anakin zur Dunklen Seite der ➢Macht übergetreten und zu ➢Darth Vader geworden war.

Palpatine
Der einstige Senator und spätere Oberste Kanzler der ➢Galaktischen Republik trieb über Jahre hinweg ein doppeltes Spiel: Palpatine schürte einen Krieg zwischen der Republik und den so genannten ➢Separatisten, deren geheimer Anführer er war – unter seiner wahren Identität als Sith-Lord und mit Hilfe seines Schergen ➢Count Dooku. Durch sein Ränkespiel konnte Palpatine das Vertrauen der Republik gewinnen und sie glauben machen, die von ihm aufgestellte ➢Klonarmee würde auf ihrer Seite kämpfen. Als er alle strategischen Ziele erreicht hatte, ließ er den gesamten ➢Jedi-Orden von den Klonen ermorden und riss die Macht endgültig an sich. Jetzt regiert der dunkle Sith-Lord als Imperator in einer Schreckensherrschaft die Galaxis. An seiner Seite steht ➢Darth Vader.

Pearce Naturian, Dr.
Ein humanoider Arzt auf ➢Polis Massa, der mit ➢Padmé Amidalas Fall betraut war.

Pinir-Baum
Eine mehrere hundert Meter hoch wachsende Baumart, die auf dem Planeten ➢Bellassa heimisch ist.

Plastoid
➢Kurzform für Duraplastoid.

Plo Kloon
Ein ➢Jedi-Meister, der zusammen mit den meisten anderen Jedi am Ende der ➢Klonkriege von ➢Palpatines Schergen umgebracht wurde.

Polis Massa
Ein Asteroide, auf den ➢Obi-Wan, ➢Bail Organa, ➢Yoda und ➢Padmé Amidala nach dem Ende der ➢Klonkriege flohen.

Polybiotika
Oberbegriff für breit wirksame, keimtötende Medikamente.

Protonen-Torpedo
Ein Geschoss, das von Raumschiffen oder auch Personen aus speziellen Werfern abgefeuert werden kann. Der Protonen-Torpedo erhält seine Zerstörungskraft aus dem Protonen streuenden Sprengkopf und kann durch Partikelschilde abgelenkt werden.

Qui-Gon Jinn
Qui-Gon war ein erfahrener ➢Jedi-Meister, der nach langem Zögern ➢Obi-Wan Kenobi als ➢Jedi-Padawan angenommen hatte. Qui-Gon, der seinen Padawan mit viel Geduld und Weisheit ausgebildet hatte, wurde während der Schlacht von ➢Naboo von einem Dunklen ➢Sith-Lord getötet.

Raed-7
Ein Planet am ➢Outer Rim, der unter anderem für seine Raumschiffwerften bekannt ist.

Ramordianische Seide
Ein sehr kostbarer Stoff, aus dem teure Kleidung hergestellt wird.

Raina Quill
Eine Pilotin der Widerstandsbewegung auf dem Planeten ➢Acherin.

Rat der Jedi
Gremium aus zwölf ➢Jedi-Meistern des Jedi-Ordens, die sich um die Angelegenheiten der ➢Galaxis kümmerten.

Red Twins
Eine noch außerhalb des ➢Outer Rim liegende, sterbende Zwillingssonne mit einem kleinen Raumhafen, die sich der Kontrolle des ➢Imperiums größtenteils entzieht.

Repulsor
Antriebssystem für Boden- und Raumfahrzeuge, das ein Kraftfeld erzeugt. Der hierbei entstehende Antischwerkraftschub ermöglicht die Fortbewegung von Boden-, Luftgleitern und Düsenschlitten. Sternjäger und Raumschiffe nutzen Repulsoren als zusätzliches Schubkraftsystem, etwa beim

Andocken oder beim Flug in der Atmosphäre.

Rilla
Ein führendes Mitglied der ➢Elf.

Riwwel
Ein ➢Imperialer Commander, der mit seinen Truppen auf dem Planeten ➢Acherin gegen eine Widerstandgruppe kämpft.

Roan Lands
Der Geschäftspartner von ➢Ferus Olin. Ferus gründete mit dem ➢Bellassaner eine Firma, die unter anderem Hilfeleistungen wie Zeugenschutz anbot.

Romex
Ein hochwertiges Gewebe, aus dem überall in der ➢Galaxis Kleindung hergestellt wird.

Rutan-System
Ein Planetensystem, dessen Raumrouten vor der Machtübernahme des ➢Imperiums von Piratenübergriffen geplagt waren.

Ry-Gaul
Ein schweigsamer ➢Jedi-Ritter, der von den anderen Jedi sehr respektiert wurde. Ry-Gaul redete nicht viel – wenn er jedoch etwas sagte, traf er meist mit wenigen Worten den Kern einer Sache. Er wurde zusammen mit den meisten anderen Jedi am Ende der ➢Klonkriege von ➢Palpatines Schergen umgebracht.

Sancor
Ein ➢Inquisitor des ➢Imperiums.

Sandleute
➢Tusken Raider.

Schneefedervogel
Eine in der ➢Galaxis weit verbreitete Vogelart, die vor allem auf Eisplaneten wie ➢Ilum vorkommt.

Schock-Granate
Eine Granate, deren Wirkung darin besteht, dass sie eine Schockwelle aussendet. Es gibt unterschiedlich starke Schock-Granaten. Die stärksten können auch ein Gebäude zum Einsturz bringen.

Seilkatapult
Ein kleines Gerät, in dem sich ein äußerst stabiles aufgewickeltes Seil befindet, das sich über weite Entfernungen schießen lässt und so zur Überbrückung dienen kann.

Separatisten
Eine Gruppe von ehemaligen Mitgliedsplaneten der ➢Galaktischen Republik, die sich vor

Jahren unter der Führung von ➢Count Dooku zusammengeschlossen hatten. Das offizielle Motiv für die Abspaltung von der Republik war der immer unbeweglichere Senat, in Wirklichkeit waren die Separatisten aber Teil des Doppelspiels von Imperator ➢Palpatine, das zu den ➢Klonkriegen führte.

Shaak Ti
Ein ➢Jedi-Ritter, der unter den anderen Jedi als besonders friedfertig bekannt war. Er wurde zusammen mit den meisten anderen Jedi am Ende der ➢Klonkriege von ➢Palpatines Schergen umgebracht.

Siri Tachi
Eine temperamentvolle ➢Jedi-Ritterin, die zusammen mit ➢Obi-Wan ausgebildet wurde, zu dem sie eine besondere Verbindung hatte. Ihr ➢Padawan war ➢Ferus Olin. Siri Tachi starb gegen Ende der ➢Klonkriege während einer gemeinsamen Mission mit Obi-Wan.

Sith
Ein altes Volk, um das sich viele Legenden ranken. Überlieferungen zufolge haben sie sich der Dunklen Seite der ➢Macht verschrieben und waren in ihrer über hunderttausendjährigen Geschichte mehr als einmal dicht davor, die ➢Jedi der hellen Seite zu verdrängen. Zum letzten Mal war das vor beinahe viertausend Jahren der Fall. Es wird angenommen, dass die Sith noch immer eine ungebrochene Linie von Anführern haben, die als Dunkle Lords der Sith bekannt sind. Sie stammen vermutlich von einem Planeten namens Korriban. Über den Wahrheitsgehalt der Geschichten über die Sith herrschte in der ➢Galaxis lange geteilte Meinung, bis sie in Gestalt von Imperator ➢Palpatine wieder die an die Macht kamen und alles in Dunkelheit stürzten.

Skirtopanol
Ein Nervengift, das vom ➢Imperium beim Verhör von Gefangenen eingesetzt wird.

Soara Antana
Eine muskulöse ➢Jedi-Ritterin, die als eine der besten Lichtschwert-Kämpferinnen des Jedi-Ordens galt. Auch sie wurde zusammen mit den meisten anderen Jedi am Ende der ➢Klonkriege von ➢Palpatines Schergen umgebracht.

Spectacillin
Ein infektionshemmendes Medikament.

Speeder-Bikes
Kleine ➢Repulsor-getriebene Fahrzeuge, die sich mit bis zu 500 km/h und bis maximal 25 m über dem Boden bewegen können. Es gibt sie in allerlei Ausführungen, die meisten jedoch sind Einmann-, höchstens Zweimann-Gefährte, auf denen der Fahrer rittlings sitzt. Speeder-Bikes werden auch als Düsenschlitten bezeichnet.

Stahlglas
Transparenter Stahl, der überall verwendet wird, wo stabile Sichtfenster benötigt werden – sowohl innerhalb einer Atmosphäre als auch im freien Raum. Seine Eigenschaften in Bezug auf Stabilität und Temperaturverhalten sind hervorragend.

Sturmtruppen
Die aus ➢Klonen bestehende Armee des ➢Imperiums. Die Sturmtruppen tragen charakteristische weiße Kampfrüstungen.

Survival-Pack
Eine Tasche mit allen zum Überleben in der freien Wildbahn notwendigen Gegenständen in komprimierter Form wie Nahrungsmitteln, Schutzkleidung, einer Kondensator-Einheit, einem Zelt und den nötigsten Medikamenten.

Sweesonberry-Kuchen
Ein äußerst wohlschmeckendes Gebäck mit einer süßen Beerenart.

T'olan
Ein Planet im ➢Wuun-System, nach dem eine erbitterte Schlacht während der ➢Klonkriege benannt wurde.

Tatooine
Ein öder Wüstenplanet im Zwillingssonnensystem Tatoo. Tatooine liegt weit entfernt von jeder galaktischen Zivilisation am ➢Outer Rim, dafür aber am Kreuzungspunkt einiger wichtiger ➢Hyperraum-Routen. Tatooine hat sich daher als idealer Stützpunkt für allerhand Schmuggler und andere Kriminelle entwickelt. Wer auf Tatooine keine Schmuggel- oder sonstige Geschäfte betreibt, ist meistens ➢Feuchtfarmer. Tatooine war die Heimat von ➢Anakin Skywalker und ist jetzt das Exil von ➢Obi-Wan Kenobi.

Taublumen-Saft
Ein wohlschmeckender Saft, den die Bewohner von ➢Bellassa gerne trinken.

Tike Flume
➢Trever Flumes kleinerer Bruder, der zusammen mit seinem Vater in einem Hinterhalt der Imperia-

len ➢Sturmtruppen auf ➢Bellassa getötet wurde.

Titroxinat
Ein Nervengift, das vom ➢Imperium beim Verhör von Gefangenen eingesetzt wird.

Toma
Ein Commander der ehemaligen ➢Separatisten-Gruppierung auf ➢Acherin. Er hatte während der ➢Klonkriege mit ➢Garen Muln zu tun.

Tracomp-Sensor
Ein planetaren Positionssensor, wie er meistens in Raumschiffen eingesetzt wird. Der Tracomp-Sensor meldet dem Schiff die relative Position zum jeweiligen Planeten sowie andere damit zusammenhängende Daten.

Trever Flume
Ein junger Gauner, der sich auf dem ➢Schwarzmarkt von ➢Bellassa verdingt.

Tru Veld
Ein technisch interessierter ➢Jedi-Ritter, der seit seiner Jugend der beste Freund ➢Anakin Skywalkers war. Auch er wurde zusammen mit den meisten anderen Jedi am Ende der ➢Klonkriege von ➢Palpatines Schergen umgebracht.

Tusken Raider
Eine in Nomadenvölkern lebende, humanoide Spezies vom Planeten ➢Tatooine. Die Tusken Raider kleiden sich in grobe braune Gewänder und tragen Gesichtsmasken zum Schutz vor dem Sand. Sie sind als wilde und gefährliche Kämpfer bekannt.

Twi'lek
Eine Spezies, die bis auf eine Abweichung vollkommen human ist: Twi'leks besitzen zwei dicke Kopftentakel namens Lekku, weshalb sie oft geringschätzig als Wurmköpfe bezeichnet werden. Die Lekku werden von den Twi'lek auch zur Kommunikation mit Artgenossen eingesetzt.

Tyro Caladian
Ein guter Freund von ➢Obi-Wan, der als Assistent für den ➢Galaktischen Senat arbeitete und während einer Mission von Obi-Wan und ➢Anakin auf ➢Coruscant getötet wurde.

Ussa
Die Hauptstadt der Planeten ➢Bellassa.

Vibro-Waffen
Handwaffen, die es in vielen Varianten (Vibro-Axt, Vibro-Dolch, Vibro-Messer, Vibro-Schwert) gibt. Ein Ultraschall-Generator

(Vibro-Generator) im Griff erzeugt Schwingungen, die die Schnittkraft der Klinge erheblich steigern. Die geringste Berührung kann gefährliche Verletzungen hervorrufen.

Vioflöte
Kombination aus Saiten- und Blasinstrument. Das Musizieren mit einer Vioflöte erfordert viel Übung, denn ansonsten erzeugt das Instrument eher Missklänge. ➢Ferus Olin spielt Vioflöte.

Weasy
Ein zwielichtiger, aber zuverlässiger Pilot, der gern in ➢Mos Eisley auf ➢Tatooine Zwischenlandungen einlegt.

Westar-34
Ein besonders zuverlässiger Typ von ➢Blaster, der einst von ➢Jango Fett bevorzugt wurde und jetzt auch von seinem Sohn ➢Boba Fett benutzt wird.

Whills
➢Orden der Whills

Wil Asani
Ein führendes Mitglied der ➢Elf.

Wolkensee
Einer der sieben Seen, um welche die Stadt ➢Ussa auf ➢Bellassa gebaut wurde.

Wolkenwagen
Bezeichnung für ein kleines Kapselgefährt zum inneratmosphärischen Flug. Es existieren viele unterschiedliche Versionen mit einer oder mehreren Kapseln. Ein Doppelkapsel-Wolkenwagen hat je eine Kapsel für einen Piloten und einen Schützen.

Wuun-System
In diesem System fand im ersten Jahr der ➢Klonkriege eine schwere Schlacht zwischen den Streitkräften der ➢Galaktischen Republik und den ➢Separatisten statt. Die Schlacht konzentrierte sich vor allem auf den Planeten ➢T'olan.

Yoda
Ein über 800 Jahre altes Mitglied im ehemaligen ➢Rat der Jedi. Yoda gehört einer unbekannten Spezies an, ist nur 66 cm groß und hat Schlitzohren. Er gilt nicht nur als der weiseste Jedi, sondern trotz seiner geringen Körpergröße auch als der mächtigste; seine Beherrschung der ➢Macht und des ➢Lichtschwerts ist unübertroffen. Yoda und ➢Obi-Wan Kenobi gehen davon aus, dass sie die einzigen Jedi sind, die überlebt haben. Yoda zog sich nach dem Ende der ➢Klonkriege auf den Planeten ➢Dagobah zurück.

STAR WARS
THE CLONE WARS

Die Comicreihe

Star Wars: The Clone Wars
TV-Comic 1: Der Hinterhalt
Softcover, € 9,95
ISBN 978-3-86201-390-6

Star Wars: The Clone Wars
Comicband 7:
Die tödlichen Hände von Shon-Ju
Softcover, € 9,95
ISBN 978-3-86201-389-0

Star Wars: The Clone Wars
Comicband 6:
Schlacht um Khorm
Softcover, € 9,95
ISBN 978-3-86201-388-3

Star Wars: The Clone Wars
Comicband 5:
Der Koloss des Schicksals
Softcover, € 9,95
ISBN 978-3-86201-322-7

Star Wars: The Clone Wars
Comicband 4:
Taloraans Windräuber
Softcover, € 9,95
ISBN 978-3-86201-103-2

Star Wars: The Clone Wars
Comicband 3:
Sklaven der Republic
Softcover, € 12,95
ISBN 978-3-86201-102-5

Star Wars: The Clone Wars
Comicband 2:
Crashkurs
Softcover, € 9,95
ISBN 978-3-86201-101-8

Star Wars: The Clone Wars
Comicband 1:
Dem Untergang geweiht
Softcover, € 9,95
ISBN 978-3-86201-013-4

IM BUCH- UND COMICHANDEL ERHÄLTLICH

PANINI BOOKS
www.paninicomics.de

Spannende Romane zur Hit-TV-Serie

STAR WARS THE CLONE WARS™

Star Wars: The Clone Wars
Grievous greift an!
Taschenbuch, € 7,95
ISBN 978-3-8332-2535-2

Star Wars: The Clone Wars
In geheimer Mission Band 4:
Der Schlüssel der Chiss
Taschenbuch, € 7,95
ISBN 978-3-8332-2535-2

Star Wars: The Clone Wars
In geheimer Mission Band 3:
Duell in der Felsenschlucht
Taschenbuch, € 7,95
ISBN 978-3-8332-2371-6

Star Wars: The Clone Wars
In geheimer Mission Band 2:
Piratenfluch
Taschenbuch, € 7,95
ISBN 978-3-8332-2246-7

Star Wars: The Clone Wars
In geheimer Mission Band 1:
Das Breakout-Team
Taschenbuch, € 7,95
ISBN 978-3-8332-2245-0

Star Wars: The Clone Wars
Du entscheidest Band 4:
Die Coruscant-Krise
Taschenbuch, € 8,95
ISBN 978-3-8332-2536-9

Star Wars: The Clone Wars
Du entscheidest Band 3:
Dookus geheime Armee
Taschenbuch, € 8,95
ISBN 978-3-8332-2372-3

Star Wars: The Clone Wars
Du entscheidest Band 2:
Schlacht um Teth
Taschenbuch, € 8,95
ISBN 978-3-8332-2248-1

Star Wars: The Clone Wars
Du entscheidest Band 1:
Der Weg des Jedi
Taschenbuch, € 8,95
ISBN 978-3-8332-2247-4

IM BUCHHANDEL ERHÄLTLICH

LUCAS BOOKS

PANINI BOOKS
www.paninicomics.de